Beate Vera

Wenn alle Stricke reißen

Ein Provinzkrimi aus Berlin

Jaron Verlag

Originalausgabe
1. Auflage 2015

www.jaron-verlag.de
Umschlaggestaltung: Bauer+Möhring, Berlin. Foto: © iStock
Zeichnungen S. 6/7: Sabine Lehmann, Schwäbisch Hall
Satz: Pinkuin Satz und Datentechnik, Berlin
Druck und Bindung: CPI books GmbH, Leck

ISBN 978-3-89773-770-9

Für
Margot und Jürgen Schulz,
meine Eltern, die Autochthonen

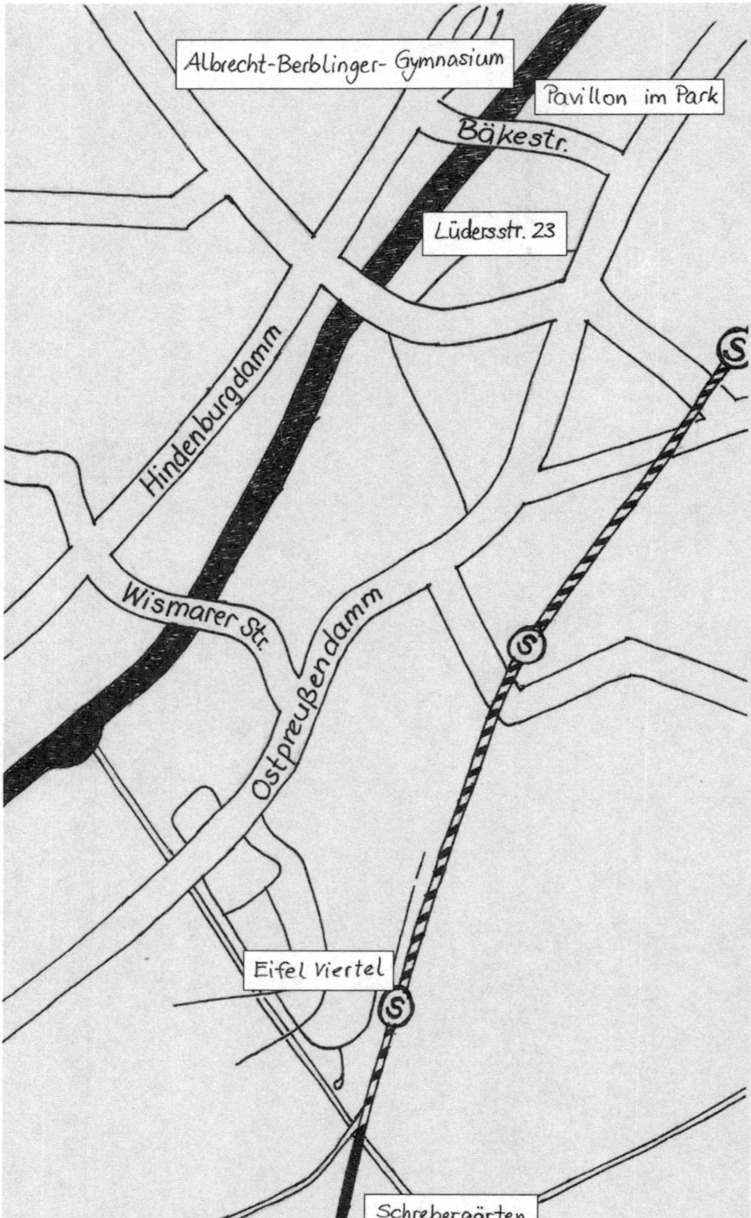
Albrecht-Berblinger-Gymnasium
Pavillon im Park
Bäkestr.
Lüdersstr. 23
Hindenburgdamm
Wismarer Str.
Ostpreußendamm
Eifel Viertel
Schrebergärten

Albrecht-Berblinger-Gymnasium

Pavillon im Park

Lüdersstr. 23

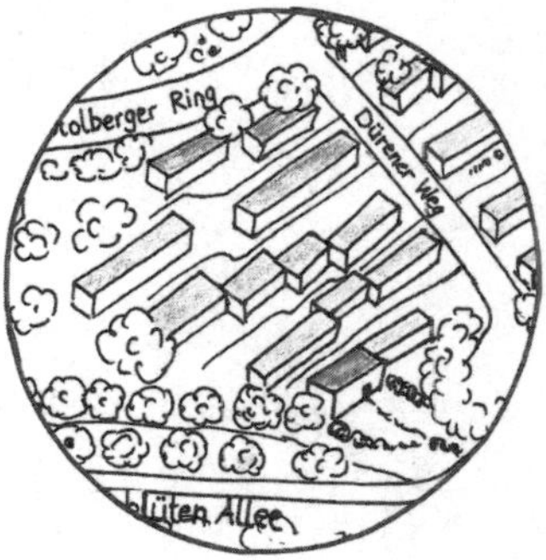

Eifel Viertel

Schrebergärten

Sonnabend

1

Tara Berthold kam zu sich. Die Dunkelheit, die sie umgab, war vollkommen. Vorsichtig tastete sie um sich. Unter ihren Händen spürte sie Beton. Tara richtete sich auf, was ihr erst mit dem zweiten Versuch gelang. Sie hatte Kopfschmerzen, und ihr war übel. Was war mit ihr passiert? Wo befand sie sich?

Sie streckte ihre Arme aus. Erst jetzt merkte sie, dass sie eine Wand im Rücken hatte, die sich genauso kalt anfühlte wie der Boden zu ihren Füßen. Sie stand auf und streckte sich vorsichtig, ohne dass sie mit dem Kopf an eine Decke stieß. Die Luft fühlte sich feucht an.

Zaghaft wagte sich Tara an der Wand entlang, die Arme schützend von sich gestreckt und ihre Schritte zählend. Nach dem fünften berührte sie eine weitere Wand. Als sie vier Ecken gezählt hatte, war sie jeweils fünf Schritte in der Länge und vier in der Breite gegangen. Jetzt machte sie zwei Schritte in die Mitte der Dunkelheit. Ihr Fuß berührte einen Gegenstand, sie bückte sich danach. Es war eine Taschenlampe. Sie knipste sie an und leuchtete in die Dunkelheit. Mit dem Licht kam die Panik. Tara Berthold schrie, bis sie heiser war.

Lea Storm war selbst für ihre Verhältnisse früh wach und wusste sofort, dass es besser war aufzustehen, als sich noch einmal in den Schlaf zu quälen. Sie schaute auf den Mann neben sich und verspürte große Lust, ihn zu wecken. Er lag auf dem Bauch, den Kopf in ihre Richtung gedreht. Glander würde sich wieder rasieren müssen. Lea betrachtete das Daredevil-Tattoo auf seinem linken Schulterblatt. Es zeigte den rotgewandeten blinden Superhelden im Sprung, seine Waffe schwingend. Der Peitschenriemen lief über Glanders Schulter weiter und endete auf dem Bizeps. Lea stand Tätowierungen eher skeptisch gegenüber, doch an dem Mann in ihrem Bett fand sie diese Körperzeichnung äußerst apart. Glander sah entspannt aus im Schlaf, er atmete ruhig und gleichmäßig. Seit sechs Wochen wachte Lea bis auf wenige Ausnahmen jeden Morgen neben ihm auf, und wenn es nach ihr ginge, könnte das immer so weitergehen.

Talisker, Leas Schottischer Hirschhund, furchteinflößend ob seiner Größe, kam ins Schlafzimmer getrottet und sah sie aus seinen dunklen Knopfaugen an. Lea rutschte vorsichtig aus dem großen Doppelbett und nahm leise ihre Laufsachen aus dem Kleiderschrank. *»Come on then«*, flüsterte sie dem Hund zu und gab ihm mit der Hand das Signal zu folgen.

Lea ging für wenige Minuten ins Bad, dann schnappte sie sich unten im Flur den kleinen Laufrucksack mit Tüten und Schaufel für Taliskers Hinterlassenschaften. Den Bund mit den Schlüsseln für das Gartentor und die Terrassentür steckte sie in das Seitenfach. Sie schrieb einen Zettel für Martin, brachte ihn am Badspiegel an und ging hinaus in den Garten. Es war windig und sah nach Regen aus, doch als halbe Schottin väterlicherseits ließ sich Lea davon nicht abschrecken. In dem Haus in Stirling, in das sie nach dem Tod ihrer Eltern mit ihrer Tante Patty gezogen war, hatte es stets durch die Fenster gezogen, und auch ein warmes Badezimmer gehörte nicht zu Leas Erinnerungen an ihre Jugend in Schottland.

Leas Grundstück im kleinen Eifelviertel am südlichen Berliner Stadtrand grenzte an den BUGA-Wanderweg, der auf dem ehemaligen Grenzstreifen verlief und den Stadtteil Lichterfelde Süd mit Potsdam verband. Anlässlich des Falls der Berliner Mauer waren in einer beispiellosen japanischen Spendenaktion über eintausend Kirschbäume gestiftet worden, die nun auf dem Wanderweg eine in Deutschland einmalige Allee formten. Sonnabends konnte man um acht Uhr morgens im nach den Spendern benannten Japan-Eck und entlang der dort ihren Anfang nehmenden Kirschblütenallee in der Regel bereits regem Treiben zuschauen: Hunde wurden ausgeführt, Eltern schoben Kinderwagen, vor dem Supermarkt an der Lichterfelder Allee trafen sich Trauben älterer Damen zu ihren Nordic-Walking-Runden, und erste Jogger liefen ihre Strecken, bevor sie ihre Wochenendeinkäufe erledigten. Jetzt, um kurz nach sechs Uhr früh, lag der Weg in einer Ruhe vor Lea, die in Berlin sonst nur auf Friedhöfen herrschte. Rein geographisch betrachtet, gehörte der Weg schon zu Brandenburg. Lea zog das Gartentor hinter sich zu und machte sich mit dem großen Jagdhund an ihrer Seite auf den Weg.

Acht Wochen war es her, dass Lea Martin Glander mitten in der Nacht auf dem Mauerweg kennengelernt hatte. Sie hatte dort einen Nachbarn und eine Prostituierte ermordet aufgefunden, und Martin war als Kriminalhauptkommissar des LKA Brandenburg am Fundort gewesen. Kopfschüttelnd rekapitulierte Lea die Ereignisse vom Juli. Das Berliner LKA 1 hatte den Fall übernommen. Da Glander nicht viel von dem Leiter der Ermittlungen, Kriminalhauptkommissar Prinz, hielt, stellte er heimlich eigene Nachforschungen an. Sein Plan, Lea als Lockvogel einzusetzen und so den Mörder zu fassen, der sein Unwesen im Eifelviertel trieb, kostete sie fast das Leben. Glander konnte sie in letzter Minute retten, und Lea wusste, dass er sich selbst so schnell nicht verzeihen würde, sie in Lebensgefahr gebracht zu haben. Seine Kündigung beim LKA Brandenburg reichte er aus anderen Gründen ein. Dass daraus ein einvernehmlicher Aufhebungsvertrag mit einer ordentlichen Abfindung wurde, lag allein daran, dass am Ergebnis der Ermittlungen ein wenig geschraubt werden musste, um alle Beteiligten – allen voran Kriminalhauptkommissar Prinz – in bestmöglichem Licht dastehen zu lassen. Martin betrachtete die Sache nüchtern und steckte das Geld in den Aufbau seiner privaten Ermittlungsagentur. Lea hatte sich schwerer getan, am Ende aber auch ihren Frieden mit dem Ermittlungsausgang geschlossen. Manche Windmühlen lohnten den Kampf nicht.

Am dritten Septemberwochenende lag, obwohl es noch warm war, der Herbst bereits in der Luft. Das Laub hatte begonnen, seine Farbe zu wechseln, und erste Blätter wirbelten auf die Rasenflächen. Talisker hielt seine

Nase in den kräftigen Wind. Lea blickte voller Stolz auf ihren Hund, dessen Schulterhöhe bei 84 Zentimetern lag. Sie hatte fünf Jahre zuvor keinen Moment gezögert, als ihr eine Freundin von einer Züchterin in der Nähe von Dumfries erzählte, die einen jungen *deerhound* abzugeben habe. Der Schottische Hirschhund zählte zu den ältesten Hunderassen der Welt. Es gab eine Zeichnung aus dem Jahr 1682, die ganz eindeutig einen *Scottish Deerhound* abbildete. Man vermutete sogar, dass diese Rasse schon seit dem sechzehnten Jahrhundert existierte. Der Poet Sir Walter Scott hatte einen besessen, Queen Victoria hatte vier ihr Eigen genannt und war sicherlich maßgeblich für die zu ihrer Zeit große Popularität dieser Rasse verantwortlich. Der *deerhound* strahlte Erhabenheit aus, und der hohe Wuchs verlieh ihm ein würdevolles Auftreten. Sein Fell war an rauhes Klima gewöhnt, und Talisker brachte trotz seiner immensen Größe bei schlechtem Wetter verhältnismäßig wenig Dreck mit ins Haus. Er besaß ein so ausgeglichenes Gemüt, dass Lea ihn oft gar nicht bemerkte, wenn er sich in ihrer Nähe aufhielt. Er war stark, ausdauernd, intelligent und stolz. Talisker zeigte ihr deutlich, wenn er sich vernachlässigt fühlte, und Lea musste jedes Mal schmunzeln, wenn er ihr beleidigt nur das Hinterteil zeigte. Gleichzeitig hatte er ein untrügliches Gespür für ihre Stimmungen. Lea liebte ihren Hund innig, und sie waren nicht erst seit dem Tod ihres Mannes Mark vor etwas mehr als einem Jahr unzertrennlich. Sie hatte sich Sorgen gemacht, wie er Glanders Präsenz in ihrem Leben aufnehmen würde, aber Talisker hatte den neuen Mann an ihrer Seite ganz offensichtlich in sein Herz geschlossen, seit dieser ihm im Juli das Hundeleben gerettet hatte.

Lea wollte heute Morgen eine längere Strecke laufen. Sie würde dem ehemaligen Grenzverlauf in Richtung Marienfelde folgen, dann ein kurzes Stück an der B101 entlang und schließlich quer durch die Felder und das Wäldchen zurück zum Jenbacher Weg joggen. Wenn sie das Tempo anzog, wäre sie in anderthalb Stunden zurück und hätte sogar schon Brötchen geholt. Sie hoffte, Glander dann noch im Bett vorzufinden. Er elektrisierte sie, jede seiner Berührungen weckte ein Verlangen in ihr, das sie lange nicht mehr verspürt hatte. Als Mark erkrankt war, hatte die Sorge um ihn jedes andere Gefühl verschlungen. Vor zweieinhalb Jahren hatte alles angefangen. Mark fühlte sich immer öfter schlecht, verlor Gewicht, klagte über Kopfschmerzen und Gelenkbeschwerden und litt ständig an einem neuen Infekt. Erst nachdem er sich beim Squash den Unterarm brach, hatte sein Arzt eine Vermutung und ließ Mark auf Knochenmarkskrebs testen. Der schreckliche Verdacht bestätigte sich, und die Krankheit befand sich bereits in einem fortgeschrittenen Stadium. Die Prognose war nicht gut. Lea hörte auf zu arbeiten, Mark begann seine Behandlung: Chemotherapie, Bestrahlungen und Medikamente. Er schien vor ihren Augen zu verschwinden. Nur zehn Monate nach der Diagnose erlag Mark im Sommer des letzten Jahres dem Krebs. Lea beerdigte ihn und nahm mit all ihren gemeinsamen Freunden bei einem rauschenden Fest Abschied. Danach ging sie im Labyrinth ihres Schmerzes verloren. Bis sie Martin Glander begegnete.

Leas Gedankenfluss verlief wieder einmal in Mäandern. Sie hatte inzwischen akzeptiert, dass es in ihrem Innern öfter wirr zuging. Letztlich erreichte sie jedoch immer ein Geistesdelta, an dem ihr Blick ganz weit und klar wurde, und so ließ sie den Schleifen ihrer Gedanken weiter ihren Lauf. Es war wohl auch endlich an der Zeit, sich mit Max Speyer, Marks einstigem Geschäftspartner, zusammenzusetzen und zu überlegen, wie es mit dem Architekturbüro weitergehen sollte. Ebenso sollte sie sich darum kümmern, ihre eigenen alten Kontakte wiederaufzunehmen und neue Übersetzungsaufträge zu akquirieren.

Während Lea auf dem Mauerweg ihren Gedanken nachhing, griff Glander neben sich ins Leere. Er setzte sich auf und sah sich um. Keine Spur von Lea, und auch kein Laut im Haus. Er grinste zufrieden, als er an den vergangenen Abend und die darauffolgende Nacht dachte. Lea hatte ein sagenhaftes Gericht aus Schweinefilet, Oliven, Sherry und Estragon kreiert. Das Dessert hatten sie dann allerdings übersprungen. Er musste noch einmal grinsen, denn bis vor kurzem hätte er Estragon nicht einmal erkannt, wenn es sich ihm persönlich vorgestellt hätte. Leas Talente lagen aber durchaus nicht nur in der Küche. Ihm gefiel ihr Stil, angefangen von der schlichten und eleganten Art, in der sie sich kleidete und ihr Haus eingerichtet hatte, über ihren bisweilen schwarzen und sehr britischen Humor bis hin zu ihrem Whisky-Tick. Lea trank, wenn sie Alkohol konsumierte, nur Malts aus der Region Speyside. Sie war loyal und belesen, schön und sportlich, und sie küsste ganz wundervoll. Glander war kein gläubiger Mensch, aber beim Anblick ihrer achtlos auf dem Boden verstreuten Unterwäsche schickte er eine Dankeshymne in Richtung Zimmerdecke. Dafür, dass er Lea begegnet war, und dafür, dass er sie nicht wieder verloren hatte.

Gegen zwei Uhr früh war Lea mit einem zufriedenen Lächeln auf dem Gesicht in seinen Armen eingeschlafen. Glander sah auf den Wecker. Es war erst halb sieben, da konnte er sich noch einmal umdrehen. Vorher ging er ins Bad, um etwas Wasser zu trinken. Am Spiegel hing ein Zettel: *T und ich drehen eine Biege. Frühstück im Bett. L xxx.* Die Kreuzchen standen in englischen Briefen für Küsse, das hatte sie ihm erklärt. Die Chancen, an diesem Wochenende das Schlafzimmer dauerhaft zu verlassen, waren gerade rapide gesunken.

Lea befand sich kurz hinter der Bahnunterführung und wollte auf dem überwucherten Asphaltweg an der eingezäunten Brache des ehemaligen Truppenübungsgeländes der US-Streitkräfte entlanglaufen, als nur ein gewagter Sprung ins Gebüsch sie vor der Kollision mit zwei Radfahrern bewahrte, die wie die Teufel um die Kurve gerast kamen. Die beiden jungen Männer bremsten so stark, dass ihre Reifen schwarze Streifen auf dem Beton zogen und die Hinterräder seitlich wegrutschten. Der eine der beiden ließ sein Rad fallen und kam auf sie zu.

»Frau Storm, es tut mir leid! Ich habe Sie gar nicht gesehen. Sind Sie verletzt?«

Lea war zu beschäftigt mit einer schnellen Überprüfung ihrer körperlichen Unversehrtheit, um unmittelbar loszuschimpfen. Bis auf einen kleiner Kratzer an der linken Wade und humide Botanik in ihrem Nacken war sie unversehrt. Sie blickte auf und erkannte den jungen Mann vor sich. »Tobi! Was machst du denn um diese Uhrzeit hier? Ich dachte, ich sei ambitioniert mit meinem Frühsportprogramm, aber du bist wohl noch zeitiger aufgestanden.« Die Schatten unter seinen Augen sprachen Bände, und so fügte sie schmunzelnd hinzu: »Oder habt ihr zwei die Nacht zum Tag gemacht?«

Tobias Verheugen half Lea aus dem Gebüsch heraus. Er war ein Junge aus der Nachbarschaft und ein Freund ihres Sohnes Duncan. Bis zur Zehnten waren die beiden Klassenkameraden gewesen, dann hatte Tobi eine Ehrenrunde drehen müssen. Den anderen Radfahrer hatte Lea noch nie zuvor gesehen. Er stand unbeteiligt am Rand und starrte übermüdet – oder gelangweilt – den Weg hinunter, auf dem die Jungs gekommen waren. Sie sahen wirklich beide ziemlich derangiert aus, fand Lea.

Tobi lächelte sie verschwörerisch an. »Wir sind ein bisschen versackt, um ehrlich zu sein. Meine Eltern werden mir vermutlich die Hölle heißmachen. Wir waren im Schrebergarten von meiner Oma, der ist gleich um die Ecke. Dort haben wir unsere Ruhe und können so laut Musik hören, wie wir wollen, ohne dass gleich jemand meckert.«

Lea lächelte zurück. Ihr Sohn Duncan hatte mittlerweile zum Glück einen akzeptablen Musikgeschmack, und sie selbst hörte ihre Musik ja auch am liebsten laut, aber sie konnte sich noch gut daran erinnern, wie sie unter Duncans kurzzeitiger Techno-Phase gelitten hatte. Ein paar sündhaft teure Kopfhörer hatten damals für einen Kompromiss gesorgt. Dennoch ging nichts über einige Stunden ohne Erwachsene in der Nähe, und so, wie die beiden aussahen, hatten sie diese Freiheit reichlich begossen. »Wenn ihr einen Tipp möchtet: Trinkt reichlich Wasser, esst ein paar Bananen, dreht eine Runde an der frischen Luft, und legt euch danach noch einmal hin! Dann wird der Kater vielleicht nicht ganz so übel.« Lea zwinkerte Tobi zu und blickte dann auf seinen Freund, dessen leerer Blick weiterhin in die Ferne schweifte.

Tobi sah seinen Freund an und schüttelte vehement den Kopf. »Wir haben gar nichts getrunken, es ist einfach nur sehr spät geworden. Ist bei Duncan alles klar? Wir haben eine Weile nicht gechattet.«

Leas Sohn studierte seit einem Jahr Landschaftsarchitektur und -planung an der Uni Kassel. »Es geht ihm gut. Er muss sich ordentlich ins Zeug legen, aber das macht ihm nichts aus. Vielleicht könnt ihr euch ja treffen, wenn er das nächste Mal hier ist. Sag mal, bist du eigentlich noch in der Theater-AG an der Schule?«

Duncan und Tobi waren der AG Theater und Musik in der neunten Klasse beigetreten. Tobi war jetzt im dritten Semester der Oberstufe. Er nickte. »Ja, wir proben *Der zerbrochne Krug*. Die Aufführung ist in drei Wochen.«

»Kleist«, freute sich Lea. »Das Stück habe ich während des Studiums auch mal gelesen. Welche Rolle hast du?«

Nicht ohne Stolz erwiderte Tobi: »Ich spiele den Richter.«

»*Mir träumte, es hätt' ein Kläger mich ergriffen*«, zitierte Lea. »Ich bin beeindruckt. Und dein Freund hier, ist der auch dabei?«

Der junge Mann schien plötzlich wie verwandelt. Er legte ein strahlendes Lächeln auf, trat einen Schritt auf Lea zu und gab ihr die Hand. »Entschuldigen Sie, wie unhöflich von mir! Ich bin Leander Horten. Tobi und ich haben zusammen die Leistungskurse Mathe und Sport. In dem Stück spiele ich auch mit. Ich gebe den Licht.«

»Lea Storm.« Junge Männer mit Manieren, wie angenehm!

Tobi schaute auf seine Uhr. »Wir müssen weiter, Frau Storm. An diesem Wochenende findet das Bouleturnier der Oberstufe statt. Wir spielen nachher im Park an der Bäkestraße und sollten bis dahin wieder fit sein. Duncan wird mir bei dem Turnier fehlen, Leander ist nicht annähernd so ein guter Spieler wie er. Noch mal sorry für den Schreck! Ich wünsche Ihnen ein schönes Wochenende. Bis bald!« Tobi zog seinen Freund an der Jeansjacke. Dem passte die Bemerkung über sein schlechtes Boulespiel sichtlich ganz und gar nicht, aber er sagte nichts, und die beiden stiegen wieder auf ihre Räder.

»Mach's gut, Tobi, bis bald!« Lea sah den Jungs einen Moment lang nach. Sie diskutierten heftig miteinander, entfernten sich aber so schnell, dass Lea nichts verstehen konnte. Tobi hatte sich verändert, seit sie ihn das letzte Mal gesehen hatte. Er wirkte älter. Nein, er wirkte härter. Aber der Junge hatte es auch nicht leicht.

Während ihres anschließenden Laufs ließ sich Lea

das Gespräch mit den beiden jungen Männern noch einmal durch den Kopf gehen. Tobi hatte nervös gewirkt, vermutlich hatte er ein schlechtes Gewissen seinen Eltern gegenüber. Lea wusste, dass die sich sehr um ihre beiden Kinder sorgten. Sie zog das Tempo an. Schließlich hatte sie ein ausgesprochen attraktives Ziel.

2

Tara Berthold war zu erschöpft, um weiter zu schreien. Ihr Hals schmerzte, und sie hatte Durst. Erneut schaltete sie die Taschenlampe ein und leuchtete ihre Umgebung aus. Sie befand sich in einem Keller mit einer Klappe an der Decke. Tara versuchte, die Klappe zu erreichen, aber die lag zu hoch. Es gab auch nichts, worauf sie sich hätte stellen können, der Raum war völlig leer. Was, um Himmels willen, war denn nur mit ihr passiert? Tara hatte immer noch keine Erinnerung daran, wie sie hierhergekommen war. Von ihren Schläfen ausgehend hämmerte ein pochender Schmerz die Schädeldecke entlang, und ihr Magen fühlte sich wund und hohl an. Sie hatte keine Ahnung, wie spät es war, oder gar, welcher Tag, konnte also auch nicht wissen, wann sie das letzte Mal etwas gegessen hatte. Sie lehnte sich gegen die nackte Steinwand und begann, mit leiser Stimme Schillers *Lied von der Glocke* aufzusagen:

Fest gemauert in der Erden
Steht die Form aus Lehm gebrannt.
Heute muss die Glocke werden!
Frisch, Gesellen, seid zur Hand!
Von der Stirne heiß

Rinnen muss der Schweiß,
Soll das Werk den Meister loben;
Doch der Segen kommt von oben.

Lea hatte nach ihrem Lauf die Dusche neben der Sauna im Keller benutzt, um Glander nicht zu wecken. Sie war gerade dabei, das Frühstück vorzubereiten, als ihr Handy vibrierte. Für einen Studenten war ihr Sohn am Wochenende ausgesprochen früh wach, stellte sie fest, als sie auf ihr Display sah. »*Hello, love!* Bist du aus dem Bett gefallen?« Duncan war zweisprachig aufgewachsen, wie seine Eltern. Marks Vater war Engländer gewesen – ein Soldat, der zu viel trank und seine Familie sitzenließ. Wenn sie unter sich waren, unterhielten sich Lea und ihr Sohn in einem bunten Gemisch aus beiden Sprachen.

»*Hi, mum!* Vielleicht sind wir ja gerade erst nach Hause gekommen ...«, erwiderte Duncan mit geheimnisvoller Stimme.

»Wir? Das heißt, du bist in Begleitung der *lovely Nina*?«

Jetzt lachte Leas Sohn laut. »Mama, dir kann man ja normalerweise nicht viel vormachen, aber diesmal liegst du falsch. Ich muss für eine Klausur lernen und bin schon seit sechs Uhr auf den Beinen. *The early bird, the worm* – du weißt ja.«

»Welchen Wurm hoffst du früher Vogel denn zu fangen?«

»Ökologische Grundlagen der Umweltplanung.«

»Zweifelsohne ein ganz packendes Thema. Kommst du gut voran?«

»Na ja, es geht so, aber ich habe noch das ganze Wochenende, das wird schon.«

»Ich habe vorhin Tobi mit einem Freund getroffen. Die beiden sahen ganz schön fertig aus.«

»Wirklich? Dabei trinkt Tobi nur ganz selten einen über den Durst. Er darf doch nicht viel Alkohol trinken wegen des Ritalins. Ich werde ihn mal wieder bei Facebook anstupsen. *Mum,* ich wollte dich fragen, ob Nina und ich am nächsten Wochenende nach Berlin kommen können.«

Lea kamen die Details wieder in Erinnerung. Tobi hatte in der neunten Klasse arge Probleme bekommen. Ein Tadel jagte den nächsten, und irgendwann stand er kurz vor dem Schulverweis, nachdem er die Turnhalle mit Graffiti dekoriert hatte. Alle dachten damals, der ohnehin als Klassenclown bekannte Junge sei einfach nur pubertär und ungezogen. Es hatte über ein Jahr gedauert, bis die Diagnose ADHS gestellt wurde. Tobi hatte das Schuljahr wiederholen müssen. Er trieb seitdem regelmäßig und mit großem Eifer Sport und hatte vor Beginn der Oberstufe noch ein Jahr auf einer Schule in England verbracht, um seine miserablen Englischkenntnisse zu verbessern. Beinahe hätte Lea Duncans Frage ignoriert, dabei wartete sie schon seit ein paar Monaten darauf, seine Freundin Nina kennenzulernen, eine Kommilitonin aus Hamburg. »Klar, ihr seid hier jederzeit willkommen. Dann kannst du mir Nina endlich vorstellen. Und ich dir Glander.«

»Ahhh, den Herrn Kriminalhauptkommissar!«

»*Not anymore.* Ex-Kommissar. Jetzt ist er Chef der Detektei Celik & Glander.«

»*Whatever,* ich bin sehr gespannt auf ihn.« Duncan zögerte kurz und fragte dann: »Bist du verliebt?«

Lea betrachtete sich im Flurspiegel: Ihre graugrünen Augen leuchteten, ihr kastanienbraunes Haar glänzte, und ein Dauerlächeln zierte ihr Gesicht. Sie fühlte sich rundum phantastisch, daran bestand kein Zweifel. »Ja, Schatz, ich bin verliebt.« Überraschend, bis über beide Ohren und mit einer Menge Schmetterlingen im Bauch.

Duncan lachte wieder und sang den alten Hit von Madness an: »*It must be love, love, love ...* Auweia, das kann ja ganz schön kitschig werden mit uns vieren!«

»Ich befürchte auch, *darling,* wir müssen uns auf das Schlimmste gefasst machen.«

Sie prusteten beide los, und Duncan verabschiedete sich. Er wollte mit Nina am Freitagabend eintreffen, und sie würden alle zusammen essen.

Lea summte das Lied weiter und wusste, sie würde den ganzen Tag Mühe haben, diesen Ohrwurm wieder loszuwerden.

Als Glander ein zweites Mal wach wurde, duftete es im Haus verlockend nach Leas *full English breakfast*: nach Spiegeleiern, gebackenen Bohnen, gebratenen Tomaten, krossem Bacon und *Oxford sausages,* englischen Würstchen, die sie über das Internet bezog. Deutsche Würstchen zerstörten den fiesen Gesamteindruck, hatte sie ihm lachend erklärt.

Glander kehrte noch einmal ins Bad zurück und zog sich nur seine Jeans an, bevor er nach unten ging.

Er sah Lea vor ihrem Herd stehen, mit dem Rücken zu ihm. Sie trug einen Slip und ein recht kurzes, enganliegendes Top mit Spaghettiträgern. Der tiefe Schnitt, den der Wahnsinnige ihr im Juli am linken Oberarm zugefügt hatte, war gut verheilt, nur eine feine, noch rötliche Narbe verlief wellenförmig zwischen Schulter und Ellenbogen. Lea war barfuß und bewegte ihren wirklich hübschen Po, wie Glander einmal mehr bemerkte, zu einem Lied auf ihren Bluetooth-Kopfhörern. Lea hörte Musik ungern leise, schon gar nicht beim Kochen, und es war süß, dass sie in ihrem eigenen Haus auf ihn Rücksicht nahm. Glander war das Frühstück auf der Stelle egal, das konnten sie nachholen.

Er stand nur zwei Schritte hinter ihr, als sein Handy sich mit der Titelmelodie der TV-Serie *Die Profis* meldete. Glander hatte keine Folge verpasst und konnte nicht ausschließen, dass die beiden Agenten William Bodie und Raymond Doyle einen Einfluss auf seine spätere Berufswahl gehabt hatten.

Lea drehte sich erschrocken um, das große Messer, mit dem sie Tomaten halbierte, auf ihn gerichtet. Das Handysignal hatte ein Knacken in ihren Kopfhörern verursacht.

Glander hob beschwichtigend die Hände und ging auf die Terrasse hinaus, während Lea die Kopfhörer abnahm, achtlos in die Tomaten legte und schimpfend hinter ihm herkam. »*Sodding hell!* Ich habe mich zu Tode erschreckt!« Sie boxte ihn gegen den Oberarm. Lea verfiel meist in die Sprache ihres Vaters, wenn sie wütend oder aufgeregt war. Im Fluchen konnte sie es mit jedem waschechten Briten aufnehmen.

Glander meldete sich am Telefon. Zu Lea gewandt, mit der Hand über dem Handy, flüsterte er: »Es tut mir leid, ich wollte dich nicht erschrecken.« Dann widmete er sich wieder dem Anrufer. »Beruhigen Sie sich! Ich verstehe kein einziges Wort. Atmen Sie tief durch, und sagen Sie mir, was los ist!«

Lea zog ein Gesicht und ging wieder hinein. So sah sie nicht, wie sich Glanders Blick verfinsterte.

»Sie haben eine Nachricht erhalten, dass jemand Ihre Tochter in seiner Gewalt hat?« Er wartete die Antwort ab. »Waren Sie bei der Polizei? Okay, keine Polizei. Geben Sie mir Ihre Adresse! Ich bin bei Ihnen, so schnell ich kann.« Glander musste die Adresse nicht notieren, er hatte ein sehr gutes Gedächtnis. Leider blieben dort nur Dinge haften, die ihn interessierten – eine Eigenschaft, die bei ihm zu einem zweiten Anlauf fürs Abitur geführt hatte. Er ging wieder hinein. »Lea, ich wollte dich wirklich nicht erschrecken. Du sahst einfach so gut aus. Leider wirst du ohne mich frühstücken müssen, ich muss gleich weg. Weißt du, wo die Lüdersstraße hier in Lichterfelde liegt?«

Lea sah ihn belustigt an. Sie genoss es, ihn so durcheinanderbringen zu können. »Die geht von der Königsberger ab. Nimmst du das Auto?«

»Ja. Das war höchstwahrscheinlich unsere erste Klientin.« Sosehr er es bedauerte, auf das gemeinsame Frühstück im Bett verzichten zu müssen: Er ging bereits im Geiste die ersten üblichen Schritte bei Entführungsfällen durch. Dabei nahm er Lea in seine Arme und küsste sie ins Haar. »Es tut mir wirklich leid. Lass es dir schmecken!« Er gab ihr noch einen Kuss auf den Mund und ging dann wieder nach oben, um zu duschen und sich anzuziehen.

Umso mehr bleibt für mich!, dachte sich Lea und stapelte drei Spiegeleier und einige Löffel gebackener Bohnen neben den Bacon und zwei Würstchen auf ihren Teller.

3

Und stündlich mit den schnellen Schwingen
Berühr' im Fluge sie die Zeit.
Dem Schicksal leihe sie die Zunge;
Selbst herzlos, ohne Mitgefühl,
Begleite sie mit ihrem Schwunge
Des Lebens wechselvolles Spiel.
Und wie der Klang im Ohr vergehet,
Der mächtig tönend ihr entschallt,
So lehre sie, dass nichts bestehet,
Dass alles Irdische verhallt.

Tara konnte am besten nachdenken, wenn sie Gedichte aufsagte. Was war bloß geschehen?

Am frühen Freitagabend hatten sie in der Schule Kleists *Der zerbrochne Krug* geprobt. Sie spielte die Eve. Ihre Freunde Max, Tobi und Leander waren auch auf der Bühne gewesen, ebenso Annalisa, die als Eves Mutter auftrat, und Louise, die den Part der Brigitte hatte. Die Probe war gut gelaufen, und danach waren sie alle zum Pavillon in den Park an der Bäkestraße gegangen. Max hatte Wodka und Energy Drinks gekauft. Er wurde nie nach seinem Ausweis gefragt, im Gegensatz zu Tobi, der ebenfalls neunzehn war, aber immer sein Alter nachweisen musste. Bei dem Gedanken an Max wurde Tara rot. Sie mochte ihn, aber er schien das gar nicht zu merken. Max war ein Mathe-As und wie Tobi und Leander im Mathe- und im Sportleistungskurs. Außerdem begeisterte er sich für Musik und Theater. Er spielte Gitarre, und Tara hatte sich schon oft gewünscht, dass er einmal nur für sie spielen würde. Er sah mit seinen dunkelbraunen halblangen, lockigen Haaren und den geschwungenen Lippen nicht nur aus wie der Sänger von Razorlight, er klang auch wie der.

Tobi und Leander waren seine besten Freunde, machten aber aus einem ganz anderen Grund bei dem Theaterprojekt mit: Die AG zog viele Schülerinnen an. Tobi mochte Annalisa, und Leander war scharf auf alle Mädchen, die er kriegen konnte. Tara fand Annalisa sympathisch, und sie konnte nachvollziehen, was Tobi an ihr gefiel. Im Park hatte Tobi wie üblich rumgekaspert, während Max ziemlich still gewesen war, selbst für seine Begriffe. Am Pavillon hatten sie alle Wodka-Energy getrunken. Sie selbst auch, obwohl sie wusste, dass sie keinen Alkohol trinken durfte. Danach erinnerte sie sich an nichts mehr.

Glander war gespannt darauf, was ihn gleich erwarten würde, als er vor der großen, dunkelblau gestrichenen Tür der Lüdersstraße 23 stand. Tara, siebzehn Jahre alt, die Tochter der Anruferin Maria Berthold, war angeblich entführt worden. Die Familie lebte in einer klassischen Altberliner Stadtvilla aus der Mitte des neunzehnten Jahrhunderts mit Souterrain, Hochparterre und verwinkeltem Dachgeschoss. Das Haus war in den achtziger

Jahren des letzten Jahrhunderts saniert worden, und die vier großen Wohnungen waren in eine sehr große und vier kleinere umgebaut worden. Familie Berthold bewohnte als Eigentümer rund dreihundert Quadratmeter des Hauses, die sich auf die zusammengelegten Wohnungen im Hochparterre und die darüberliegende Etage erstreckten.

Glander betrachtete das Klingelschild. Neben dem Namen der Bertholds befanden sich vier weitere darauf: *Gruhner, Lemke, Schneider* und *Obentraut.* Rechts und links von der zur Haustür hinaufführenden Treppe lagen zwei kleine Rasenstücke, jeweils von Beeten umrahmt und makellos gepflegt. Glander drehte sich um und ließ seinen Blick wandern. Dem Haus gegenüber lag eine Grünanlage, die parallel zum Teltowkanal verlief und diesseits des Wassers am Stadion Lichterfelde endete. Jenseits des Kanals führte sie durch den Schloßpark Lichterfelde und mündete hinter dem Charité-Campus Benjamin Franklin in den Bäkepark. Er war die Strecke ein paarmal mit Lea und Talisker gejoggt.

Glander klingelte bei den Bertholds, der Summer ertönte, und er betrat das Haus. Er folgte dem dunkelroten, mittig verlegten Teppich die halbe Treppe hinauf. Das Treppengeländer aus Holz war elfenbeinfarben gestrichen und mit aufwendigen Intarsien verziert. Das Treppenhaus roch frisch gebohnert. Die Wohnungstür der Bertholds war geöffnet, davor stand eine ausgesprochen schöne Frau. Sie hatte glattes, langes schwarzes Haar und dunkle Mandelaugen. Frau Berthold trug unverkennbar Designermode – Glander tippte auf Armani – und hielt ihm zur Begrüßung ihre Hand entgegen.

»Herr Glander, ich bin Maria Berthold. Ich bin sehr froh, dass Sie so schnell gekommen sind. Bitte kommen Sie doch herein!«

Glander schüttelte ihre Hand und betrat den Flur der Wohnung, der ganz in Weiß gehalten war. Der Fußboden bestand aus Marmorfliesen, und an den Wänden hingen großflächige abstrakte Leinwände. Die Bertholds sammelten anscheinend moderne Kunst. Auf kleinen Tischen und Schränken standen verschiedene Skulpturen.

Maria Berthold führte ihn in das Wohnzimmer, in dem ebenfalls die Farbe Weiß dominierte. Auch dort hingen große Leinwände, darauf grafische Farbmuster. Maria Berthold bat Glander, auf der hellen Ledercouch Platz zu nehmen, und setzte sich ihm gegenüber auf einen Sessel. Sie hielt ein Taschentuch in den Händen und blickte ihn an. Ihre Augen waren gerötet, sie sah übernächtigt aus, und Glander bemerkte, wie sehr sie sich zusammennehmen musste, um ihre Angst unter Kontrolle zu halten.

»Frau Berthold, was genau ist passiert?«

Sie wrang das Taschentuch, während sie antwortete: »Ich weiß es nicht. Tara war gestern in der Schule, wie immer. Sie ist im ersten Semester auf dem Gymnasium, das liegt nicht weit von hier. Gewöhnlich nimmt sie das Fahrrad oder läuft. Meine Tochter hatte sechs Stunden Unterricht, danach Tennistraining – das ist auch gleich um die Ecke – und um fünf Uhr noch Theater-AG, ich habe sie also nicht zum Abendessen erwartet.« Sie hielt inne und betrachtete liebevoll das Foto eines hübschen Mädchens in Tenniskleidung, das auf einem Beistelltischchen stand. Tara hatte die großen Augen und das dunkle Haar der Mutter geerbt.

»Ist das Tara?«

Maria Berthold nickte und tupfte sich die Augenwinkel. »Ja, das ist meine Tara. Im Sommer, als sie das Turnier gewonnen hatte. Ich war so stolz auf sie.«

Glander vermisste die Worte »wir« und »unsere« in den Schilderungen der Frau und fragte nach Taras Vater. »Frau Berthold, ist Ihr Mann auch zu Hause?«

Sie blickte ihn verständnislos an und schüttelte den Kopf. »Nein, Heinz, mein Mann, arbeitet im Krankenhaus. Er ist Neurochirurg und beruflich sehr eingespannt. Ich ...« Sie zögerte, bevor sie weitersprach. »Tara ist *meine* Tochter, Herr Glander. Sie trägt Heinz' Nachnamen, aber sie ist nicht sein leibliches Kind. Ich denke, Sie sollten das wissen. Außerhalb unserer Familie hat niemand davon Kenntnis, selbst Tara habe ich es erst vor kurzem gesagt, und ich bitte Sie, diskret mit dieser Information umzugehen.«

Glander ließ die Neuigkeit zunächst unkommentiert im Raum stehen. »Wann begannen Sie sich Sorgen zu machen?«

»Erst, als sie auch um elf noch nicht zu Hause war. Heinz war noch in der Klinik, er arbeitet oft spät. Er ist ein gefragter Dozent auf Kongressen und Seminaren, wissen Sie. Ich sah fern. Um elf wurde ich dann unruhig, denn ich hatte nichts von Tara gehört.« Wieder ging das Taschentuch an die Augenwinkel.

Glander nickte Maria Berthold ermutigend zu, und die fuhr fort: »Normalerweise schickt sie mir eine SMS, wenn sie noch zu ihrer Freundin Louise geht oder sich verspätet. Tara ist sehr verantwortungsbewusst. Ich muss mich oft ausruhen, meine Gesundheit ist nicht sehr stabil, und manchmal bekomme ich gar nicht mit, wenn sie nach Hause kommt. Als sie um Mitternacht immer noch nicht da war, begann ich, mir ernsthaft Sorgen zu machen. Mein Mann leitete eine Notoperation und war nicht erreichbar, und ich wusste, dass er nicht gewollt hätte, dass ich die Polizei kontaktiere und damit Taras Rumtreiberei, wie er es genannt hätte, offiziell mache. Um diese Zeit konnte ich auch keine Klassenkameraden von Tara mehr anrufen, auch das wäre Heinz nicht recht gewesen. Ich bin die ganze Nacht durch die Wohnung gelaufen und habe sie immer wieder auf dem Handy angerufen, aber sie hat nicht abgenommen. Um acht Uhr heute Morgen wollte ich hinunter zu Louise gehen, um sie zu fragen, ob sie etwas wisse. Dann fand ich das hier vor unserer Wohnungstür.« Sie reichte Glander ein Blatt Papier, das mit der Rückseite nach oben auf dem Couchtisch gelegen hatte. Auf einem DIN-A4-Bogen stand ein mit Computer verfasster Text:

Wir haben Tara.
Wir wollen 500000 Euro.
Übergabedetails folgen.
Keine Polizei, sonst stirbt sie!

Glander seufzte innerlich. Erpresser setzten auf die Angst der Familien ihrer Entführungsopfer, und es war jedes Mal mühevoll, diese zu durchbrechen. Hier musste die Polizei ermitteln, es führte kein Weg daran vorbei. »Frau Berthold, ich helfe Ihnen gerne, aber Sie müssen die Kriminalpolizei einschalten.«

Maria Berthold zuckte zusammen. »Nein! Auf keinen Fall! Sie sehen doch, was da steht! Meine Tara wird umgebracht, wenn ich die Polizei verständige. Deshalb habe ich Sie ja um Hilfe gebeten. Ich habe neulich einen Bericht im *Tagesspiegel* über Ihre Agentur gelesen, das fiel mir wieder ein. Auf Ihrer Website habe ich Ihre Nummer gesucht und gelesen, dass Sie rund um die Uhr erreichbar sind. Sie sind doch ein erfahrener Kripobeamter. Bitte, Herr Glander, *Sie* müssen Tara finden!«

Die Tageszeitung hatte im Wirtschaftsteil, in der Rubrik *BERLIN, aber oho,* über seine neugegründete Agentur berichtet. Die Website war noch nicht ganz fertig, aber ihr waren immerhin seine Telefonnummer und Kurzbiographien von Merve und ihm selbst zu entnehmen. »Ich war Hauptkommissar, das ist richtig, und genau deshalb rate ich Ihnen: Schalten Sie die Polizei ein!«

Doch auch weitere zehn Minuten Überzeugungsarbeit nutzten nichts. Frau Berthold weigerte sich, die Polizei zu kontaktieren.

Resigniert entschuldigte Glander sich für einen Moment und ging in den Flur, um seine Partnerin auf dem Handy anzurufen.

Während Glanders Wochenende durch die Entführung von Tara Berthold beendet wurde, bevor es richtig begonnen hatte, saß Lea in ihrer Küche und blätterte durch die Steglitz-Süd-Ausgabe der *Berliner Woche,* eines Anzeigenblatts, das über Ereignisse und Neuigkeiten in den Berliner Stadtteilen berichtete. Mark hatte sie stets damit aufgezogen, dass sie noch nicht alt genug für diese Lektüre sei, doch Lea wusste, wie leicht man bei der Informationsflut aus aller Welt das unmittelbare Umfeld aus dem Blick verlor. Außerdem las sie für ihr Leben gerne die Kontaktanzeigen. Heute fiel ihr auf Seite drei des Blattes ein Name ins Auge: *Arne Sabersky*. Ihr Nachbar war zum neuen kommissarischen Schulleiter des Albrecht-Berblinger-Gymnasiums am Hindenburgdamm ernannt worden und wurde in einem Porträt vorgestellt. Arne hatte seit langem mit dem Gedanken gespielt, die Brennpunktschule, an der er tätig war, zu verlassen und dem Schuldienst adieu zu sagen. Es überraschte Lea, dass er nun einen Direktorenposten antrat, aber sie freute sich für ihn und seine Familie. Sicherlich bot diese Stelle mehr finanzielle Sicherheit, ein Aspekt, der Arnes Frau Carola am Herzen lag. Der Arbeitsweg war überdies um eine gute Stunde kürzer, und die Schule hatte einen sehr guten Ruf. Duncan hatte dort sein Abitur gemacht.

Arne und Carola hatten vier Kinder, alle sehr aufgeweckt und sportlich. Wie Carola den Haushalt stemmte, konnte Lea nur bewundern. Zusätzlich zu den sechs Personen, die es mit Mahlzeiten und sauberer Wäsche zu versorgen galt, waren da noch Horst, der Bassett, die Wellensittiche Holmes, Marple, Derrick und Brisgau sowie Cindy, Claudia, Heidi und Linda, die Zwergkaninchen, die im hinteren Teil des Gartens ein großes Gehege bewohnten. Die Namen der dicklichen Hasen waren Carolas Rache an allen Frauen mit einer Kleidergröße unter 38, die sie selbst vor Jahren hinter sich gelassen hatte. Lea mochte Carola sehr. Sie war unerschütterlich, und es schien kein Problem zu geben, das die Nachbarin nicht in den Griff bekam. Nie beschwerte sie sich, dass sie zu kurz komme. Vielmehr genoss sie ihr lebhaftes Familienleben in vollen Zügen.

Ganz im Gegensatz zu ihrer beider Freundin Svenja Ritter, die wie Lea und die Saberskys im Dürener Weg wohnte. Leas Laune sank rapide, als sie an den Streit dachte, den sie in der letzten Woche mit Svenja gehabt hatte. Der saß ihr noch immer in den Knochen. Im Juli, kurz nach den dramatischen Ereignissen in der Siedlung, hatte Svenjas Mann René seiner Frau gestanden, dass er seit Jahren eine Beziehung zu einem Mann in München unterhielt, den er auch finanziell unterstützte. Lea hatte ein gespanntes Verhältnis zu René gehabt und sich oft gefragt, was hinter dessen sprödem Verhalten Frauen gegenüber, ganz speziell seiner eigenen, steckte und warum Svenja sich das bieten ließ. Dass René eine heimliche homosexuelle Beziehung führte, und das bereits seit Jahren, damit hätte Lea allerdings im Leben nicht gerechnet. Es hatte Svenja besonders hart getroffen, dass es ein Mann war, der ihr den Ehemann ausspannte, und sie stand seitdem völlig neben sich. Lea verstand nicht, warum ein Mann als Trennungsgrund so viel ärger sein sollte als eine Frau. Es war immer traurig, wenn eine Beziehung in die Brüche ging. Doch Svenja war nicht traurig, sie war maßlos wütend und ließ ihren Zorn ungeniert an ihrem Umfeld aus. Bei ihrem letzten Treffen hatte Lea einiges abbekommen und sich ein paar sehr hässliche Dinge anhören müssen. Bei allem Verständnis für Svenjas Situation – die vermeintliche Freundin war entschieden zu weit gegangen, und Lea war immer noch über die so offen zur Schau gestellte Homophobie und Boshaftigkeit schockiert. Sie hatte Svenja sehr deutlich gesagt, was sie von deren Einstellung hielt, und sie gebeten zu gehen. Diese hatte mit lautem Gezeter und Türenschlagen reagiert. Seither herrschte eisiges Schweigen, und Svenja ignorierte Lea, wenn sie sich auf der Straße über den Weg liefen. Lea war nicht froh über diese Situation, aber Chauvinismus jedweder Couleur war ihr zutiefst zuwider. Svenja schien überdies schon länger einen gewissen Groll gegen sie gehegt zu haben, was Lea zu denken gab.

Leas Gedanken wanderten weiter zu Margot Wieland, einer anderen Nachbarin aus dem Dürener Weg. Sie hatte die ältere Dame, die ihr im Sommer zur Seite gestanden hatte, ins Herz geschlossen. In den letzten Wochen hatten sie sich regelmäßig zum Essen verabredet. Margot Wieland war seit ihrem ersten gemeinsamen Ausflug mit Lea ins »Thai by Thai« ein großer Fan der asiatischen Küche und Stammgast des Restaurants in der Goerzallee geworden. Am kommenden Montag würde sie eine vierwöchige Kur antreten, und Lea hatte für Sonntagabend ein Abschiedsessen mit der liebgewonnenen Nachbarin geplant. Deshalb schrieb sie nun eine Einkaufsliste mit Zutaten, die sie für ein indisches Hühnchencurry und ein Spinat-Bhaji nach Rezepten eines alten Freundes aus Enfield brauchte. Steve machte das beste Curry außerhalb des Punjabs, wie seine Gäste in Anlehnung an das alte Britisch-Indien zu sagen pflegten. Lea notierte außerdem, was sie für ein Baileys-Tiramisu benötigte, und machte sich dann auf den Weg zum nahe gelegenen Supermarkt in Teltow.

Glander war alles andere als begeistert von seinem ersten Auftrag. Der würde zwar sehr lukrativ werden, aber ein gutes Gefühl hatte er bei der Sache nicht. Er nahm sein Handy, um Lea anzurufen. Er würde ihr die Lage in der Lüdersstraße erklären und sie auf Merves Besuch vorbereiten, denn er hatte seine Partnerin gebeten, auf ihrem Weg zu den Bertholds seinen Laptop mitzubringen, den er bei Lea gelassen hatte. Sowohl auf dem Festnetz als auch auf ihrem Handy meldete sich nur der Anrufbeantworter, und so verschob er das Telefonat auf später. Auch wenn er sich das Wochenende ganz anders ausgemalt hatte, stellte sich bereits das warme Kribbeln im Nacken ein, das er zu Beginn jeder Ermittlung verspürte. Er schaute sich in dem großen Flurspiegel der Bertholds an. Seine stahlblauen Augen waren umrahmt von kleinen Fältchen, viele davon hatten die unzähligen Stunden auf dem Wasser hinterlassen. Glander hatte seine frühe Kindheit an der Kieler Förde verbracht, später war die Familie nach Wannsee gezogen, und Glander war ein erfahrener Schwimmer und Wassersportler. Er war in sehr guter physischer Verfassung und fest entschlossen, in seiner neuen Rolle als privater Ermittler nicht weniger erfolgreich zu agieren als in seiner Position als Kriminalhauptkommissar. Die letzten sechs Wochen hatten ihm gutgetan. Er war Mitte vierzig und gewiss, dass es irgendwann zu spät für einen Neuanfang gewesen wäre. Seinen Job bei der

Kripo aufzugeben war die richtige Entscheidung gewesen, er hatte schon lange mit dem Gedanken gespielt.

Im Geiste ging Glander bereits durch, was als Nächstes zu tun war. Die Ortung von Taras Handy würde vermutlich nichts ergeben, sie würden es dennoch versuchen. Sie mussten sich ein detailliertes Bild von Tara und ihrer Familie sowie von den Lebensumständen des Mädchens machen, ihre wöchentlichen Aktivitäten von der Schule bis hin zu Hobbys akribisch in einem Zeitplan notieren und Freunde und deren Familien durchleuchten. Auch die Nachbarschaft mussten sie abklopfen und fragen, ob jemand verdächtige Personen oder Fahrzeuge bemerkt habe. Glander hoffte, dass Frau Berthold dem Druck standhielt und ihnen möglichst viele Informationen geben konnte. Er strich sich durchs straßenköterblonde Haar und ging zurück ins Wohnzimmer.

Lea hatte die Einkäufe gerade in der Küche abgestellt, als es an der Haustür klingelte. Sie öffnete und sah sich einer jungen Frau gegenüber, die sie auf Anfang dreißig schätzte. Sie war etwa einen halben Kopf kleiner als sie selbst, die beinahe 1,80 Meter maß, hatte lange, gelockte rabenschwarze Haare und große dunkle Augen. Ihr voller Mund war mit einem matten Lippenstift in einem dunklen Rosa geschminkt. Sie trug bis etwas über die Knöchel hochgekrempelte Boyfriend-Jeans, grüne Converse High Tops, ein weißes Unterhemd aus Lycra und darüber ein kariertes Männerflanellhemd, das den Grünton ihrer Schuhe aufgriff. Die Frau hatte eine sehr ansehnliche Oberweite und einen Teint, den deutsche Boulevardmedien gerne als südländisch bezeichneten.

Vor Lea stand eine Frau, derentwegen Männer Dummheiten begingen.

»*Aman Allahim!* Scheiße, ist der riesig!«, entfuhr es der Frau, als sie Talisker sah, der neben Lea stand. »Ich kann gar nicht gut mit Hunden. Also, ich hab richtig Schiss vor denen.«

»Sit, Tally!«, befahl Lea ihrem Hund, der sich sofort setzte.

Die Frau sah verwundert zuerst den Hund und dann Lea an. »Das ist ja ungewöhnlich, dass hier jemand englisch mit seinem Hund spricht.« Sie streckte Lea die Hand entgegen. »Ich bin Merve, Glanders Partnerin. Er hat mich gebeten, seinen Laptop mitzubringen.«

Das war also Merve Celik, die Frau, mit der Glander sich selbständig gemacht hatte. Lea hatte sich seine Partnerin ganz anders vorgestellt: älter, gediegener – und bei weitem nicht so attraktiv. In ihrem Kopf schwirrten plötzlich eine Menge Gedanken umher, und keiner davon gefiel ihr so richtig. Sie sammelte sich. »Lea Storm, freut mich. Talisker war die englischen Befehle schon gewohnt, als mein Mann und ich ihn übernommen haben. Da ich wie mein Mann fließend Englisch spreche, haben wir uns nie die Mühe gemacht, ihm alles auf Deutsch beizubringen. Aber kommen Sie doch herein!« Lea tendierte dazu zu faseln, speziell wenn sie nervös war. Sie fragte Merve Celik: »Was ist denn eigentlich passiert?«

Merve zuckte mit den Schultern. »Ich weiß selbst noch nicht sehr viel. Eine Schülerin vom Albrecht-Berblinger-Gymnasium ist verschwunden, und die Eltern haben eine Lösegeldforderung erhalten. Wir werden versuchen, das Mädchen zu finden, gegebenenfalls übernehmen wir die Geldübergabe. Die Mutter weigert sich, die Polizei zu verständigen. Im Moment können wir nur darauf warten, dass die Entführer wieder Kontakt aufnehmen. In der Zwischenzeit werden wir so viel wie möglich über das Mädchen und seine Familie in Erfahrung bringen. Der Vater ist Neurochirurg im Virchow, der Familie wird es also an Geld nicht mangeln.«

Lea sah Glanders Partnerin erschrocken an. »Handelt es sich etwa um Tara Berthold?«

Merves Augen weiteten sich. »Sie kennen das Mädchen?«

Lea nickte. »Ja, wenn auch nicht sehr gut. Sie ist ein paar Jahre jünger als mein Sohn. Duncan ging auf dieselbe Schule wie Tara, und sie waren beide in der AG Theater und Musik. Die Truppe hat sich manchmal bei uns getroffen und Texte einstudiert. Einer der Jungs aus der Gruppe wohnt auch hier in der Straße, Tobi Verheugen. Er ist ein ehemaliger Klassenkamerad meines Sohnes, die beiden sind Freunde geblieben. Wie kurios, ich habe ihn gerade heute Morgen getroffen! Die arme Frau Berthold, sie ist sicherlich krank vor Sorge.«

»Glander sagt, sie ist einigermaßen gefasst. Frau Storm, können Sie mir mehr über diesen Tobi erzählen?«

»Sagen Sie doch bitte Lea! Tobi ist ein netter Kerl, sehr sportlich und ziemlich begabt in Mathematik. Er hat eine kleine Schwester, zwischen den beiden liegen zehn Jahre. Klara kam mit einer Behinderung zur Welt, das war nicht einfach für die Familie. Tobi war ein fröhlicher Junge, aber nach der Geburt seiner Schwester veränderte er sich sehr. Es ist nicht leicht, wenn der Kronprinz entthront wird. Die Eltern haben sich bestimmt Mühe gegeben, aber sie konnten mit seiner Eifersucht nicht umgehen. Ihre ganze Sorge galt dem Baby. Tobi war schon immer als Klassenclown und Störenfried verschrien, aber ab der neunten Klasse bekam er immer mehr Probleme und wäre beinahe von der Schule geflogen. Gezielte Tests führten schließlich zu der Diagnose ADHS. Seitdem nimmt Tobi Medikamente, er hat eine Therapie gemacht, und jetzt geht es ihm besser. Die Krankheit und ein Jahr im Ausland kosteten ihn aber zwei Schuljahre.«

»Was machen die Eltern?«

»Die Mutter arbeitet in der Redaktion einer Tageszeitung, der Vater in der angeschlossenen Druckerei. Tobi war immer schon viel sich selbst überlassen, Klara geht auf eine Ganztagssonderschule – sorry, in ein sonderpädagogisches Förderzentrum mit Ganztagsbetreuung, das heißt ja heute alles anders. Abends kümmert sich die Oma um die Kinder, bis die Eltern nach Hause kommen. Sie lebt in der Seniorenwohnanlage nicht weit von hier. Tobi hat vor zwei Jahren in den Ferien ein Schülerpraktikum in der Firma meines Mannes gemacht. Er hat wohl einen guten Eindruck hinterlassen, alle waren sehr angetan von ihm.«

»Und was wissen Sie über die Bertholds?«

Lea schüttelte nachdenklich den Kopf. »Nicht sehr viel. Tara machte auf mich immer einen zurückhaltenden Eindruck. Sie ist ein sehr hübsches Mädchen, aber nicht eingebildet. Auch merkt man ihr nicht im

Geringsten an, dass sie aus einem betuchten Elternhaus kommt. Ihr Vater gehört wohl zu den Topgehirnchirurgen. Er hat der Schule seiner Tochter einen Raum für naturwissenschaftliche Experimente gesponsert und ist bezirkspolitisch engagiert. Zumindest war er das, als Duncan die Schule noch besuchte.«

»Was ist mit Taras Mutter?«

»Sie kenne ich kaum. Es gab ja bis auf die Theater-AG keine Berührungspunkte zwischen Tara und Duncan. Das Aussehen hat Tara aber eindeutig von ihrer Mutter, und ich nehme an, auch das freundliche Wesen. Ich habe Frau Berthold als auffallend schön in Erinnerung. Die arme Frau, ich mag mir gar nicht ausmalen, wie es ihr jetzt geht.«

»Lea, ich bin sicher, wir kommen noch einmal auf Sie zu. Je mehr Einblick wir in Taras Umfeld haben, desto leichter können wir herausfinden, wer es auf die Familie abgesehen haben könnte. Wissen Sie, wo Glanders Laptop ist? Und könnten Sie ihm einen Satz Wechselwäsche und sein Waschzeug zusammenpacken? Wir werden uns vorerst bei den Bertholds einrichten müssen.«

Lea nickte. »Natürlich. Wenn Sie mich kurz entschuldigen, das dauert nicht lange.«

Während Lea Glanders Sachen zusammensuchte, schaute sich Merve die gerahmten Fotos an, die auf einem Sideboard im Wohnzimmer standen. Sie zeigten Lea über einen Zeitraum von rund zwanzig Jahren. Glanders neue Freundin stand auf jedem Foto an der Seite eines großen, gutaussehenden dunkelhaarigen Mannes mit dunklen Augen und eindringlichem Blick.

Der Junge, der in der Bildergalerie vor Merves Augen an der Seite seiner Eltern heranwuchs, hatte die kastanienbraunen Haare, die grauen Augen und das strahlende Lächeln seiner Mutter und wirkte doch wie ein Abbild seines Vaters. An der Treppe hing ein mit Bleistift gezeichnetes Porträt von Leas Mann, das den Blick auf sich zog. Die Storms waren eine schöne Familie gewesen, und Merve ahnte, wie hart der Tod ihres Mannes Lea getroffen haben musste. Ob Glander wirklich wusste, worauf er sich einließ?

»Wir haben in jedem Sommerurlaub ein Foto gemacht.« Lea war zu Merve getreten und stellte Glanders Tasche auf dem Boden ab.

»Sie sehen sehr glücklich zusammen aus.«

»Das waren wir auch. Bis zum Ende.«

»Es muss für Sie schlimm gewesen sein, Ihren Mann zu verlieren.«

Leas trauriges Lächeln sprach Bände, und Merve verabschiedete sich. »Ich muss leider wieder los, Glander und ich haben eine Menge zu tun. Es hat mich sehr gefreut, Lea.«

»Mich auch. Hoffentlich geht es Tara gut! Und hoffentlich finden Sie das Mädchen schnell!«

Merve nickte ihr zu und verabschiedete sich.

Lea sah ihr nach und schloss die Haustür mit einem flauen Gefühl in der Magengegend.

4

Tara war eingeschlafen. So reagierte sie stets auf Stress. Wenn ihre Eltern sich mal wieder stritten, übermannte sie einfach der Schlaf.

Die Luke in der Decke des Kellerverlieses wurde geöffnet, und eine schlanke Gestalt brachte einige Sachen herunter: eine Isomatte, ein Kissen und eine Fleecedecke, danach einen Korb mit Butterbroten, Salami und Käse, einer Tafel Schokolade und zwei Flaschen Mineralwasser, ferner einer kabellosen Universalleuchte mit Druckschalter, einem Satz Batterien für die Taschenlampe und drei abgegriffenen Taschenbüchern – Markus Zusaks *Die Bücherdiebin, Der Junge mit dem Herz aus Holz* von John Boyne sowie Mary M. Kayes *Palast der Winde.* Als Letztes folgte ein Eimer mit Deckel, in dem eine Rolle Toilettenpapier, eine Zahnbürste und eine Tube Zahnpasta lagen.

Die Gestalt betrachtete das schlafende Mädchen einen Moment lang im Schein der Taschenlampe und deckte es zu. Dann stieg sie die Leiter hinauf und zog diese hinter sich hoch. So leise, wie sie sich geöffnet hatte, schloss sich die Luke wieder, und Tara lag erneut in völliger Dunkelheit.

In der Lüdersstraße 23 öffnete Glander Merve die Tür und begrüßte sie knapp. Nachdem er sie Maria Berthold vorgestellt hatte, holte Merve aus ihren zwei Aluminiumkoffern die Ausrüstung zur Telefonüberwachung. Sie verband sie mit der ISDN-Anlage der Bertholds und aktivierte kurz vor halb drei Uhr nachmittags die entsprechende Software auf dem dafür konfigurierten Laptop.

Als die Überwachung stand, wandte sich Merve an Maria Berthold. »Frau Berthold, ich habe die Abhöranlage installiert. Sollten die Entführer telefonisch Kontakt aufnehmen, wird das Gespräch aufgezeichnet, und wenn der Anruf lange genug dauert, können wir ihn vielleicht sogar zurückverfolgen. Ich würde zusätzlich gerne Kameras vor Ihrer Wohnungstür und an den beiden Hauseingängen anbringen. Aus rechtlichen Gründen bräuchten wir für diese Maßnahme eigentlich das Einverständnis Ihrer Mieter. Zeit haben wir dafür jedoch nicht, zumal wir möglichst diskret vorgehen müssen, wenn Sie den Fall nicht der Polizei übergeben wollen – wozu ich Ihnen noch einmal ganz dringend rate. Wir haben zwar gute Geräte, aber die Polizei hat das ganze Highend-Spektrum am Start. Herr Glander und ich sind nur zu zweit, die Kollegen können auf viel mehr Personal zurückgreifen. Die Aufklärungsrate bei erpresserischem Menschenraub liegt bei 85 bis 90 Prozent. Bitte denken Sie noch einmal darüber nach! Wir können den Fall jederzeit übergeben.«

Maria Berthold schüttelte vehement den Kopf, Panik in ihren Augen. »Nein, das kommt doch heraus, und dann bringen sie meine Tara um! Sie müssen mir versprechen, dass Sie die Polizei nicht eigenmächtig informieren, bitte!«

Merve nickte und sah Glander an. Der wandte sich seinerseits beschwichtigend zu Maria Berthold. »Beruhigen Sie sich! Wir werden fürs Erste lediglich Nachforschungen anstellen. Bitte besprechen Sie das Vorgehen aber unbedingt mit Ihrem Mann! Vielleicht kann er Sie ja davon überzeugen, die Polizei einzuschalten. Wir können momentan nur warten, bis die Täter erneut Kontakt aufnehmen. Frau Celik und ich werden hier bei Ihnen bleiben.«

»Ich danke Ihnen, Herr Glander. Wenn Sie mich kurz entschuldigen würden, ich bin gleich wieder da.« Maria Berthold erhob sich und verließ das Wohnzimmer.

Merve sah Glander an und sagte leise: »Rufst du die Kollegen an, oder soll ich das übernehmen?«

»Keiner von uns macht das, erst einmal. Ich hoffe, Frau Berthold besinnt sich noch. Sonst rede ich mit dem Ehemann, sobald der hier auftaucht. Ich möchte, dass du in den Krankenhäusern anrufst, für alle Fälle. Taras Foto hast du ja, um sie zu beschreiben. Ich lasse Frau Berthold eine Aufstellung von Taras Wochenablauf machen. Wir müssen die Orte aufsuchen, an denen sie sich regelmäßig aufgehalten hat. Vielleicht ist dort jemandem etwas Ungewöhnliches aufgefallen.«

Merve blickte Glander ernst an. »Ich finde es sehr merkwürdig, dass der Ehemann nicht hier ist. Das Kind wird entführt, und er überlässt seine Frau sich selbst. Das ist nicht normal. Nicht mal für euch Deutsche.«

Glander nickte grimmig. »Da hast du wohl recht. Tara ist nicht seine Tochter, das weiß aber niemand.

Mein Gefühl sagt mir, dass noch mehr dahintersteckt, und ich hoffe, wir finden möglichst schnell heraus, was es ist.«

Merve zog sich in das benachbarte Esszimmer der Familie Berhold zurück, klappte ihren Laptop auf und begann, die familiäre und finanzielle Situation der Bertholds und der Mieter des Hauses zu durchleuchten, sowohl auf rechtlich unbedenklichem Weg als auch auf einigen Pfaden, die etwas abseits der Legalität lagen. Während sie auf die Ergebnisse ihrer Suchanfragen wartete, telefonierte sie die umliegenden Krankenhäuser ab, doch wie erwartet war in keines ein Mädchen eingeliefert worden, auf das Taras Beschreibung passte. Danach ging sie in Taras Zimmer. In dem Raum befanden sich ein schmales, ordentlich gemachtes Bett und ein funktionaler Kleiderschrank aus Kiefer, der eine Menge Tennisbekleidung enthielt. Vor dem Fenster stand ein aufgeräumter Schreibtisch, davor ein teurer Stuhl aus dem Orthopädiefachhandel. Die Wände waren in einem Beigeton gestrichen, der Teppich war blaugrau mit eingestreuten Rauten in Orange. Merve stand in einem Zimmer, das nicht typisch für ein Mädchen in Taras Alter war. Keine Spur von Romantik. Es fehlte auch der übliche Kitsch, den Siebzehnjährige oft um sich herum verbreiteten. Nicht mal ein Lipgloss lag herum. Merve ließ das Ambiente auf sich wirken und nahm sich dann Taras Laptop vor, der geschlossen auf dem Schreibtisch lag. Sie war zuversichtlich, dass ihr das Passwort keine allzu großen Schwierigkeiten bereiten würde.

5

Tara hatte alles aufgegessen, so hungrig war sie gewesen. Jetzt las sie den Kaye im Licht der Taschenlampe. Sie war ganz ruhig. Über die Jahre hatte sie gelernt, Dinge auszublenden, und ein Buch war das perfekte Mittel dafür. Wenn Tara las, vergaß sie alles um sich herum.

Die Deckenluke öffnete sich einen Spaltbreit, und gleißendes Licht blendete sie, so dass sie nur eine Silhouette erkennen konnte. Eine Stimme, die klang, als hielte sich jemand etwas vor den Mund, sprach sie an.

»Ich werde dir nicht weh tun, wenn du tust, was ich dir sage. Ich gebe dir zu essen und zu trinken. Hab keine Angst! Ich werde mich um dich kümmern.«

Tara starrte in das helle Licht und wollte etwas erwidern, doch die Luke wurde wieder zugezogen. Sie schloss die Augen und wartete darauf, dass das rechteckige Flimmern vor ihren Augenlidern verschwand. Sie sollte keine Angst haben? Tara hatte immer Angst, nur wusste das niemand.

Maria Berthold war ins Wohnzimmer zurückgekehrt und saß Glander gegenüber. Ihr rechtes Augenlid zuckte, und sie öffnete und schloss ständig ihre Hände, ohne es zu merken.

»Frau Berthold, Sie erwähnten, dass Ihr Mann lediglich Taras Stiefvater ist. Kann es sein, dass Ihre Tochter bei ihrem leiblichen Vater ist? Haben Sie noch Kontakt zu ihm?«

Maria Bertholds Gesicht zeigte einen Ausdruck von Abscheu, der Glander überraschte. Sie schüttelte den Kopf. »Das ist ausgeschlossen. Taras *Erzeuger*«, sie spuckte das Wort beinahe aus, »hat damit bestimmt nichts zu tun. Glauben Sie mir, Herr Glander!«

»Nun, ich möchte nur ausschließen, dass Ihre Tochter ...«

Maria Berthold hob abwehrend die Hand, ihre Gesichtszüge fast schmerzverzerrt. Sie holte tief Luft und musste einen Augenblick in sich gehen, bevor sie zu einer Erklärung ansetzen konnte. »Heinz hatte damals einen Kongress in London, und ich wollte ihn nicht begleiten. Ich fliege nicht gerne. Wir stritten uns deswegen. Heinz ist es nicht gewohnt, dass man ihm widerspricht, aber ich blieb standhaft. Als mein Mann auf dem Kongress war, besuchte ich die Philharmonie. Es war eine laue Sommernacht. Nach dem Konzert wollte ich die wunderbare Musik noch auf mich wirken lassen und ging ein Stück durch den Park. Dort passierte es dann. Es ging ganz schnell. Ich sah den Mann nicht kommen. Er zog mich ins Gebüsch und ...« Sie wandte ihren Blick von Glander ab, bevor sie weitersprach. »Ich habe keine Anzeige erstattet, weil ich mich so sehr schämte. Sie können sich mein Entsetzen vorstellen, als ich Wochen später merkte, dass ich schwanger war. Ich bin Katholikin, ein Abbruch kam nicht in Frage. Die Schwangerschaft verlief kompliziert. Bei der Geburt verlor ich eine Menge Blut, ich hätte sie beinahe nicht überlebt. Als Tara zwölf Jahre alt war, bestätigte sich, dass ich keine Kinder mehr bekommen kann. Daraufhin sagte ich Bernd alles. Tara weiß nichts davon, und sie darf es auch unter keinen Umständen erfahren.«

Leise fragte Glander: »Wie hat Ihr Mann reagiert?«

Maria Berthold versuchte ein Lächeln, das ihr nicht gelang. »Er hat mir nicht geglaubt. Heinz ist ein sehr erfolgsverwöhnter und ehrgeiziger Mann, Niederlagen sind in seinem Leben nicht vorgesehen. Überdies ist er sehr eifersüchtig, und unser Altersunterschied macht es nicht einfacher. Er ist überzeugt davon, dass ich fremdgegangen bin. Irgendwann gab ich es auf, ihn von der Wahrheit überzeugen zu wollen. Er hat extrem viel zu tun und ist dauernd unterwegs. Wir haben uns ... arrangiert.«

Glanders Bauchgefühl hatte ihn nicht getrogen. Er hatte geahnt, dass hinter dem Verhalten des Ehemanns mehr steckte als nur viel Arbeit in der Klinik. Dass es eine solch tragische Geschichte war, hatte er allerdings nicht erwartet. »Es tut mir aufrichtig leid, Frau Berthold. Unter diesen Umständen muss ich Sie aber fragen, ob Sie es für möglich halten, dass Ihr Mann etwas mit der Entführung zu tun hat.«

Sie seufzte. »Ich weiß schon sehr lange nicht mehr, wer dieser Mann an meiner Seite ist, Herr Glander.«

Glander hielt es an diesem Punkt für das Beste, die Richtung seiner Fragen zu ändern. »Hat Tara einen Freund?«

»Nein, ich glaube nicht. Sie hat wohl einen Schwarm an ihrer Schule, aber der scheint ihre Gefühle nicht zu erwidern. Ihre beste Freundin Louise wird darüber besser informiert sein, denke ich. Sie wohnt mit ihrem Vater hier im Souterrain. Ich habe vergeblich versucht, Louise zu erreichen, als Tara nicht nach Hause kam.«

Glander würde mit dieser Louise sprechen müssen, um mehr über Tara Berthold herauszufinden. Beste Freundinnen hatten in dem Alter nicht viele Geheimnisse voreinander. »Gibt es sonst etwas, das Ihnen einfällt? Egal, wie belanglos es Ihnen vorkommen mag. Ist Ihnen in letzter Zeit jemand in der Nähe des Hauses oder anderswo aufgefallen?«

Wieder schüttelte Maria Berthold den Kopf. »Nein, es war alles wie immer.«

Glander stand auf. »Ich werde nach unten gehen und sehen, ob ich Louise antreffe und mehr über Taras Schwarm herausfinden kann. Es wäre gut, wenn Sie Frau Celik und mir in der Zwischenzeit Taras Wochenablauf aufschreiben, also ihre regelmäßigen Termine, ihren Stundenplan, das Tennistraining. Wir bräuchten auch eine Liste ihrer Freunde und weiterer Bezugspersonen wie Verwandte, Trainer, Lehrer und so weiter. Ich bin gleich wieder da, Frau Celik bleibt hier.«

Im Souterrain musste Glander klopfen, die Klingel funktionierte nicht. Ein sommersprossiges Mädchen, das Glander gerade bis zur Brust reichte, öffnete die Tür. Es hatte strahlende Augen, eine Stupsnase und einen breiten Mund, dessen hochgezogene Mundwinkel stets für einen lächelnden Gesichtsausdruck sorgten. Über die Schultern des Mädchens fiel eine wilde Mähne dunkelblonder Locken, und eine kleine Lücke zwischen den oberen Schneidezähnen gab Louise einen recht lasziven Ausdruck für ihre siebzehn Jahre. Sie war barfuß, und Glander nahm den blitzenden Zehenring an ihrem linken Fuß wahr. Am rechten Fußgelenk trug sie ein goldenes Kettchen.

»Mein Name ist Martin Glander, ich bin privater Ermittler.« Er wies sich aus. »Sind Sie Louise Schneider?«

»Ja, das bin ich. Was ist denn passiert?« Plötzlich riss sie Augen und Mund weit auf. »O Gott, ist was mit Tara? Ich versuche schon den ganzen Tag, sie zu erreichen, aber sie meldet sich nicht.«

»Warum sind Sie nicht einfach nach oben gegangen? Taras Mutter versucht seit gestern Abend, mit Ihnen Kontakt aufzunehmen.«

Louise blickte die Treppe hinauf, und ihre Miene verdunkelte sich. »Taras Eltern mögen mich nicht. Frau Berthold hat keine Nachricht hinterlassen, deshalb habe ich nicht zurückgerufen. Ich dachte, es sei nicht wichtig. Gestern Abend bin ich mit meinen Kopfhörern eingeschlafen und habe nichts an der Tür gehört, unsere Klingel ist schon lange kaputt. Kommen Sie doch bitte herein! Mein Vater ist in seinem Zimmer, ich sage ihm Bescheid. Gerade durch geht es ins Wohnzimmer.«

Glander durchquerte den Flur und trat in einen freundlichen, in Terracottatönen gehaltenen Raum. Kurz darauf betrat Louise das Wohnzimmer, dicht gefolgt von einem stämmigen, untersetzten Mann um die fünfzig, dessen Haare zu lang waren für seine auffallenden Geheimratsecken.

Er stellte sich Glander vor. »Jürgen Schneider. Bitte setzen Sie sich doch! Kann ich Ihnen etwas anbieten?«

»Danke, nein, das ist sehr freundlich von Ihnen. Ich

will Sie nicht länger aufhalten als nötig. Zuerst muss ich Sie ersuchen, dieses Gespräch für sich zu behalten. Taras Eltern ist an größtmöglicher Diskretion gelegen. Ihre Tochter ist verschwunden.«

Louise blickte auf den Boden, ihr Vater legte schützend seinen Arm um ihre Schulter und nickte, als er antwortete. »Selbstverständlich, Herr Glander. Wie können wir Ihnen helfen?«

»Louise«, Glander wandte sich zu dem Mädchen, »Taras Mutter sagt, Sie haben gestern mit der Theater-AG in der Schule geprobt.«

»Das stimmt. Die AG findet jeden Freitag zwischen siebzehn und neunzehn Uhr statt. Wir proben gerade *Der zerbrochne Krug* von Kleist. Tara ist die Eve, ich gebe die Brigitte. Nach der Probe sind wir zum Pavillon in den Bäkepark und haben alle ein bisschen was getrunken. Tara verträgt keinen Alkohol. Ich glaube, das liegt an so einem seltenen Enzymmangel. Sie trinkt einen Schluck und ist gleich richtig hacke ... Entschuldigung, ich meine betrunken. Max hatte was besorgt.« Das Mädchen zögerte.

Glander sprang ein. »Max? Ist das Taras Schwarm?«

»Ja, Max Kleinert aus dem dritten Semester. Tara steht total auf ihn, aber der kriegt das nicht mit, obwohl es wirklich nicht zu übersehen ist. Max ist ein lässiger Typ, der macht immer sein eigenes Ding.«

»Max hatte also was zu trinken besorgt.« Glander tippte Max' vollständigen Namen in sein Handy ein und schickte ihn an Merve.

»Wodka und Energy Drinks. Die Jungs haben die Flasche ziemlich schnell leer gemacht. Ich mag keinen

Alkohol und habe nur einen Anstandsschluck getrunken. Dann wollte ich gehen.« Louise sah ihren Vater an, der ihr liebevoll zulächelte.

Glander konzentrierte das Gespräch wieder auf das Wesentliche. »Was genau ist im Park passiert, Louise? Wer war noch alles dabei?«

»Tobi Verheugen und Leander Horten, beide aus dem dritten Semester. Sie hängen immer zusammen mit Max ab. Annalisa war auch da, Annalisa Gebauer. Sie, Tara und ich sind zusammen im Deutschleistungskurs.«

Glander schickte auch die Namen der anderen Jugendlichen an Merve.

Louise fuhr inzwischen fort: »Also, Tara war richtig betrunken. Alle dachten aber, sie tue nur so. Das glaubt ja keiner, dass man so schnell blau wird. Die Jungs wurden dann unangenehm, und ich hab mir Tara geschnappt und bin mit ihr nach Hause gegangen.«

»Inwiefern wurden die Jungs unangenehm?«

»Ach, die waren einfach blöd! Leander hat die ganze Zeit Annalisa angemacht. Als die nicht darauf eingegangen ist, hat er Tara verarscht, die davon gar nichts mehr mitbekam. Max hat den Wodka nur stumm in sich hineingekippt. Tobi und Leander wurden dann richtig anzüglich, sie wollten Strippoker bei Tobi spielen und so was. Das war mir zu doof, und Tara und ich sind gegangen. Tara hatte ganz schön Schlagseite, wir haben für den Nachhauseweg ewig gebraucht. Ich habe mich im Hausflur von ihr verabschiedet und bin zu uns reingegangen.«

»Wann war das in etwa?«

»So gegen zehn, denke ich. Vielleicht auch ein wenig später. Genau kann ich es nicht sagen, meine Uhr braucht eine neue Batterie, und ich hab mich noch nicht darum gekümmert.«

»War sonst noch jemand im Treppenhaus? Oder hat Tara vielleicht eine Nachricht auf ihrem Handy erhalten?«

»Nein, ich habe nichts mitbekommen. Ich habe angenommen, dass Tara nach oben in die Wohnung geht. Herr Glander, ich mache mir große Vorwürfe. Ich hätte sie hochbringen müssen, sie war doch so betrunken! Aber sie hat mich weggeschubst und gesagt, sie sei kein kleines Kind und ich solle mich ver..., ich solle sie in Ruhe lassen.«

»Sie trifft keine Schuld, Louise! Sie haben Tara immerhin sicher nach Hause gebracht, das war doch schon ein ordentlicher Freundschaftsdienst.«

Louises Vater schaltete sich ein. »Was, denken Sie, ist mit Tara passiert?«

»Ich kann Ihnen im Moment nicht mehr sagen, als dass sie verschwunden ist. Louise, hat Tara Probleme zu Hause oder in der Schule?«

Louise zögerte. »Na ja, in der Schule läuft alles super, sie hat die besten Noten und muss sich dafür nicht mal übermäßig anstrengen. Mit ihrer Mutter versteht sie sich sehr gut, aber ihr Vater ist ein echter Kotzbrocken.«

Jürgen Schneider mischte sich ein. »Lula, das kannst du doch nicht sagen! Professor Berthold war immer sehr gut zu uns.«

Louise sah ihren Vater an. Für einen kurzen Moment flackerte Zorn in ihren Augen auf. »Klar kann ich das sagen! Er ist total gemein zu Tara. Du weißt doch auch, wie der sein kann!« Wieder zu Glander gewandt, fügte sie an: »Aber deswegen haut man ja nicht gleich von zu Hause ab. Außerdem hätte sie mir das gesagt. Ich bin ihre beste Freundin.«

»Ist Ihnen in der Nähe des Hauses oder auf dem Schulweg irgendjemand aufgefallen? Ist Ihnen mal jemand gefolgt? Oder hat Sie angesprochen?«

»Nein, ich habe nichts Ungewöhnliches bemerkt.«

Glander zog seine Visitenkarte hervor. »Bitte sprechen Sie mit niemandem über die Angelegenheit, solange wir nichts Genaueres wissen! Sollte Ihnen etwas auffallen oder sollte sich Tara bei Ihnen melden, rufen Sie mich bitte an, egal, zu welcher Uhrzeit! Hier ist meine Karte.«

Louise steckte sie in die Känguruhtasche ihres Sweatshirts, das den Aufdruck einer teuren Marke trug.

Glander verabschiedete sich und ging wieder hinauf zu Maria Berthold.

6

Es kostete Tara große Überwindung, den Eimer zu benutzen, der ihr für ihre Notdurft hingestellt worden war. Sie sehnte sich nach einem heißen Bad mit ihrem Lieblingsbadegel. Tara dachte an ihre Mutter, die sich sicherlich große Sorgen machte, und an ihren Vater, der bestimmt wie immer im Krankenhaus war. Dennoch versuchte sie, ruhig zu bleiben und nicht über ihre Situation nachzudenken. Mit diesem Mechanismus war sie schließlich bestens vertraut. Dinge auszublenden und sich aus der Gegenwart wegzudenken gehörte zu ihrer Überlebensstrategie. Sie griff nach der Taschenlampe und dem Buch und las im *Palast der Winde* weiter. Dabei dachte sie an Adam, mit dem sie seit einigen Wochen chattete, und fragte sich einmal mehr, wie er wohl aussah. Er war so verständnisvoll. Sie hatte das Gefühl, ihm alles sagen zu können. Vielleicht fände sie ihn sogar noch toller als Max. Tara stellte sich vor, wie einer der beiden zu ihrer Rettung kam, sie in seine Arme nahm und an einen sicheren Ort brachte.

Glander war unzufrieden mit sich. Er spürte, dass er ein entscheidendes Detail übersehen hatte, kam aber nicht darauf, was es sein konnte. Er ging in Taras Zimmer, um sich selbst darin umzusehen. Der Raum wirkte unpersönlich und stillos im Vergleich zum Rest der eleganten Berthold'schen Wohnung. Als Glander die Kissen auf dem Bett anhob, fand er Taras iPhone. Es steckte zwischen der Matratze und dem Bettrahmen, der Akku war leer. Das war es, was ihn unterschwellig beschäftigt hatte! Warum hätte Tara, betrunken wie sie war, grundlos noch einmal das Haus verlassen sollen? Sie hätte doch eine Nachricht erhalten haben müssen, die sie dazu veranlasst hätte. Und wenn es so gewesen wäre, dann hätte sie sicher ihr Handy mitgenommen. Glander fand das Ladekabel in der Schreibtischschublade, verband es mit dem iPhone und schaute sich die eingegangenen Nachrichten an, nachdem das Handy ohne Passwortsicherung wieder angegangen war. Taras Mutter hatte im Laufe der letzten 24 Stunden acht Sprachnachrichten hinterlassen und zehnmal angerufen, ohne etwas auf die Mailbox zu sprechen. Es gab außerdem sechs SMS von Louise, die von Mal zu Mal mehr Ausrufezeichen hinter ihre Aufforderung an Tara setzte, sich bei ihr zu melden.

Glander ging noch einmal nach unten zu Louise, die sofort an der Tür war. »Louise, hatte Tara ihr Handy gestern bei sich?«

»Nein, ich glaube nicht. Ich habe sie jedenfalls nicht damit gesehen. Sie vergisst ihr iPhone aber öfter auf dem Bett, wenn sie beim Surfen oder Chatten einschläft.«

»Danke, Louise.«

Wenn Tara ihr Handy nicht dabeigehabt hatte, dann hatte sie unmöglich durch eine Nachricht dazu gebracht worden sein können, das Haus wieder zu verlassen. Tara Berthold hatte es offenbar nicht bis in die Wohnung geschafft. Also musste jemand sie im Hausflur abgefangen haben.

Als Glander gegen sechzehn Uhr wieder in das Wohnzimmer der Bertholds trat, erwartete ihn dort Prof. Dr. Berthold.

Heinz Berthold, ein drahtiger Mann Anfang sechzig mit graumeliertem kurzgeschnittenem Haar und einer schmalen, spitzen Nase, hatte ein hageres Gesicht und unruhige Augen, die ihm den Anschein verliehen, ständig auf der Hut zu sein. Oder auf der Suche nach einem besseren Investment. Er streckte Glander die Hand entgegen, ohne die Spur eines Lächelns auf seinen schmalen Lippen.

Glander schüttelte die Hand mit einem gewissen Unwohlsein.

»Ich bin Professor Doktor Heinz Berthold. Was haben Sie bis jetzt in Erfahrung bringen können?«

»Es ist gut, dass Sie da sind, Professor Berthold. Ich möchte Sie bitten, Ihrer Frau noch einmal dringend zu raten, den Fall der Polizei zu übergeben.«

Berthold sah ihn interessiert an. »Möchten Sie etwa kein Geld an uns verdienen, Herr Glander?«

Glander widerte diese Frage an. Er hatte größte Mühe, die Abneigung, die er unwillkürlich gegen diesen Mann empfand, für den Moment zu verdrängen. Betont sachlich antwortete er: »Die Polizei hat erheblich mehr Personal als unsere Agentur, was den entscheidenden Unterschied ausmachen kann.«

Bertholds Antwort war deutlich. »Es tut mir leid, aber Maria wünscht keine Polizei, und auch ich werde ihre Meinung nicht ändern können. Mir ist im Übrigen wie ihr an einem Höchstmaß an Diskretion gelegen. Die Öffentlichkeit darf auf keinen Fall etwas erfahren. Sie werden sich also um die Suche nach Marias Tochter kümmern!«

Glander nickte. Er erkannte Granit, wenn er darauf biss. »Professor Berthold, gab es Probleme mit Tara? Hatten Sie öfter Streit? Mädchen in dem Alter können ja ganz schön schwierig sein.«

Berthold dachte nicht im Traum daran, die Brücke zu betreten, die Glander ihm gebaut hatte. »Tara ist nicht wie andere Mädchen in ihrem Alter. Sie ist klug und fokussiert. Sie wird ein ausgezeichnetes Abitur machen und etwas Ordentliches studieren.«

»Was ist mit ihrer Liebe zum Tennis?«

»Was soll damit sein? Das Tennisspiel ist ein Hobby, mehr nicht. Wenn sie studiert, wird sie zwangsläufig damit aufhören. Ich sagte ja bereits, sie ist sehr fokussiert.«

Papa saß bei Taras Turnieren mit Sicherheit nicht in der ersten Reihe. Glanders Eindruck stimmte bislang mit Louise Schneiders Beschreibung ihres Vermieters vollkommen überein. »Professor Berthold, können Sie mir etwas über Ihre Nachbarn erzählen?«

Dem Mann gelang es tatsächlich, seine unsympathische Art noch zu steigern. »Was sollen unsere Nachbarn damit zu tun haben? Meinen Sie etwa, einer von denen versteckt Tara in seinem Schlafzimmerschrank?«

»Ich meine gar nichts, ich möchte mir nur einen Eindruck von Taras Umfeld verschaffen, und dazu gehören die Mitbewohner dieses Hauses. Louise und ihren Vater habe ich bereits kennengelernt.«

»Ein schönes Paar, finden Sie nicht?«, erwiderte Berthold abschätzig. »Die beiden wohnen seit neun Jahren im Souterrain. Sie kommen aus dem Wedding.« Berthold sah aus, als wische er sich gerade Dreck von der Schuhsohle.

Glander musste sich jetzt größte Mühe geben, sich seine Aversion gegen diesen überheblichen Mann nicht anmerken zu lassen.

Der Professor fuhr fort: »Die Mutter war schwere Alkoholikerin und starb an den Folgen von zu viel schlechtem Fusel. Schneider wollte einen Neuanfang für Louise, eine Verbesserung des Umfelds, wenn Sie so wollen. Das war auch dringend nötig. Louise war eine echte Rotzgöre. Ich war nicht angetan von ihr, als sich ihr Vater und sie hier vorstellten. Tara hat aber so lange gequengelt, bis ich nachgab und den beiden die Wohnung vermietete. Seitdem sind Tara und Louise unzertrennlich. Tara hängt ständig bei den Schneiders herum.«

»Was macht Herr Schneider beruflich?«

»Er fährt Taxi. In grauer Vorzeit hat er Philosophie studiert, was ihn sicherlich bestens auf seine jetzige Tätigkeit vorbereitet hat.« Berthold schüttelte den Kopf und sah Glander mit zusammengekniffenen Lippen an. »Es ist mir ein Rätsel, warum Menschen so weltfremdes Zeug studieren und sich dann wundern, dass ihre unnütze Weisheit nicht gefragt ist. Aber Taxis müssen ja auch gefahren werden.«

»Das können Sie bestimmt besser beurteilen als ich«, konnte sich Glander nicht verkneifen zu erwidern. »Wer wohnt noch im Haus?«

»Die Obentrauts, ein älteres Ehepaar, beide in Rente. Sie haben die Wohnung im Souterrain gegenüber den Schneiders und wegen der Behinderung von Frau Obentraut einen eigenen Eingang ohne Treppen. Frau Obentraut ist todkrank. Ich kenne Herrn Obentraut aus unserem Corps, weshalb ich ihm und seiner Frau ein wenig unter die Arme greife. Wir selbst bewohnen dieses Stockwerk und das darüber. Ganz oben sind die Gruhner – Sekretärin bei BMW oben in Moabit, arbeitet viel, ist selten hier, verdient extrem gut für eine Tippse – und der Lemke, Lehrer für Deutsch und Geschichte am Albrecht-Berblinger-Gymnasium hier in Lichterfelde. Tara hat bei ihm Deutschleistungskurs. Ein guter Mann, ich kenne ihn wie Herrn Obentraut aus der Prudentia, der schlagenden Verbindung der Uni Heidelberg. Er hat Kultur und ist eine echte Bereicherung für das Haus.«

Glander war weit davon entfernt, sich von dem zur Schau gestellten Snobismus des Chirurgen beeindrucken zu lassen. Menschen wie Berthold lebten in ihrer eigenen Welt, die von Statusgehabe, Geld und dem Umgang mit Gleichgesinnten bestimmt war. Die Realität gewöhnlicher Menschen konnten sie gar nicht mehr beurteilen, maßten sich aber stets eine Meinung darüber an. Glander beschloss, dem Professor ein wenig den Tag zu versauen. »Doktor Berthold, Ihre Frau hat mir von Ihrem, sagen wir mal, eher unterkühlten Verhältnis zueinander erzählt. Warum lassen Sie sich nicht scheiden?«

Berthold schwieg und blickte durch das große Fenster hinaus in den Garten. Schwere, dunkle Wolken hingen drohend am Himmel, und die Baumwipfel bogen sich in dem starken Wind, der aufgekommen war. Der Professor wandte sich wieder Glander zu. »Herr Glander, wissen Sie, was ich wert bin? Ich leite seit fast zwanzig Jahren als Chefarzt die Neurochirurgie, ich bin ein international begehrter Redner und Dozent. Letzte Woche war ich in Shanghai, um eine komplizierte Operation durchzuführen. Meine Eltern waren wohlhabende Leute, und ich habe unser Vermögen stetig vermehrt. Seit jeher gehört meiner Familie dieses Haus, ich bin hier aufgewachsen. Außerdem besitze ich weitere Mietshäuser in der ganzen Stadt. Maria lebte mit ihrer Familie in einem Slum in Manila, bevor ihre große Schwester als Katalogbraut nach Deutschland kam und ihre zwölf Jahre jüngere Schwester kurz darauf nachholte. Marias Schwager ermöglichte ihr eine Ausbildung an der Hanns-Eisler-Schule, sie erlernte dort das Cellospiel. Als ich sie auf einem Konzert kennenlernte, verlor ich meinen Verstand vor Lust und Liebe. Sie hätten sie hören müssen! Wir heirateten an ihrem achtzehnten Geburtstag. Einen Ehevertrag haben wir nicht, und ich bin nicht gewillt, ihr die Hälfte meines Vermögens zu überlassen – dafür, dass sie mich so hintergangen und der Lächerlichkeit preisgegeben hat.«

»Kümmert es Sie gar nicht, dass Tara in solch unterkühlten Verhältnissen aufwachsen muss?«

Berthold schnaubte verächtlich. »Ach, kommen Sie mir doch nicht so, Glander! Tara ist Marias Kind. Ich gebe beiden ein Dach über dem Kopf und ausreichend Spielgeld für Hobbys und sonstige Freizeitaktivitäten. Im Gegenzug ist Maria die schöne Frau an meiner Seite und Tara die hochbegabte Tochter, die das Bild abrundet. Es ist ein Arrangement, mit dem alle sehr zufrieden sein können.«

Glander fand das eher deprimierend. Auch wenn immer zwei zum Tangotanzen gehörten, wie Lea es ausdrückte. »Herr Berthold, haben Sie Affären mit anderen Frauen?«

»Das geht Sie überhaupt nichts an, Herr Glander!«

»Sie irren sich. Eine unzufriedene Geliebte, die auf eine Heirat spekuliert, würde ich ziemlich weit oben auf die Liste meiner Verdächtigen setzen. Gleich hinter die abgelegte Liebhaberin, die auf Rache sinnt. Wo waren Sie gestern Abend zwischen neun Uhr und Mitternacht?«

Der Arzt schnappte nach Luft. »Worauf wollen Sie mit dieser Frage hinaus?«

»Ich will auf gar nichts hinaus, ich stelle Alibis für die Tatzeit fest. Sie sind Ihrer Frau und deren Tochter nicht sehr wohlgesinnt. Ihre Frau ist Ihnen seit Jahren ein Dorn im Auge und bedeutet ein Leck in Ihrem Geldtank. Es mag Ihnen nicht passen, aber so wie ich die Sache sehe, haben Sie ein wirklich bestechendes Motiv.«

»Nun, dann schlage ich vor, Sie ändern ganz schnell Ihre Perspektive, wenn Sie keine Verleumdungsklage am Hals haben wollen, Herr Glander.«

»Herr Berthold, wenn Ihr Anwalt auch nur ein bisschen was taugt, wird er Ihnen von einem solchen Schritt abraten. Wie sieht denn das aus? Der piekfeine Professor, dem die Entführung seiner Tochter egal ist …«

Auf Bertholds Hals machten sich rote Flecke breit.

Hab ich dich, du bornierter Sack!, dachte Glander.

Berthold hatte sich wieder gefasst und räusperte sich. »Ich war gestern Abend im Virchow-Klinikum und habe eine Notoperation geleitet. Das Team wird Ihnen das jederzeit bestätigen. Und ja, ich habe schon seit vielen Jahren eine Affäre, aber die Dame ist ebenfalls verheiratet und stellt keinerlei Ansprüche.«

»Ich brauche ihren Namen und eine Telefonnummer.«

»Auf keinen Fall!«

»Dann bitten Sie die Dame, sich umgehend mit mir in Verbindung zu setzen! Damit ist mein Entgegenkommen auch schon erschöpft. Wenn ich bis morgen Mittag nichts von ihr höre, erfährt die Presse von Ihren wahren familiären Verhältnissen. Selbstverständlich erst, nachdem Tara in Sicherheit ist.«

»Das wagen Sie nicht!«

Glander sah den Mann nachsichtig lächelnd an. »Möchten Sie es darauf ankommen lassen? Morgen Mittag zwölf Uhr, Professor!«

Der Arzt nickte und verließ das Wohnzimmer. Fast wäre er mit seiner Frau zusammengestoßen, die durch die Tür kam. »Einen feinen Ermittler hast du da an Land gezogen, Saya-Maria. Einmal Gosse, immer Gosse! Ich werde bis auf weiteres in der Klinik übernachten. Wenn Tara gefunden ist ...«, er machte eine hässliche Pause, welche die Worte »tot oder lebendig« zu beinhalten schien, »... werde ich die Stelle in Paris antreten.«

Maria Berthold neigte den Kopf in die Richtung ihres Mannes.

Glander wandte seinen Blick von dem Ehepaar ab.

In der Geste dieser schönen Frau lag so viel Würde, dass er sich für den Chirurgen fremdschämte.

Über dem Haus kündigte ein leises Grollen das bevorstehende Gewitter an.

Merve hatte Glander ihr Gespräch mit Lea umrissen und ihm deren Verbindung zu Tara Berthold erklärt. Danach hatten sie ihre nächsten Schritte geplant. Glander hatte keine weiteren Nachbarn angetroffen. Er würde es später erneut versuchen.

Maria Berthold hatte darauf bestanden, dass sie auch die Videoüberwachung installierten. Merve hatte verdeckte Kameras an den Eingängen und an strategischen Plätzen im Treppenhaus angebracht und war dabei, ihren Laptop entsprechend einzurichten. Selbst wenn einem der Mieter die Kameras auffielen, erwartete sie nicht, dass sich jemand beschwerte.

Glander nahm wieder im Wohnzimmer Platz und sah sich die Kontaktliste und den Wochenplan des Mädchens an. Da Tara ihrem Entführer vermutlich im Hausflur begegnet war, musste jemand den beiden Mädchen ins Haus gefolgt sein. Vielleicht hatte er die Tür blockiert, um kurz darauf hineinschlüpfen zu können. Auch war der hintere Eingang zu den Kellerräumen laut Frau Berthold nie abgeschlossen, da das Reinigungspersonal und der Gärtner ständigen Zugang brauchten und Prof. Berthold ihnen keine Schlüssel überlassen wollte. Hier hätte also ebenfalls jemand ins Haus gelangen können. Oder, und der Gedanke schmeckte Glander gar nicht, jemand war bereits im Haus gewesen, als Tara und Louise aus dem Park gekommen waren. Jemand, der Taras Wege kannte oder der – das war ebenfalls eine Möglichkeit – sogar im Haus wohnte. Glander schloss Maria Berthold zunächst aus dem Kreis der Verdächtigen aus. Sie müsste eine wirklich gute Schauspielerin sein, wenn die Angst um ihr Kind nicht echt wäre. Dem Professor traute er nicht über den Weg. Sie würden seine Finanzen genau durchleuchten. Verwandte hatten die Bertholds nicht. Prof. Berthold war Einzelkind, und Maria Bertholds Schwester war mit ihrem Mann vor ein paar Jahren nach New York gezogen.

Glander ging die Nachbarn durch: das Ehepaar Obentraut, die Chefsekretärin Anneke Gruhner, Taras Lehrer Gerd Lemke und Louises Vater Jürgen Schneider. Louises Schilderung des Abends würde er in jedem Fall überprüfen, sie war bislang die letzte Person, die Tara vor der Entführung gesehen hatte. Er würde sich außerdem die Mitglieder der Theatergruppe vornehmen, mit denen Tara und Louise am Pavillon gewesen waren. Vielleicht hatten die Jungs in ihren betrunkenen Köpfen einen Schabernack ausgeheckt, der außer Kontrolle geraten war. Glander wollte auch mit dem Vertrauenslehrer der Schule über das Mädchen sprechen und nachfragen, ob es auffällige Schüler gab.

Glander war unruhig. Er hasste Untätigkeit, zumal es viel zu tun gab für eine Firma mit nur zwei Köpfen. Bei der Kripo hätte er jetzt Teams auf Nachbarn, Freunde und Lehrer angesetzt. Nun aber würde er diese Arbeit alleine übernehmen müssen, obwohl ihnen die Zeit davonrannte. Glander lief eine Weile im Wohnzimmer herum und entschied sich um kurz vor halb neun, doch noch einmal nachzusehen, ob einer der Mieter inzwischen zu Hause war.

Als er die Wohnungstür der Bertholds öffnete, wäre er beinahe auf einen braunen Umschlag getreten, der auf dem Fußabtreter lag. Er riss ihn auf und las die Nachricht:

500000 Euro.
Gebrauchte Hunderter in einem dunklen Rucksack.
Im Pavillon im Park an der Bäkestraße.
Übergabezeit folgt.
Keine Polizei, sonst stirbt sie!

Glander spurtete die Treppe hinunter, in der absurden Hoffnung, noch jemanden zu erwischen. Doch natürlich war niemand zu sehen. Er würde sich die Aufzeichnungen der Überwachungskameras gleich mit Merve anschauen. Als er wieder ins Haus gehen wollte, kamen zwei Menschen gemeinsam auf den Eingang zu.

Gerd Lemke war sofort als Lehrer auszumachen. Glander fand, der Mann hatte einen Schlaumeierblick, aber Glander hatte auch noch nie eine gute Meinung von Lehrern gehabt. Lemke war leger gekleidet: Er trug Jeans und ein hellblaues Oberhemd, darüber eine leichte Lederjacke. Sein Gesicht zierte ein d'Artagnan-Bärtchen. Er sah erheblich jünger aus, als Glander ihn sich vorgestellt hatte, und hatte eine Sporttasche bei sich.

Neben dem Lehrer ging eine mollige Mittdreißigerin mit einem aschblonden Pagenkopf. Sie hatte eine mächtige Oberweite und ein ausladendes Gesäß. Das Rund ihres pausbäckigen Gesichts wurde durch den

Haarschnitt zusätzlich betont. Sie trug einen dunkelgrauen Hosenanzug mit einer Marlenehose und Schuhe mit mindestens acht Zentimetern Absatz. Unter dem Sakko lugte ein Top mit Spitzenbesatz am fleischigen Dekolleté hervor. Sie war stark geschminkt, ihr voller Mund mit einem dunkelroten glossigen Lippenstift akzentuiert. Alles an ihr schien zum Anfassen einzuladen.

Das Paar blieb stehen. »Kann man Ihnen helfen?«, fragte die Üppige.

»Frau Gruhner, Herr Lemke?«, fragte Glander zurück. Die beiden nickten, und Glander stellte sich ihnen vor. »Mein Name ist Martin Glander, ich bin privater Ermittler und von den Bertholds beauftragt. Es geht um Tara.«

Der Mann sah ihn voller Erstaunen an, die Frau legte in einem Ausdruck des Entsetzens ihre Hand über den Mund.

»Vielleicht könnte ich Ihnen im Haus ein paar Fragen stellen?«

Beide nickten erneut, der Lehrer hatte sich als Erster wieder gefasst. »Anneke, können wir zu dir gehen? Meine Junggesellenbude eignet sich heute nicht für spontane Gastgeberauftritte.«

»In Ordnung«, sagte Anneke Gruhner und lud Glander ein, ihnen zu folgen.

Glander folgte ihren wogenden Hüften die Treppen hinauf und simste Merve dabei:

lösegeld 500t, brief lag vor wohnungstür. ort der übergabe genannt, zeit folgt. spreche mit nachbarn oben. check du die kameras!

Anneke Gruhner öffnete ihre Wohnungstür, und Glander betrat einen quadratischen Flur. Zur Linken lag das Bad, daneben die Küche, die in das Wohnzimmer überging, rechts vom Flur befand sich das Schlafzimmer. Glander konnte durch die geöffnete Tür ein ungemachtes Bett mit dunkelroter Satinbettwäsche erkennen.

Anneke Gruhner bemerkte seinen Blick und schloss die Schlafzimmertür. »Ich habe heute Abend nicht mehr mit Besuch gerechnet, aber machen Sie es sich bitte im Wohnzimmer bequem! Ich bin gleich bei Ihnen. Gerd, würdest du dich um etwas zu trinken kümmern?«

Gerd Lemke nickte und fragte Glander, was er trinken wolle. Der lehnte dankend ab und ging ins Wohnzimmer, während der Lehrer sich ein Bier aus dem Kühlschrank holte. Nach kurzer Zeit gesellte Lemke sich zu Glander und schenkte seiner Nachbarin ein Glas Rotwein aus einer Flasche ein, die er einem Schränkchen unter der Dachschräge entnommen hatte. Das Schränkchen stand neben einer großen Glastür, die auf einen kleinen Balkon hinausführte.

Während bei den Bertholds kostspielige Materialien das Dekor dominierten, stand Glander bei Anneke Gruhner auf Klicklaminat, und der Küchenboden war mit einem PVC-Belag ausgekleidet. Eine weiße Ikea-Einbauküche bot Funktionalität und tat dem Auge nicht weh. Anneke Gruhner hatte sich bemüht, dem Ensemble einen eigenen Stempel aufzudrücken, indem sie teure Küchenutensilien in kräftigen Farben benutzte.

Sie hatte sich umgezogen und trug nun eine weite Freizeithose, darüber ein schwarzes Wickelkleid. Mit einem Seufzer ließ sie sich auf ihr Sofa fallen und griff nach dem Glas Rotwein. Sie nahm einen Schluck und beugte sich vor, um das Glas wieder auf den kleinen Tisch vor dem Sofa zu stellen. Dabei gewährte sie Glander einen freien Blick auf ihren dunkelroten Spitzen-BH. »Was ist denn mit Tara passiert?«

»Das wissen wir noch nicht genau. Sie ist gestern Abend nicht nach Hause gekommen.«

Lemke nahm einen tiefen Zug aus seiner Bierflasche, und Anneke Gruhner langte erneut nach dem Glas auf dem Couchtisch. »Ist Tara etwa entführt worden?« Sie gab sich selbst die Antwort. »Was für eine dumme Frage! Die Bertholds haben eine Menge Geld. Man glaubt ja nicht, dass man selbst einmal mit so etwas in Berührung kommt, mit einer Entführung, meine ich, in der unmittelbaren Nachbarschaft.«

Glander ließ das unkommentiert. »Frau Gruhner, Herr Lemke, wo waren Sie gestern Abend zwischen neun Uhr und Mitternacht?«

Gerd Lemke trank erneut von seinem Bier. Die Gruhner zog einen Flunsch, antwortete aber zuerst. »Das ist einfach, Herr Glander, ich war bis kurz vor Mitternacht alleine im Büro. Wir haben am Montag eine große Vertriebsveranstaltung, und die Präsentationsunterlagen mussten noch fertiggestellt werden. Für so etwas brauche ich Ruhe, und die habe ich nur am Abend, wenn die Kollegen im Feierabend sind. Oder am Wochenende. Ich komme gerade auch aus dem Büro.«

Glander sah Gerd Lemke an, der noch einen Schluck von seinem Bier nahm, bevor er antwortete. »Ich war zu Hause, Herr Glander, und habe Deutscharbeiten des dritten Semesters korrigiert. Später bin ich auf bessere Lektüre umgestiegen und habe begonnen, die Memoiren unseres Kanzlers der Einheit zu lesen. Ich erwäge, diese im Geschichtsunterricht einzusetzen.«

Also hatte der Lehrer kein Alibi, und auch das der Sekretärin stand auf wackligen Beinen. Glander wandte sich erneut Gerd Lemke zu. »Herr Lemke, können Sie mir etwas über Tara Berthold erzählen? Was ist sie für eine Schülerin? Hat sie Feinde oder Neider an der Schule?«

Lemke überlegte einen Moment und schüttelte dann den Kopf. »Tara hat keine Feinde, nein, sie ist sehr beliebt, auch weil sie so bescheiden ist. Ihr Vater ist ziemlich wohlhabend, ihre Mutter kommt aus sehr einfachen Verhältnissen. Tara hat einmal einen Aufsatz über ihre Familie geschrieben, in der achten Klasse war das, glaube ich. Ihre Mutter ist Philippina und hatte es wohl nicht immer leicht, bis sie Professor Berthold kennenlernte. Jedenfalls ist Tara ein bodenständiges Mädchen, wenig affektiert für ihr Alter.« Er hielt inne, obwohl es schien, als wolle er noch mehr sagen.

Anneke Gruhner warf ein: »Tara ist eine ganz Liebe, Herr Glander. Wenn ich verreise, kümmert sie sich um meine Pflanzen. Manchmal bittet sie mich um Hilfe am PC. Sie ist sehr verlässlich, viel zu ernst vielleicht für ein Mädchen ihres Alters. Haben Sie schon mit Louise Schneider gesprochen? Das ist Taras beste Freundin, sie wohnt ...«

»... unten im Souterrain. Ja, ich habe schon mit ihr geredet.«

Das Gespräch wurde zu Glanders Enttäuschung nicht ergiebiger. Tara war offenbar ein freundliches, intelligentes Mädchen, das alle mochten. Er legte den beiden Nachbarn eindringlich nahe, nicht über Taras Verschwinden zu sprechen, und verabschiedete sich um kurz vor 22 Uhr von ihnen. Auf dem Weg die Treppe hinunter nahm er sich vor, am nächsten Morgen noch einmal bei Gerd Lemke vorbeizuschauen. Er interessierte sich für dessen Wohnung, denn eine schnell erdachte Lüge erkannte Glander sofort als solche. All die Jahre bei der Kripo mussten ja für etwas gut gewesen sein.

7

Louise Schneider blickte lange auf das Display ihres Handys, bevor sie auf *Senden* drückte. Der würde Augen machen, da war sie sich sicher. Ebenso sicher war sie, dass er das Geld auftreiben würde, damit sie den Mund hielt und diesem Glander nicht verriet, dass sie gestern Abend von ihrem Fenster aus Tara in seiner Begleitung die Treppe vor dem Haus hatte hinunterwanken sehen. Die Anrufe von der Berthold, dieser blöden reichen Kuh, hatte sie ganz bewusst ignoriert. Louise hatte angenommen, Tara, das ewige Musterkind, wolle noch etwas ausnüchtern, bevor sie sich ihren Eltern präsentierte, und habe mit ihm noch frische Luft geschnappt. Das Auftauchen dieses Ermittlers hatte ihr jedoch klargemacht, was da gestern gelaufen sein musste. Louise zog gut gelaunt ihren Lippenstift nach, band ihre Locken zu einem Zopf und schaute sich die coolen Outfits auf einer Modewebsite an, die sie sich sehr bald würde kaufen können. Die Antwort auf ihre SMS ließ nicht lange auf sich warten.

Du kriegst das Geld. Pavillon im Park, morgen, Mitternacht.

Na also, geht doch!, dachte Louise. Sie zog die Visitenkarte, die Glander ihr gegeben hatte, aus der Tasche ihres Sweatshirts, und ein Lächeln breitete sich auf ihrem Gesicht aus. Ihr Taschengeld war so mickrig, weil ihr Vater, dieses Opfer, es nur zum Taxifahrer gebracht hatte. Er würde um 22 Uhr seine Nachtschicht beginnen. Nachts fuhr er gerne, da war es ruhiger. Dass er auf diese Weise auch erheblich weniger verdiente, schien ihn nicht zu kümmern. Louise verstand nicht, warum er sich keinen richtigen Beruf suchte. Sie runzelte die Stirn, als sie sah, dass ihr der Nagellack vom rechten Zeigefinger abgesplittert war. Die meisten ihrer Mitschüler hatten Eltern, die Kohle mit nach Hause brachten, nur sie musste sehen, wie sie ihr mieses Taschengeld aufbessern konnte. Sie könnte putzen gehen, die Obentrauts hatten sie schon ein paarmal gefragt, ob sie ihnen helfen würde, aber das war ein Job für Assis, so was hatte sie nicht nötig. Ihre neue Einnahmequelle war viel lukrativer, obwohl die Kohle auch jetzt noch nicht reichte. Ihr Vater gab ihr dreißig Euro für das Handy, was natürlich viel zu wenig war. Sie hätte gern bei Primark gejobbt, diesem geilen neuen Laden im Schloss-Straßen-Center in Steglitz, aber ihr Vater hatte es ihr verboten, weil sie dann angeblich zu wenig Zeit für die Schule hätte. So ein blöder Idiot, sie hätte Mitarbeiterrabatt auf alle Klamotten bekommen!

Louise konnte es kaum erwarten, endlich mit der Schule fertig zu werden und eigenes Geld zu verdienen. Sie könnte bessere Noten mit nach Hause bringen, wenn sie sich ein bisschen mehr anstrengen würde, das wusste sie, aber sie sah überhaupt keinen Sinn in der ganzen Büffelei. Das meiste würde sie nie wieder brauchen, schon gar nicht, wenn sie erst einmal einen coolen Typen mit viel Geld geheiratet hätte. Ihr hätte sowieso der Realschulabschluss gereicht, aber ihr Vater hatte davon nichts wissen wollen. Sie solle es mal besser haben als er. Na super! Er hatte studiert, und gebracht hatte es ihm gar nichts. Erwachsene waren so dröge mit ihren lahmen Sprüchen von Fleiß und Disziplin, guter Ausbildung, Auslandsjahr, Rentenzusatzversicherung – was für Hirnblähungen! Sie würde sich einen Job suchen, der nicht allzu anstrengend war, und dann einen Mann angeln, der Asche hatte. Louise betrachtete sich in ihrem kleinen Handspiegel und war zufrieden mit dem Ergebnis. Erst einmal würde sie leben. Sie war jung, sie war hübsch, und sie würde mit Leander schlafen.

Ohne Tara war es allerdings total langweilig, und Louise fragte sich, wie es der Freundin wohl ging und wo er sie festhielt. Ob er sie wohl ... Nein, das wollte sie sich lieber nicht vorstellen. Sie würde ihm morgen das Geld abknöpfen und dann vielleicht ein paar Tage später noch einmal etwas fordern. Dann würde sie diesem Glander sagen, dass sie einen Verdacht habe, und der Ermittler würde Tara finden. Die könnte später ein Buch über die Entführung schreiben und sich zu Talkshows einladen lassen. Sie selbst als Taras beste Freundin würde auch davon profitieren, weil sie den entscheidenden Hinweis gegeben hatte. Louise lächelte zufrieden. Sie schaltete den Fernseher ein und schaute sich die zweite Hälfte eines Spielfilms an, der von einem gutaussehenden Jungen handelte, der halb Engel, halb Mensch war und Stress mit üblen Vampirtypen hatte.

Die Aufzeichnung der Überwachungskameras zeigte eine in einen schwarzen Overall gekleidete Gestalt, die eine Sturmmaske trug und um 19.54 Uhr das Haus durch den hinteren Eingang betrat. Merve war zu diesem Zeitpunkt mit der Aktivierung der Kamerasoftware beschäftigt gewesen, die Kameras hatten zwar schon aufgezeichnet, aber das Bild noch nicht auf den Laptop übertragen. Die Gestalt trug Handschuhe und hatte einen braunen Umschlag in der Hand, zweifelsohne den zweiten Erpresserbrief. Keine drei Minuten später verließ sie das Haus wieder über den hinteren Eingang und entfernte sich durch den Garten. Leider war die Person nicht zu erkennen, die Aufzeichnung brachte sie nicht weiter.

»Glander, wir haben keinen einzigen Hinweis darauf, wer das sein könnte. Wenn wir uns nicht rund um die Uhr persönlich auf die Lauer legen, kommt der hier jederzeit wieder rein. Wir müssten das ganze Gelände überwachen, aber so viel Equipment haben wir nicht. Wo kommt man raus, wenn man hinten durch den Garten geht?«

»Der Garten grenzt an ein Nachbargrundstück, an das wiederum andere Grundstücke anschließen. Schließlich kommt man wieder zurück zur Straße, die macht ja einen Bogen. Es ist ziemlich riskant, den Brief eigenhändig vor die Wohnungstür zu legen, findest du nicht? Es hätte jederzeit jemand im Treppenhaus sein können. Das ist schon ziemlich dreist.«

Merve schaute noch einmal auf die Aufzeichnungen der Kameras. »Kurz vor acht Uhr an einem Sonnabend sitzen viele Menschen vor dem Fernseher, die Tagesschau fängt gleich an. Eltern bringen ihre Kinder zu Bett. Manche sind vielleicht ausgegangen. Die Wohnungstüren hier im Haus haben keinen Spion. Die Erpresser kennen sich wahrscheinlich mit den Gewohnheiten der Hausbewohner und der weiteren Nachbarschaft aus, die müssen das Mädchen schon eine Weile im Blick gehabt haben. Tara hat keinen unüberschaubaren Tagesablauf laut der Aufstellung, die uns die Mutter gemacht hat. Sie geht in die Schule und danach meistens zum Tennistraining. Einmal in der Woche hat sie Theater-AG, am Wochenende Tennisturnier, und gelegentlich geht sie mit ihrer besten Freundin aus, die auch hier im Haus wohnt. Für Entführer ist sie ein leichtes Opfer.«

Glander runzelte die Stirn. »Was hast du bislang über die Nachbarn in Erfahrung bringen können?«

Merve hob ihre Hand, bevor sie ihm antwortete. »Warte mal, ich habe erst noch etwas anderes, das ich dir erzählen möchte. Ich bin im Browserverlauf von Taras Computer auf etwas gestoßen, das mir zu denken gibt. Sie hat über eine Chatplattform mit einem gewissen Adam persönliche Nachrichten ausgetauscht. Die Art von Nachrichten, bei der wir beide sofort stutzig werden. Adam hat die Korrespondenz offensichtlich mit einem ganz klaren Ziel geführt: ihr Vertrauen zu erlangen, um sie persönlich zu treffen und wer weiß was mit ihr anzustellen. Er hat sie um einschlägige Bilder gebeten. Bislang war sie noch zu schüchtern, aber man kann herauslesen, dass sie kurz davor war nachzugeben und sich vermutlich sogar mit ihm zu treffen. Dieser Adam hat Tara nach allen Regeln der Kunst eingelullt, und ich bin relativ sicher, dass er sie kennt und nur ein Alias benutzt. Er hat ein paar Details erwähnt, die er nicht aus dem Chat wissen konnte. Ihr ist das nicht aufgefallen, ihm allerdings wohl, denn er hat in diesen Fällen sehr schnell das Thema gewechselt, um sie abzulenken.«

Glander stieß einen leisen Pfiff aus. »Ein *Loverboy*, meinst du? Einer, der sich gezielt an ein junges Mädchen wie Tara heranmacht, um es dann zu missbrauchen oder auf den Strich zu schicken? Okay, dann ruf ich den ehemaligen Kollegen Semmler von der 13 an, vielleicht kann der uns weiterhelfen. Es kann nicht schaden, ihn nach der Liste der hier registrierten Pädophilen zu fragen.«

Die Abteilung 13 war das für die »Bekämpfung von Straftaten gegen die sexuelle Selbstbestimmung« zuständige Ressort des LKA 1. Thorsten Semmler, einer der leitenden Beamten, war sowohl Glander als auch Merve seit einer gemeinsamen Fortbildung vor einigen Jahren gut bekannt.

»Schon erledigt, Glander. Semmler meldet sich bei mir, wenn er was hat. Und ich bin dabei herauszufinden, von wo aus Adam chattet.«

In Glanders Blick lag Anerkennung. Er wusste, wie gut seine Partnerin arbeitete, dennoch war er beeindruckt. Sie war genauso engagiert wie er selbst, weshalb sie sich hervorragend ergänzten. Merves private Situation war momentan sehr belastend für sie, denn sie machte sich große Sorgen um ihre Schwester, die mit ihren beiden Töchtern seit einiger Zeit bei ihr wohnte. Sevgi hatte ihren Mann verlassen, woraufhin der sie übel zugerichtet hatte. Glander hatte Merves entsetzten Blick noch deutlich vor Augen, als sie ihm von den entstellenden Verletzungen ihrer Schwester erzählt hatte. Nichts von alldem war ihr anzumerken, während sie weiter durch ihre Notizen blätterte.

»Zu den Nachbarn gibt es ein paar ganz interessante Dinge zu erzählen. Die Obentrauts sind hier noch nicht lange Mieter. Sie mussten ihr Haus in Dahlem verkaufen, weil die Renten nicht mehr für die Beiträge ihrer privaten Krankenversicherung reichten. Frau Obentraut leidet an ALS, einer Erkrankung des Nervensystems. Die Versicherung hat sie auf Mindestleistungen heruntergestuft. Ihr Mann hat einen Riesenaufstand gemacht, aber es hat alles nichts geholfen, sie müssen nun tief in die eigene Tasche greifen, um Frau Obentraut bestmöglich versorgen lassen zu können. Davon abgesehen, sind die Obentrauts ruhige Mieter. Einmal im Monat gehen sie in die Oper – da waren sie übrigens auch gestern Abend –, sie haben ein Abo von ihrer Tochter geschenkt bekommen. Zu diesen Anlässen kommt ein Pflegedienst und hilft beim Transport. Die Tochter Karin lebt schon seit beinahe fünfzehn Jahren in Australien, sie hat recht selten Kontakt zu ihren Eltern – nur an den Geburtstagen und zu Weihnachten – und sie lange nicht gesehen. Die Obentrauts kennen ihre Enkel gar nicht. Das ist traurig, wenn du mich fragst. Ein schöner Lebensabend sieht anders aus.«

Glander nickte nachdenklich.

Merve fuhr fort: »Anneke Gruhner, 36, ist alleinstehend, war auch noch nie verheiratet. Sie arbeitet, wie Berthold dir bereits sagte, als Chefsekretärin für den Geschäftsführer bei BMW in der Huttenstraße. Dort findet tatsächlich am Montag eine große Vertriebspräsentation statt, ob Anneke Gruhner aber am Freitag so lange im Büro war, wie sie sagte, kann ich noch nicht bestätigen. Auch bei ihr sieht es geldmäßig nicht dolle aus, sie zockt im Netz, dafür geht eine Menge Kohle drauf. Sie ist nicht pleite, aber langsam wird es eng, ihrem Kontostand nach zu urteilen.«

Glander wollte gar nicht wissen, wie Merve an diese Informationen gekommen war. Seine Partnerin hatte ein feines Netz an helfenden Händen in dieser Stadt gesponnen und war selbst wahrlich behende auf dem weiten Feld der Informationstechnik.

Merve machte weiter mit Gerd Lemke. »Der Lemke ist Oberstudienrat, Anfang fünfzig, seit über zwanzig Jahren am Albrecht-Berblinger-Gymnasium tätig. Er verdient recht gut, ist beamtet und hat ein paar sichere Sparverträge. Lemke hat kaum hohe Ausgaben, er führt ein durch und durch bodenständiges Dasein. Mich stört nur, dass er Mitglied bei einer Burschenschaft ist. Das nimmt er richtig ernst, er verpasst kein Treffen und gibt vierteljährlich einen Newsletter heraus.«

Glander war überrascht, danach sah der Lehrer gar nicht aus. Er schüttelte den Kopf über sein eigenes Klischeedenken, das ihm unwillkürlich das Bild einer Altherrenriege à la *Die Feuerzangenbowle* vor sein geistiges Auge gerufen hatte.

Merve blätterte um. »Jürgen Schneiders Leben reißt einen auch nicht wirklich vom Hocker: Philosophiestudium und dann jahrelange Jobsuche. Er hat den für Taxifahrten notwendigen Führerschein während des Studiums gemacht und sich damit über Wasser gehalten. Beim Taxifahren ist er hängengeblieben. Seine Finanzen überprüfe ich gerade noch. Ich bin auf keine Frauengeschichten gestoßen, Lemke geht nur selten aus und lebt ganz für seine Tochter, wie es aussieht. Die scheint auch viel Arbeit zu machen. Sie ist schon dreimal beim Ladendiebstahl erwischt worden, allerdings wurde jedes Mal von einer Anzeige Abstand genommen, nachdem Berthold interveniert hatte. Interessant, wo er sie doch so gar nicht leiden kann.«

Merve leerte ihren Espresso. »Nun zu Taras Mitschülern, deren Namen du mir gesimst hast: Tobi Verheugen, das ist der Junge aus Leas Straße, Max Kleinert, Leander Horten und Annalisa Gebauer. Die drei Jungs haben die Leistungskurse Mathe und Sport belegt, sie sind alle im dritten Semester. Es gibt die üblichen Einträge in den Schulakten, die man bei Jungs gelegentlich findet, aber keine üblen Sachen. Max Kleinert hat ein ganz schönes Päckchen zu tragen. Mutter und Vater sind Trinker. Die Oma hilft viel und versorgt ihn und die drei Brüder. Die sind, bis auf den jüngsten, auf derselben Schule wie Max. Die Familie bezieht Hartz IV und wohnt in einer Sozialwohnung an der Wismarer Straße, kurz vor dem Teltowkanal. Tobi Verheugen hat ADHS, ist aber gut eingetaktet. Seine Eltern arbeiten viel, der Vater ist stellvertretender Leiter einer Zeitungsdruckerei, die Mutter Redaktionssekretärin bei der *Berliner Zeitung*. Leander Horten ist der Schulcasanova, ein hübscher Kerl, wie ich auf seinem Facebook-Profil gesehen habe. Laut Schulakte ist er Einzelkind und sehr begabt, ein glatter Einser-Schüler, allerdings auch viel alleine. Papa ist Zahnarzt, Mama – lach nicht! – hat eine

Boutique. Sie wohnen im Tietzenweg, das ist nicht weit von der Schule. Leander Horten und Tobi Verheugen sind typische Mittelstandskinder und scheinen aus ›geordneten Verhältnissen‹ zu kommen, wie man das so schön nennt. Über sie habe ich bislang nichts Auffälliges gefunden. Annalisa Gebauer lebt mit ihrer alleinerziehenden Mutter in der Wismarer Straße, in demselben Gebäudekomplex wie die Familie von Max Kleinert. Sie und Max kennen sich schon seit dem Sandkasten. Die Mutter ist Kassiererin, sie arbeitet in einem Supermarkt um die Ecke, außerdem geht sie putzen. Auch hier finde ich nichts Ungewöhnliches, außer dass die beiden finanziell gerade so über die Runden kommen. Der Vater zahlt keinen Unterhalt. An dem bin ich noch dran.«

Glander sah auf seine Armbanduhr, ein wassersporttaugliches Modell. »Ich gehe noch mal an die Luft. Es ist zwar schon dunkel, aber ich schaue mir noch diesen Treffpunkt für die Übergabe im Park an. Dann übernehme ich die erste Nachtschicht, okay?«

Merve nickte. »Mach das.« Sie konzentrierte sich schon wieder auf den Bildschirm ihres Laptops.

Lea zog ihre Gartentür hinter sich zu, schloss den Reißverschluss ihrer Regenjacke und hielt kurz inne, um zu überlegen, welchen Weg sie mit Talisker nehmen sollte. Sie entschied sich noch einmal für die Richtung Sigridshorst, obwohl sie die Strecke bereits am Morgen gelaufen war.

Der ehemalige Mauerstreifen lag dunkel und verlassen vor ihr. Lea setzte sich ihre Kopfhörer auf und öffnete die Wiedergabeliste auf ihrem iPhone. Die Dunkelheit machte ihr nichts aus, Talisker war ein umwerfender Bodyguard. Mulmig war ihr wegen etwas ganz anderem zumute. Warum nur hatte sie sich den ganzen Tag lang solche Mühe geben müssen, nicht nachzudenken? Sie hatte das Haus geputzt, aber die Begegnung mit Merve Celik war ihr nicht aus dem Kopf gegangen. Martin hatte nicht erwähnt, wie gut seine neue Partnerin aussah. Lea fand sich kindisch, aber sosehr sie sich auch selbst schalt, diese Begegnung hatte sie doch verunsichert. Das war ein Gefühl, das sie gar nicht mehr kannte. In den zwanzig Jahren, in denen sie mit Mark zusammen gewesen war, hatte es nie so eine Situation gegeben. Sie war sich seiner Gefühle immer sicher gewesen, und er hatte ihr nie einen Grund gegeben zu zweifeln. Ihr Handy vibrierte in der Halterung an ihrem Oberarm, und sie drückte *Annehmen* am Kabel ihrer Kopfhörer. Sie befand sich auf dem kleinen Platz an der Weggabelung nach Sigridshorst und nahm auf einer der dort stehenden Metallbänke Platz. Wie immer, wenn sie sich hier aufhielt, suchte sie auf dem Boden automatisch nach Blut. Doch die Spuren der Ereignisse vom Sommer waren längst nicht mehr sichtbar. Talisker ließ sich neben ihr nieder und hielt seine Schnauze in die Luft. »Lea Storm.«

»Lea, ich bin's, Martin. Ich wollte mich noch mal melden. Wir werden bei den Bertholds bleiben müssen, für den Fall, dass die Entführer in der Nacht noch einmal ein Zeichen von sich geben. Es gibt eine Lösegeldforderung, das Ganze sieht sehr ernst aus.«

Lea war enttäuscht – aber was hatte sie erwartet?

Das gehörte zu Glanders Job, auch wenn sie sich bis jetzt keine konkrete Vorstellung davon gemacht hatte, welche Auswirkungen dieser im Einzelnen auf sein Privatleben hatte. Sie bemühte sich um einen lockeren Tonfall. »Wie geht es denn Frau Berthold? Die muss doch mit den Nerven fertig sein.«

»Sie hält sich recht wacker. Ihr Mann ist direkt wieder ins Krankenhaus gegangen und lässt sie allein. Der ist mehr als sonderbar. Kein sehr sympathischer Mensch. Frau Berthold weigert sich, die Polizei einzuschalten. Ich habe dabei kein gutes Gefühl, aber ich gebe uns bis Montag, um mehr in Erfahrung zu bringen. Dann kontaktiere ich die Kripo, auch wenn ihr das nicht passt. Die Chancen, Tara lebend zu finden, werden geringer, je länger wir warten …« Er hielt inne. »Entschuldige, Lea, ich will dich damit eigentlich nicht belasten.«

»Das ist schon in Ordnung. Kann ich vielleicht irgendwie helfen? Braucht ihr etwas zu essen?« Ja, genau, er dachte sicher an nichts anderes. Was war denn nur los mit ihr?, fragte sich Lea kopfschüttelnd.

Sie konnte Glander förmlich durchs Telefon schmunzeln hören, als er antwortete: »Für heute sind wir versorgt, aber wenn es dir keine Mühe macht, sage ich morgen nicht nein zu anständigem Essen. Mach dir aber keine großen Umstände! Wir werden kaum Zeit haben, in Ruhe etwas zu uns zu nehmen. Ich wäre dir dankbar, wenn du mir eine meiner Cargohosen mitbringen könntest, ein dunkles T-Shirt und die schwarze Softshelljacke. Die Sachen sind in meiner Wohnung, den Schlüssel findest du in meinem Rucksack. Es ist der an dem Surfbrett-Schlüsselanhänger.«

Ehe Lea sich's versah, war die Frage schon gestellt: »Haben die Bertholds denn eigentlich Platz für euch beide?« Sie wurde dunkelrot und war froh, dass Martin sie nicht sehen konnte. Talisker erhob sich und trat ganz nah an sie heran. Wie konnte sie nur so etwas Dummes fragen! Sie versuchte zu retten, was zu retten war. »Ich meine, das wird sicherlich alles andere als gemütlich.«

»Wir werden uns auf dem Sofa abwechseln, auch wenn ich es eher für unwahrscheinlich halte, dass die Entführer sich heute Nacht noch einmal melden. Die wissen ganz genau, dass die Bertholds vor Montag nicht an so viel Geld kommen. Ich rechne nicht mit einer Übergabe vor Dienstag. Trotzdem haben wir bis dahin viel zu tun. Merve sagte mir, du kennst Taras Familie aus Duncans Schule?«

»Ja, aber nicht gut. Heinz Berthold tritt am Gymnasium als eine Art Mäzen auf. Das ist, glaube ich, eine Rolle, die er sehr gern spielt. Tara war vor zwei Jahren mit der Theater-AG ein paarmal bei uns, sie kam mir immer ein wenig bedrückt vor, aber in dem Alter – damals muss sie fünfzehn gewesen sein – ist das nicht unüblich.«

»Merve sagte auch, dass einer von Taras Mitschülern bei dir in der Straße wohnt?«

Merve, Merve ... Lea stand auf und begann, über den Platz zu laufen, während sie rekapitulierte, was sie Glanders Partnerin bereits erzählt hatte. »Ich kann ja mal zu den Verheugens rübergehen und mich bei Tobi erkundigen, ob er was von Tara gehört hat, und ihn dabei unverfänglich ausfragen«, schloss sie.

»Das lässt du schön bleiben, Lea! Ich will nicht, dass du da mit reingezogen wirst. Außerdem darf von der

Entführung erst einmal niemand etwas erfahren, das ist zu riskant für das Mädchen. Hast du verstanden? Du darfst mit niemandem darüber reden!«

Martins scharfer Ton schmeckte Lea gar nicht. Sie war doch kein kleines Mädchen, das den Ernst der Lage nicht abschätzen konnte! »Martin, ich wollte bei Tobi auch nicht mit der Tür ins Haus fallen, ich bin ja nicht blöd. Ich denke nur, dass *ich* jede Hilfe annehmen würde, wenn es um Duncan ginge. Die Verheugens wohnen in der Nummer 18, die ist zwei Zeilen vor meiner eigenen, auf derselben Seite. Nur für den Fall, dass einer von euch dort vorbeigehen will. Die Telefonnummer müsste ich erst raussuchen …«

Glander fiel ihr ins Wort: »Lea, so habe ich das nicht gemeint. Natürlich halte ich dich nicht für blöd, aber in einem Entführungsfall muss man unglaublich vorsichtig agieren. Den Mietern hier im Haus erzählen wir nur, dass Tara verschwunden ist. Es tut mir leid, aber ich muss weitermachen. Ich …« Er zögerte. »Wir sehen uns morgen ja? Gute Nacht, Lea!«

»Nacht!«, entgegnete Lea maulig und unterbrach die Verbindung. Dann sah sie ihren Hund an und sagte laut: *»Tally, yer mistress is a silly cow.«* Dein Frauchen ist eine dumme Kuh.

Glander war während des Telefonats der Eduard-Spranger-Promenade gefolgt, benannt nach dem in Lichterfelde gebürtigen Kulturpädagogen, der im zwanzigsten Jahrhundert das Konzept des sogenannten Dritten Humanismus maßgeblich beeinflusst hatte. Inzwischen hatte Glander das Otto-Lilienthal-Denkmal passiert und die Bäkestraße überquert, um sich den Pavillon im Park anzusehen. Es war Viertel elf – Viertel nach zehn, für Nicht-Berliner –, nur wenig früher mussten Louise und Tara am Vorabend von hier aus nach Hause aufgebrochen sein. Der Mond war hinter den Wolken verborgen, mehrere Straßenlaternen spendeten ein wenig Licht. Der Wind hatte sich gelegt, die Luft schien von einer drückenden Stille beherrscht. Der Pavillon befand sich in der Mitte dreier auf ihn zulaufender Fußwege, die dahinter in einen einzigen breiten Weg mündeten. Am Kanalufer und auf der anderen Seite zu den Grundstücken hin wuchsen dichte Gebüsche. Hinter dem Pavillon war nichts als Finsternis auszumachen, erst zweihundert Meter weiter beleuchteten Laternen den Krahmersteg. Es war nicht auszuschließen, dass jemand in der Dunkelheit die Jugendlichen beobachtet hatte und Tara und Louise in die Lüdersstraße gefolgt war.

Ein Zufallstäter würde die Ermittlungen erschweren, denn er hätte kein erkennbares Motiv und keine Verbindung zum Opfer. Es war nicht einfach, so jemandem auf die Schliche zu kommen, es sei denn, er beging einen Fehler. Eine Zufallstat hielt Glander jedoch für ein unwahrscheinliches Szenario. Der Täter hätte erst von Tara erfahren haben müssen, dass ihr Vater wohlhabend war, und sich dann zu der Erpressung entschieden haben. Nein, das passte nicht zusammen. Die Entführer mussten die Familie sowie Taras Wege kennen. Sie mussten wissen, dass der Hintereingang vom Haus der Bertholds nicht abgeschlossen wurde.

Das Mädchen war seit 24 Stunden verschwunden. Solange keine Geldübergabe stattgefunden hatte, war alles möglich. Sollten sie das Geld nachts übergeben müssen, würden sie sich früh und unauffällig in Stellung bringen. Da sie nicht sicher wussten, mit wie vielen Entführern sie es zu tun hatten, war nicht auszuschließen, dass die ihrerseits das Terrain beobachten würden. Auch das Haus der Bertholds würden sie vermutlich nicht aus den Augen lassen, was bedeutete, dass weder Glander noch Merve den Tätern nach der Geldübergabe würden folgen können, da die Täter sie dann bereits kannten. Sie waren einfach nicht genügend Personen. Er würde die Kripo informieren müssen, es ging nicht anders.

Glander blickte sich noch einmal um. Ein betrunkenes, wehrloses Mädchen ... Zorn stieg in ihm hoch, als er sich vorstellte, wie jemand Taras Hilflosigkeit ausgenutzt hatte. Er schwor sich, die Täter zu finden, egal, wie die Sache ausging.

In der Ferne zuckte ein Blitz durch die Nacht, gefolgt von einem kurzen Rumpeln. Die Luft war schwer und feuchtwarm, als Glander sich wieder auf den Weg zu den Bertholds machte.

Sonntag

8

Lea war erneut früh wach geworden, nach einer sehr unruhigen Nacht. Ein mächtiges Gewitter hatte gegen Mitternacht über Lichterfelde getobt. Es hatte so lange und so laut gedonnert, dass sie Talisker zu ihrer beider Beruhigung in ihr Schlafzimmer geholt und ihm aus ihrem Buch vorgelesen hatte. Er hatte die schottischen Idiome in John Niven's *The Amateurs* sicherlich genauso genossen wie sie. Glander fehlte ihr. Gerade als sie gedacht hatte, sie würde sich allmählich daran gewöhnen, wieder alleine zu schlafen, war er in ihr Leben getreten, und seitdem sie ein Paar waren, hatten sie beinahe jede Nacht zusammen verbracht. Die letzte war die erste seit Wochen gewesen, in der sie wieder alleine schlafen gegangen war. Was ihr ebenso wenig gefiel wie das unerquickliche Telefonat vom Vorabend.

Lea machte sich ein wenig frisch und gab Talisker das Zeichen, ihr zu folgen. Ein schneller Lauf mit ihrem Hund, und dann würde sie Glander und Merve Sandwiches für den Tag vorbeibringen. Sicherlich studierte der volle Bauch nicht gern, aber ein knurrender Magen machte es einem auch nicht leichter sich zu konzentrieren. Sie dachte an krossgebratenen Bacon, Salat und Tomate als Belag für Glander, Merve aß vermutlich kein Schweinefleisch. Dazu noch Ei und Kresse und Käsesandwiches mit einem pikanten Gemüsechutney. Und sie wollte ihnen einen Obstsalat mit Nüssen mitnehmen, das schadete nie. Wie es wohl dem Mädchen heute Morgen ging? Hoffentlich war es unverletzt und konnte sehr bald wieder zu seinen Eltern.

Sich Duncan als Entführungsopfer vorzustellen war Lea unmöglich. Glücklicherweise war sie nicht vermögend. Sie hatte keine hohen Ansprüche, lediglich bei Lebensmitteln achtete sie auf Qualität. Sie kaufte sehr gezielt ein und wusste, wie sie Lebensmittel lagern musste, um sie auch später noch verarbeiten zu können. So sprengte auch ihre Leidenschaft für gute Malts ihre finanziellen Möglichkeiten nicht. Sie hatte ein gutes Auskommen mit ihrer Witwenrente und dem Gesparten, und wenn sie wieder arbeiten würde, bliebe genug übrig, um etwas auf die hohe Kante zu schieben. Es ging ihr gut. Eine überraschende Feststellung. Natürlich vermisste sie ihr altes Leben. Es war vertraut, und es war furchtbar gewesen, Mark durch die Krankheit zu verlieren. Und doch ging es ihr gut. Lea schüttelte den Kopf. Sie war in keinem religiösen Glauben erzogen worden und teilte nicht die Ansicht, dass es eine höhere Macht gab, die das Schicksal eines jeden in den Händen hielt. Dennoch war sie gewiss, dass es mehr zwischen Himmel und Erde gab, als manch einer sich vorstellen konnte. Genau diesen *powers that be,* wie Tante Patty es immer nannte, dankte sie für ihre neuen Lebensumstände.

Vielleicht sollte sie doch noch einen Versuch unternehmen, mit Svenja zu reden und ihre Freundschaft zu kitten. Svenja musste sich neu sortieren, und das fiel ihr nicht leicht. Die Freundin hatte stets ein wenig überheblich auf Frauen herabgeschaut, die keinen Mann in ihrem Leben hatten. Sich selbst nun verlassen vorzufinden war für sie unerträglich. Doch Lea fiel es schwer, die hässliche Einstellung ihrer Nachbarin als Überreaktion abzutun. Svenja hatte sich noch nie durch eine empathische Art hervorgetan, sie hatte oft über Mitschülerinnen ihrer Tochter und deren Mütter gelästert, über deren Figur, die Frisur oder die Art zu reden. Lea musste sich eingestehen, dass sie Svenja zu häufig hatte gewähren lassen, anstatt ihr zu sagen, was sie von solchen Sticheleien hielt. Natürlich tratschte auch sie gerne mal, am liebsten mit Frau Wieland, die über sämtliche Vorgänge in der Siedlung stets auf dem Laufenden war, aber sie vermieden die üblichen Boshaftigkeiten, die unter Frauen gang und gäbe zu sein schienen. Deshalb mochte Lea auch Carola Sabersky so gerne, die ebenfalls keine gemeine Ratsche war, sondern die Menschen so nahm, wie sie waren, oder sie eben einfach in Ruhe ließ. Lea würde später versuchen, Arne zu erwischen. Schließlich wollte sie ihm zu seinem neuen Posten gratulieren, und dabei könnte sie ihn ganz unverfänglich über das Kollegium am Albrecht-Berblinger-Gymnasium aushorchen. Lea lächelte und legte bei ihrem Lauf einen Zahn zu.

Es gab keine neuen Nachrichten, dennoch hatten Glander und Merve in der Nacht nur wenig geschlafen. Glander hatte Merve das Gästezimmer überlassen und sich auf einem Sessel eingerichtet. Das Gewitter, das den Nachmittag und den Abend über aufgezogen war, hatte sich in der Nacht heftig entladen. Jetzt war die Luft, die durch das geöffnete Esszimmerfenster drang, kühl und klar. Von den Büschen und Bäumen tropfte die Nässe, und die Natur sah satt und zufrieden aus. Die Erde hatte gierig aufgesogen, was der Himmel ihr geboten hatte.

Seit den frühen Morgenstunden waren sie damit beschäftigt, die Ergebnisse von Merves Internetrecherchen noch einmal durchzugehen und den Tagesablauf zu besprechen. Glander würde die Nachbarn und Taras Kontakte in der Schule befragen und auch Taras Tennistrainer aufsuchen, Gernot Ziegler, 35, verheiratet mit Christine Ziegler-Karl, ebenfalls 35. Der Vater von zwei Jungen – Finn, zehn, und Tim, sieben – hatte seine eigene Tennislaufbahn 2002 verletzungsbedingt an den Nagel hängen müssen. Ziegler war seit zehn Jahren Tennisjugendtrainer, und seitdem trainierte er Tara Berthold. Als gelernter Versicherungskaufmann war er zudem als selbständiger Versicherungsmakler in einem eigenen kleinen Büro im Ostpreußendamm tätig, auf Höhe des Stadions Lichterfelde. Finanziell war er solide aufgestellt. Es handelte sich auf den ersten Blick um einen völlig unbescholtenen Bürger, der nicht einmal Punkte in Flensburg hatte.

Merve hatte schon sehr früh am Morgen ein langes Telefonat mit ihrem Hackerfreund Det geführt. Sie nannte den jungen Mann nie bei seinem richtigen Namen, sondern bezeichnete ihn stets nach dem schlauen Mainzelmännchen. Vor vielen Jahren, am Anfang ihrer beruflichen Laufbahn, hatte sie ihn bei dem Versuch erwischt, in dem Sportstudio, das sie frequentierte, mit Steroiden zu dealen. Merve hatte damals lapidar befunden: Wer so einen Murks nahm, war selbst schuld. Sie hatte ihn nicht angezeigt. Es war sein erster Deal gewesen, und er war für sie vor einem Computer viel nützlicher als in der JVA Moabit. Über die Jahre hatte sich so etwas wie gegenseitiger Respekt entwickelt, und Det half ihr immer noch bei komplizierten Recherchen, obwohl sein Schuldkonto schon lange getilgt war. Sie hatte ihn auf die Finanzen von Prof. Berthold angesetzt, die vermutlich nicht so einfach zu durchleuchten waren.

Glander hatte Espressi gemacht und reichte Merve einen. Die ging gerade noch einmal im Schnelldurchlauf die Kamera-Aufzeichnungen bis zum Morgen durch. Der Lehrer Gerd Lemke hatte sehr früh, um halb acht, das Haus mit einer Sporttasche über der Schulter verlassen. Kurz danach war der Taxifahrer Jürgen Schneider von seiner Nachtschicht nach Hause gekommen. Um halb neun war Anneke Gruhner vor die Tür getreten. Ihrem Outfit nach zu urteilen, wollte sie walken gehen. Ein Ausgleich zum vielen Sitzen, sehr löblich.

»Gab es noch was?«, fragte Glander.

»Nichts. Die Gruhner kam gerade eben wieder. Sonst ist alles ruhig.«

»Ich will zuerst mit den Nachbarn reden, danach mit Taras Trainer und dann mit den Jungs von der Schule und mit dieser Annalisa. Die Jugendlichen waren wohl, abgesehen von Louise, die Letzten, die Tara am Freitagabend gesehen haben.«

Merve schüttelte den Kopf. »Wir brauchen mehr

Leute, Glander! Auch wenn du nur eine halbe Stunde für jedes Gespräch veranschlagst, dauert das ewig. Ich weiß, das wird dir nicht passen, aber ich finde, wir sollten Lea mit den Jugendlichen reden lassen. Ihr Sohn war auf derselben Schule wie Tara und ihre Freunde. Packt sie das, was meinst du?«

Glander schüttelte den Kopf. »Darum geht es nicht, Merve. Sie ist dafür nicht ausgebildet. Ich will sie von unserer Arbeit fernhalten. Das im Juli ...«

Merve machte eine abfällige Handbewegung. »Glander, das im Juli war das im Juli. Sie hat das Ganze doch ziemlich cool weggesteckt, so wie du es mir erzählt hast. Deine Lea ist taffer, als du denkst. Glaub mir, wir Frauen haben ein Gespür für so was! Außerdem wird sie immer etwas mit deiner Arbeit zu tun haben. Du kannst sie auf Dauer nicht von unseren Fällen ausschließen. Sie wird eine ganz gewaltige Portion Vertrauen in dich haben müssen. Du wirst oft unterwegs sein, dich vielleicht nicht immer melden können. Und ...«, Merve grinste Glander frech an, »... du hast eine Frau als Partner. Das wird die größte Kröte sein, die sie zu schlucken hat.«

Glander war Leas Unterton bei ihrem gestrigen Telefonat natürlich nicht entgangen, aber er hatte sich keine Gedanken darüber gemacht. Lea war kein eifersüchtiges Püppchen, ganz sicher nicht. Bis sie vor zwei Jahren ihren Job aufgegeben hatte, war sie eine gefragte Simultandolmetscherin gewesen und hatte unter anderem für das Wirtschaftsministerium gearbeitet. Im Sommer hatte er im Rahmen seiner Ermittlungen ihren Lebenslauf studiert und ihre ausnahmslos glühenden Referenzen gelesen. Sie wusste sich zu behaupten. Dennoch hatte sie am Vorabend wenig begeistert geklungen, das ließ sich nicht leugnen. Er seufzte. Frauenflüsterer war ganz bestimmt kein Begriff, der ihn passend beschrieb. Spätestens das Debakel mit Jessica und seinem früheren Partner und besten Freund Kai hatte das bestätigt. Bei Lea würde er sich erheblich mehr ins Zeug legen, auch wenn Merve mit ihrer Vermutung nicht recht hatte. Allerdings hatte er sie ja bewusst als Partnerin für seine Agentur ausgesucht, weil sie diese weibliche Perspektive mitbrachte. Er sah sie über den Esstisch an und grinste schief. »Du hast wohl recht. Nicht umsonst sind die Scheidungsraten bei Kripobeamten so hoch, und wir machen im Prinzip nichts anderes als die, nur ohne die Möglichkeit der frühen Pensionierung und der soliden finanziellen Absicherung.«

Merve zog ein Gesicht. »Wem sagst du das! Glander, ich möchte Lea auch nicht bei der Geldübergabe dabeihaben, aber ein paar Recherchen anzustellen, traue ich ihr, ohne mit der Wimper zu zucken, zu. Sie ist hübsch und hat eine sympathische Art. Das ist durchaus ein Vorteil in diesem Metier. Da sind die Leute nicht gleich so misstrauisch.«

Sowenig es Glander behagte, er musste Merve zustimmen. »Meinetwegen, versuchen wir es. Wenn Lea nachher vorbeikommt, kannst du sie einweisen. Ich selbst bin dann schon unterwegs. Du wirst hier einen ganz schön öden Tag haben, fürchte ich. Ich denke nicht, dass die Entführer sich vor heute Abend wieder melden. Im Übrigen sollten wir allerspätestens morgen die Kripo einbeziehen – wie siehst du das?«

Merve nickte. »Ich hätte das am liebsten gestern

schon gemacht, aber wenn die Mutter nicht will, können wir nichts tun. Mach dir mal um mich keine Gedanken! Ich werde noch viel Spaß mit meinem Laptop haben und Taras Tagesabläufe des letzten Monats so genau wie möglich zusammenstellen. Außerdem bin ich gespannt, was mir Frau Berthold noch alles sagen kann. Und ich will Taras Spuren im Internet noch einmal akribischer nachziehen. Ich versuche zudem immer noch, Adams Identität zu knacken. Und wenn deine Lea so gutes Essen macht, wie du immer sagst, dann wird es mir hier ganz sicher nicht langweilig. Frühstück wäre jetzt echt nicht verkehrt.«

Glander, dem am Morgen Espresso reichte – allerdings brauchte er drei doppelte davon –, erhob sich. »Ich gehe jetzt erst noch einmal zur Gruhner hoch und versuche auch, die anderen Mieter im Haus zu erreichen. Schneider lasse ich in Ruhe, der wird sich hingelegt haben. Mit ihm spreche ich ein anderes Mal, ohne seine Tochter. Und ich fahre zum Trainer. Ruf mich an, wenn du was Interessantes hast! Bis später!«

Merve nickte abwesend, sie zog bereits wieder ihre Bahnen durch den Äther.

Anneke Gruhner war in ein dunkelrotes Badetuch gewickelt, als sie Glander die Tür öffnete. »Herr Glander! Bitte kommen Sie herein!«

»Ich möchte Sie nicht stören, Frau Gruhner.«

»Ach, Sie stören nicht! Ich ziehe mich nur schnell an.« Mit einem vieldeutigen Augenaufschlag verschwand sie in ihr Schlafzimmer.

Glander ging ins Wohnzimmer. Im Bücherregal

stand eine ganze Reihe voller Selbsthilfebücher, zwei weitere Reihen waren mit Biographien großer Politiker und einflussreicher Wirtschaftsbosse gefüllt, die restlichen Bücher waren Frauenromane, einschließlich der Trilogie *Geheime Verlangen*. Wie hatte Lea den Originaltitel verdreht? *Fifty Grades of Shite*. Er schmunzelte. Wem's gefiel!

Anneke Gruhner trug schwarze Leggings und das schwarze Wickelkleid vom Vorabend, als sie ins Wohnzimmer kam. »Kann ich Ihnen etwas Gutes tun, Herr Glander?« Ein vielsagendes Zögern, dann lächelte sie. »Einen Kaffee? Oder trinken Sie lieber Tee? Ich hätte auch Sekt ...«

Er lächelte zurück. »Danke, nein, ich hatte gerade Espresso bei den Bertholds. Frau Gruhner, ist Ihnen noch etwas eingefallen, das für uns hilfreich sein könnte? Es spielt keine Rolle, wie unwichtig es Ihnen erscheint. Wir sind dankbar für jeden Hinweis.«

»Setzen wir uns doch!« Sie klopfte leicht neben sich auf das Sofa.

Glander fand die Frau anstrengend, nahm aber neben ihr Platz.

Sie schlug die Hände über ihrem Schoß zusammen, atmete entschlossen aus und hob an: »Wissen Sie, gestern Abend, als Gerd, also Herr Lemke, dabei war, wollte ich es nicht erwähnen. Man möchte ja nicht als Tratschtante dastehen.«

»Selbstverständlich. Aber in so einem Fall kann alles von Bedeutung sein, wie ich schon sagte.«

»Ja, natürlich. Der Gerd ist ein netter Kerl, aber, ganz ehrlich, die Unterhaltungen mit ihm sind nicht wirklich aufregend. Er zieht Tomaten«, sagte sie etwas abfällig. »Damit verbringt er den Großteil seiner Freizeit. Das sagt wohl alles. Ich bin oft einfach geschafft, wenn ich aus dem Büro komme, da ist es bequem, bei mir noch ein Weinchen mit ihm zu trinken. Aber das ist auch schon alles. Er lebt für seinen Unterricht, das muss man ihm lassen. Er ist sicher ein guter Lehrer.«

Glander sah sie ermutigend an. Das war es wohl kaum, was sie ihm mitteilen wollte.

Anneke Gruner seufzte leicht und fuhr fort: »Gerd und Jürgen, also Herr Schneider, gehen ab und zu ein Bier trinken, nicht oft, sie sind keine Trinker, nicht, dass Sie mich missverstehen.«

»Natürlich nicht, Frau Gruhner.«

»Nun, der Jürgen ... Ich weiß wirklich nicht, wie ich das sagen soll.«

»Geradeheraus ist meistens am besten.«

»Da haben Sie recht, Herr Glander. Ich habe Jürgen diesen Sommer sehr oft an seinem Fenster gesehen, wenn Tara im Garten war und sich sonnte.«

Glander horchte auf. »Sie meinen, er hat nicht einfach nur aus dem Fenster geschaut?«

Anneke Gruhner presste ihre Lippen missbilligend aufeinander. »Herr Glander, die Schneiders wohnen im Keller, Verzeihung, im Souterrain. Wie der Name schon sagt, ist das eher unterirdisch. Vom Fenster aus sieht man in erster Linie viel Rasen...«, sie hielt kurz inne, »... und natürlich jeden, der dort liegt, um sich zu sonnen.«

»Hat Tara sich alleine im Garten aufgehalten oder mit ihrer Freundin Louise?«

»Louise war fast immer dabei, die zwei sind unzertrennlich. Wenn Sie mich fragen, hat sie keinen guten Einfluss auf Tara. Louise ist recht männerfixiert.«

»Die Mädchen sind siebzehn. In diesem Alter ist ein Interesse am anderen Geschlecht doch normal, meinen Sie nicht?«

»Interesse ja, aber glauben Sie mir, bei Louise geht es darüber hinaus. Lassen Sie sich bloß nicht einwickeln! Das Mädchen wirkt, als könne es kein Wässerchen trüben, aber Louise hat es faustdick hinter den Ohren. Fragen Sie mal Gerd, der kann Ihnen dazu einiges erzählen! Was glauben Sie, welche Erfahrungen er und andere Lehrer schon gemacht haben ...«

Glander nickte nachdenklich. »Das werde ich tun.«

»Ich rede wirklich nicht gerne schlecht über jemanden. ›Leben und leben lassen‹ ist meine Devise. Als alleinstehende Frau hat man es schon schwer genug, ich brauche nicht noch den Ruf der gehässigen Klatschtante. Aber für gewisse Dinge hat man als Frau auch einen siebten Sinn, glauben Sie mir, und Louise Schneider ist eine kleine Giftspritze, da bin ich mir ganz sicher. Jürgen vergöttert sie, der kriegt nichts davon mit. Er ist ja auch dauernd mit seinem Taxi unterwegs, damit seine Tochter genug Taschengeld hat. Es reicht aber trotzdem hinten und vorne nicht, die beiden sind ziemlich klamm.«

Louise hatte ein Sweatshirt einer teuren Marke getragen, als Glander am Vorabend mit ihr und ihrem Vater gesprochen hatte. »Was können Sie mir über die Bertholds sagen, Frau Gruhner?«

Die verzog das Gesicht. »Maria Berthold ist sehr still, und ich würde sie beinahe als unauffällig bezeichnen, wenn sie nicht so hübsch und zerbrechlich wäre. Ich verstehe nicht im Geringsten, was sie an diesem Grobian von einem Mann findet, ganz abgesehen davon, dass er ihr Vater sein könnte. Professor Berthold teilt die Menschen in zwei Kategorien ein: solche, die für ihn von Vorteil sein könnten, und solche, die er für minderbemittelte Proleten hält.«

Das deckte sich ungefähr mit Glanders Eindruck.

Anneke Gruhner horchte auf. »Gerd ist zu Hause. Ich höre immer, wenn er seine Tür öffnet oder schließt, die macht ein ganz eigentümliches Geräusch.«

»Dann werde ich gleich hinübergehen. Frau Gruhner, haben Sie vielen Dank. Und machen Sie sich keine Sorgen, dieses Gespräch bleibt natürlich unter uns!«

Anneke Gruhner brachte ihn zur Wohnungstür. Bevor sie diese öffnete, drehte sie sich zu Glander um. »Herr Glander, sind Sie liiert?«

Die Offenheit ihrer Frage überraschte ihn. »Ja, das bin ich.«

Anneke Gruhner winkte mit gespielter Leichtigkeit ab. »Natürlich. Die Guten sind immer schon vergeben. Sie haben nicht zufällig einen Bruder?«

Glander lächelte und schüttelte den Kopf. »Nein, tut mir leid, Frau Gruhner.«

»Na ja, fragen kostet ja nichts. Man wird schließlich nicht jünger.«

Glander verabschiedete sich und ging zur gegenüberliegenden Tür.

Anneke Gruhner sah ihm wehmütig nach. Was für ein gutgebauter Mann, und auch noch im richtigen Alter! Das Leben war einfach nicht fair.

Lea hatte die Sandwiches und den Obstsalat zubereitet, zusätzlich Zucchinimuffins gebacken und einen Quarkdip angerührt. Sie verstaute das Essen in ihrem alten Picknickkorb.

Der Sommer war vorbei, man spürte es an der nahenden Kälte, welche die Luft bereits mit sich brachte. Lea hatte sich an diesem Tag für Jeans entschieden, dazu trug sie ein dunkelblaues T-Shirt und eine leichte petrolfarbene Strickjacke. Barfuß schlüpfte sie in ihre Sneakers, schaute noch einmal nach, ob die Terrassentür abgeschlossen war, und machte sich mit Talisker auf den Weg. Sie würde noch in Glanders Wohnung die Kleidungsstücke holen und von dort aus in die Lüdersstraße fahren.

Als sie vor ihrem Auto stand, traute sie ihren Augen nicht. Über die gesamte Beifahrerseite zog sich ein tiefer Kratzer. Lea stellte den Korb ab und sah sich den Schaden an. Wer machte denn so etwas? Unmittelbar verspürte sie ein Gefühl von Unbehagen. Sie schaute den Dürener Weg hinunter, doch auf der Straße war niemand zu sehen. Das war nicht ungewöhnlich, in der kleinen Reihenhaussiedlung war es meistens ruhig, nicht nur am Sonntagmorgen. Lea schaute zu dem Wendekreis am Ende der Straße, doch auch dort konnte sie nichts Ungewöhnliches entdecken. Alles war friedlich, nur der gemeine Schmiss an ihrem Auto schmälerte diesen Eindruck gewaltig. Lea stellte den Korb in den Fußraum vor dem Beifahrersitz und sah sich die drei vor ihr parkenden Autos an. Die waren unversehrt. Ihr 3er BMW Touring stand weit hinten in der Sackgasse. Hier war jemand gezielt vorgegangen.

Lea ließ Talisker in den Kofferraum steigen, während ihre Gedanken um die Boshaftigkeit kreisten, die diesem hässlichen Kratzer zugrunde liegen musste. Vor rund fünf Jahren hatten Mark und sie Streit mit dem Ehepaar Wengler gehabt, den Nachbarn vor ihnen. Es ging um den Verlauf der Grundstücksgrenzen. Als die Mauer noch stand, mussten alle Eigentümer, deren Grundstücke an die Grenze reichten, einen etwa vier Meter breiten Streifen an das Land Berlin abtreten. Auf dieser Fläche wurde regelmäßig Streife gefahren. Nach dem Fall der Mauer, als die Eigentümer ihre Grundstücksanteile zurückerhielten, setzte das Ehepaar Wengler seinen Zaun ungeniert auf einen Teil des Grundstücks von Marks Großmutter und verleibte sich den dazwischenliegenden Wirtschaftsweg ein. Die Wenglers stellten eine teure Gartensauna auf und waren stinksauer, als sie auf Marks Betreiben hin alles zurückbauen mussten. Mark wollte eine Steinmauer errichten und war bei der Studie des Lageplans auf die dreiste Vergrößerung des Wengler'schen Anwesens gestoßen, die seiner Großmutter nie aufgefallen war. Monatelang erhielten Lea und Mark daraufhin kleine Grußbotschaften: eine tote Ratte oder einen Haufen Hundekot vor der Haustür, abgebrochene Scheibenwischer an ihren Autos, Kaugummi im Türschloss und auch einige Kratzer an ihren Autos. Das war lästig und bösartig, aber natürlich konnten sie den Wenglers nichts beweisen. Lea und Mark machten sauber, reparierten oder ersetzten beschädigte Dinge und ignorierten die Gemeinheiten, so gut es ging. Irgendwann hörten die unangenehmen Belästigungen auf, Mark erkrankte, und Lea hatte nicht mehr an diese Vorfälle gedacht. Sollte das jetzt alles wieder von vorne beginnen?

Als sie die Straße hinunterfuhr, sah Lea Tobis Freund Leander an sein Fahrrad gelehnt bei den Mülltonnen am Anfang der Zeile stehen, in der die Verheugens wohnten. Er schaute die Zeile hinunter, während er mit seinem Schlüsselbund spielte.

9

Die Deckenluke wurde geöffnet, und wieder musste Tara ihre Augen vor dem gleißenden Licht schließen. Sie hatte jedes Zeitgefühl verloren. »Tara«, flüsterte die Stimme, »ich will, dass du deine Augen verbindest. Ich lasse dir eine Leiter hinunter, und dann kannst du hochkommen und duschen. Du darfst die Augenbinde nicht abnehmen, sonst muss ich dir weh tun, und das will ich nicht.« Ein Stück Stoff fiel in das Verließ hinunter, und eine Leiter wurde herabgelassen.

Tara tat, wie ihr geheißen. Sie trat zu der Leiter und verband ihre Augen, dann stieg sie vorsichtig hinauf. Gierig sog sie die frische Luft ein, die ihr oberhalb ihres Kellerverlieses entgegenschlug. Sie roch feuchte Erde, und als man sie am Arm nahm, um sie zur Dusche zu führen, stieg ihr ein Eau de Toilette oder Aftershave in die Nase, das eine deutliche Patschulinote hatte. Es war ein Retroduft einer bestimmten Marke, ihr Vater verwendete ihn, sie kam nur nicht auf den Namen.

Tara hatte ein Gefühl der Enge, während sie in die Duschkabine geleitet wurde. So als müsse man sich vorsehen, nirgendwo anzustoßen. Es musste sich um ein sehr kleines Haus handeln. Sie fühlte sich grauenvoll, als man ihr zuflüsterte, sie solle sich ausziehen, tat aber, was ihr gesagt wurde. Ein Elektromotor sprang an, und als das warme Wasser ihren Körper umspielte, kamen ihr die Tränen. Sie ertastete eine Plastikflasche. Als sie das Duschgel auf ihre Hand drückte, erkannte sie einen Duft von Body Shop: Fuzzy Peach. Den nahm sie immer bis Oktober. War das Zufall? Warum passierte ihr das alles, und was würde man ihr noch antun? Sie ahnte, dass man ihr zusah, und drehte sich zur Wand, während sie das Duschgel auf ihrem Körper verteilte. Als sie fertig war, wurde ihr ein Bademantel gereicht. Er war weich und roch frisch gewaschen. Man flüsterte ihr zu, sie finde neue Sachen auf ihrer Matratze. Sie wurde zurück zu der Luke geführt, und Tara stieg wieder hinab in ihren finsteren Kerker.

Die Belziger Straße lag im Akazienkiez in Schöneberg. Die Akazienstraße führte von der Haupt- zur Grunewaldstraße und in ihrer Verlängerung, der Goltzstraße, bis hoch zum Winterfeldtplatz und seinem beliebten Wochenmarkt. Die Straßen waren gesäumt von kleinen Läden, Cafés und Restaurants, die beinahe jeden Geschmack bedienten. Man bekam Tannenzäpfle im »Felsenkeller« und südländische Küche im »Südwind«. Schräg gegenüber befanden sich die Akazien-Buchhandlung und das Yogazentrum Akazienhof. Es gab einen Natursteinladen, eine Boutique und »Omas Strumpfhosengeschäft«. Das Viertel war farbenfroh, tolerant und familienfreundlich, und Lea hatte dort eine fröhliche Kindheit verbracht. Sie hatten bis zum Unfalltod ihrer Eltern in einer großzügig geschnittenen Altbauwohnung in der Merseburger Straße gelebt, bevor sie Anfang der Achtziger mit ihrer Tante Petty in das graue, zugige Haus nach Schottland gezogen war.

Lea hatte Glanders Wohnung erst ein Mal gesehen, er war ja die meiste Zeit bei ihr. Sie lag im Hinterhaus, im fünften Stock, und bestand aus zwei Zimmern, dem Wohnzimmer und einem Durchgangszimmer. Die Wohnung war klein, aber für ihn alleine reiche sie aus, hatte Glander erklärt. In der Küche und im Bad lag blutrotes Linoleum. War ihm diese Farbe in den letzten zwanzig Jahren nicht oft genug begegnet? Wieder so ein absurder Gedanke von ihr. Im Bad befand sich eine Dusche, aber keine Badewanne. Die Küche daneben war etwas breiter, an den Herd schloss eine Arbeitsplatte an, gegenüber stand eine Anrichte, darüber war ein Regal montiert, auf dem sich Gläser und Kaffeebecher befanden. Klassischer Berliner Altbau. An der Wand zum Flur hing ein Hopper-Druck, *The Long Leg*, ein Segelboot vor einer Küste. Im Flur, wie auch in den beiden Zimmern, lagen helle Holzdielen. Lea ging ins Wohnzimmer. Dort stand ein großer Esstisch aus Sheeshamholz mit einem Gestell aus schwarzlackiertem Altmetall vor den beiden großen, hohen Fenstern. Vor dem Tisch waren zwei passende Stühle mit Armlehnen platziert, dahinter stand eine Sitzbank. Halbhohe Bücherregale enthielten Bildbände über diverse Wassersportarten sowie etliche Bände über Kriminalistik, Profiling und Pathologie. Daneben sah Lea die Bücher der Romanschriftstellerin Fred Vargas, die sie auch zu Hause hatte. Ebenso die des Krimi-Autors Ian Rankin. Es folgten die Marseille-Trilogie des französischen Schriftstellers Jean-Claude Izzo und diverse Bände des Kriminalschriftstellers und Dichters Léo Malet. Die unterste Reihe eines Regals war gefüllt mit Comicreihen, alle gezeichnet von Frank Miller. Mark hatte die *Dark-Knight*-Ausgaben in seiner Batman-Sammlung gehabt, die von Glander umfasste dazu die *Daredevil*-Bände – *Ronin, Wolverine, Sin City* – und diverse andere Titel, von denen sie noch nie gehört hatte. Die Bücher, die *graphic novels*, die Einrichtung – alles passte zu Glander, fand Lea, und es gefiel ihr außerordentlich gut.

Sie hatte nicht erwartet, noch einmal so viel für einen Mann zu empfinden. Mark war ihr Leben gewesen, doch jetzt stellte sie fest, dass es auch ohne ihn weiterging. Für Glander hatte sie ganz andere Gefühle als für den Vater ihres Sohnes. Glander war aufregend. Seit er ihr im Juli das Leben gerettet hatte und sie die kalte, mit Kalkül eingesetzte Gewalt gesehen hatte, zu der er fähig war, empfand sie eine gewisse Faszination für ihn. *A man's man*, würde Tante Patty sicher befinden, ein Kerl von einem Mann. Mark war ruhig und berechenbar gewesen, weniger zupackend, was es wohl am besten traf. Aber sie musste endlich aufhören, Glander mit Mark zu vergleichen, wenn sie wollte, dass ihre neue Beziehung eine Zukunft hatte. Sie sollte loslassen, so wie sie es Mark damals hatte versprechen müssen.

In Glanders Schlafzimmer stand unter dem Fenster ein Doppelbett, in der gegenüberliegenden Ecke lehnte sein Surfboard, auf einem offenen Holzregal lagen T-Shirts, Pullover und Handtücher, zwei Alukästen enthielten Socken und Unterwäsche. Hemden und Hosen hingen an einem Kleiderständer aus Aluminium, der direkt neben dem Schreibtisch stand. An der Wand zum Wohnzimmer war ein Poster befestigt. Das Motiv erkannte sie wieder: Es prangte auf Glanders Schulterblatt.

Sie sollte besser nicht noch mehr Zeit verplempern. Lea suchte zwei dunkle T-Shirts und ein passendes Flanellhemd heraus und griff nach einer Cargohose. Als sie sich mit den Klamotten über dem Arm umdrehte, wischte sie einen Stapel Papier vom Schreibtisch. Sie legte die Kleidungsstücke auf den Schreibtischstuhl und wollte die Seiten wieder aufsammeln, als ein Foto zwischen den Blättern herausrutschte und auf den Boden fiel. Lea nahm das Bild auf und betrachtete es neugierig. Es zeigte Glander mit einer rothaarigen Frau auf einem Segelboot, dahinter blauen Himmel, der genauso strahlte wie das Paar im Vordergrund. Glander war braungebrannt und trug nur eine Rettungsweste über seinen Badeshorts, die Frau in seinen Armen steckte in einem knappen Neoprenanzug. Die beiden sahen entspannt und glücklich aus. Lea suchte nach einem Makel im Gesicht der Rothaarigen, doch die war umwerfend attraktiv: große blaue Augen, ein voller Mund, eine schmale gerade Nase und Sommersprossen, eine phantastische Figur – an der Frau gab es rein gar nichts auszusetzen. Lea drehte das Bild um, auf der Rückseite stand in einer ausladenden Handschrift: *Unvergessliche Nächte und ständiges Kribbeln auf der Haut. Für den sexiest Bullen, von Jessie mit 1000 Küssen, Karibik, Januar 2012.* Jessie? Wer zum Teufel war Jessie?

Während Lea sich fragte, wie viele schöne Frauen Glander ihr noch vorenthielt, stand der vor der Tür des Oberstudienrats Gerd Lemke.

Lemke wirkte erschöpft und sah nicht sehr erfreut aus über den Besuch. »Herr Glander, ich bin gar nicht auf einen Gast eingestellt.«

»Ach, das macht doch nichts, Herr Lemke. Ich wohne auch alleine, ich weiß, wie das ist.« Rein theoretisch stimmte das, auch wenn Glander so gut wie jede freie Minute bei Lea verbrachte.

Zögernd trat der Oberschullehrer zur Seite und ließ Glander herein. Im Vorbeigehen schloss er die Schlafzimmertür. »Bitte, gehen wir doch ins Wohnzimmer!«

Dort sah es nicht ansatzweise so aus, wie Glander es sich vorgestellt hatte. Er hatte Stapel von Büchern und Papieren erwartet, doch das Wohnzimmer, in das ihn Lemke bat, war penibel aufgeräumt. Ein Designersofa von Le Corbusier, das schon durch seine rote Farbe sofort den Blick auf sich zog, stand etwas abgerückt vor einer Regalwand. Gegenüber hingen ein paar Urkunden und eine Magnettafel, an die zahlreiche Klassenfotos gepinnt waren, den helleren Flächen dahinter nach zu urteilen, hing dort mal etwas anderes. Die zur Seite geschobenen Schiebegardinen der Regalwand gaben den Blick frei auf unzählige Aktenordner, jeder einzelne akkurat beschriftet. Auf dem Glastisch, der sicherlich ebenfalls von einem Designer stammte, lag ein iPad. Eine komplette in Leder gebundene Brockhaus-Enzyklopädie stand auf einem halbhohen Regal unter der Dachschräge. Lemkes Fußböden waren mit dem gleichen Klicklaminat und PVC ausgelegt wie die von Anneke Gruhner. Der gute Professor war eindeutig knauserig, was die Ausstattung seiner Mietwohnungen anging.

Lemke kam mit zwei Tomatensäften ins Wohnzimmer. »Die Tomaten habe ich selbst gezogen und entsaftet. Ich finde, es gibt nichts Besseres.« Er schmunzelte. »Na ja, es sei denn, man fügt Wodka und Worcestersauce hinzu.«

Glander spürte eine gewisse Genugtuung, denn auch der gebildete Lehrer sprach den Soßennamen falsch aus. Lea hatte sich neulich während einer Kochsendung über den Sternekoch mokiert, der die klassische englische Würzsauce »Wortschestersoße« genannt hatte. Korrekt sprach man es »Wuhstersauce« aus. Glander hätte große Lust gehabt, Gerd Lemke zu korrigieren. Er konnte Lehrer wirklich nicht leiden. Einzig die Lehrerin aus der Grundschule, eine freundliche, ausgeglichene Frau mit einem Dutt, hatte er in positiver Erinnerung. »Danke, Herr Lemke, ich probiere gerne einen. Welcher Garten ist denn Ihrer?«

»Ich habe dieses kleine Gewächshaus, wo ich mich austoben kann. Tomaten dürfen kein Wasser von oben bekommen, wissen Sie.«

Wusste Glander nicht, und es interessierte ihn auch nicht. Doch wenn es darum ging, Zeugen zum Reden zu bringen, war er im Heucheln ein Meister. »Das ist hochinteressant, Herr Lemke. Beugen Tomaten nicht auch Herzinfarkt vor, oder verwechsle ich da etwas?« Glander nahm einen Schluck und fand das Getränk grauenvoll. Er hatte noch nie verstanden, warum in Flugzeugen oft schon in Reihe 18 der Tomatensaft ausging.

Lemke stellte sein Glas ab und lächelte Glander voller Stolz an. »Die Tomate ist unglaublich gesund. In erster Linie wegen des Lycopins. Es schützt die Zellen und kann so Herzinfarkt, aber auch Krebs vorbeugen. Im Saft ist übrigens noch mehr Lycopin als in der Frucht. Ein ganz famoses Gewächs, die Tomate.«

»An Ihnen ist aber auch ein Biologielehrer verlorengegangen, was?«

»Nein, nein, die Tomatenzucht ist nur ein Hobby. Diese Pflanzen brauchen viel Pflege, man muss sich um sie kümmern. Das ist ein bisschen wie mit den Schülern.«

»Mit denen hat man auch viel Arbeit, nehme ich an.«

Lemke winkte ab. »Sie machen sich keine Vorstellungen! Frontalunterricht ist passé, heute muss man die jungen Leute zu Teamarbeit ermutigen und das Wissen wie ein Entertainer auf packende Art und Weise vermitteln. Manche Schüler danken es einem mit brillanten Beiträgen, an anderen prallt es einfach ab. Ich unterrichte inzwischen nur noch die Oberstufe, bis dahin hat sich die Spreu vom Weizen getrennt, und die meisten meiner Schüler sind fleißig. Ich habe relativ wenig Sorgenkinder.«

»Louise Schneider gehört dazu?«

Der Lehrer blickte ihn überrascht an. »Ich dachte, es geht um Tara.«

»Ich bin gerade dabei, mir ein Bild von Taras Leben zu machen, und dazu gehört natürlich auch, mir einen Eindruck von ihrer besten Freundin zu verschaffen.«

Der Lehrer nickte beinahe eifrig. »Natürlich, selbstverständlich. Ja, was kann ich Ihnen über Louise sagen? Sie ist gescheit, aber faul. Hat eine Menge Flausen im Kopf, wenn Sie wissen, was ich meine. Make-up und Klamotten sind ihr wichtiger als ein guter Schulabschluss. Es ist jammerschade, sie müsste in keinem Fach auf einer Vier stehen, aber wie gesagt, es fehlt ihr an Fleiß und Disziplin.«

»Hat das Mädchen Sie schon einmal becirct, um eine bessere Note zu bekommen?«

Gerd Lemke sah Glander voller Empörung an. »Das verbitte ich mir! Natürlich nicht! Sie wüsste ohnehin, dass sie damit bei mir keine Chance hätte.« Er nahm noch einen Schluck Tomatensaft. »Ich gebe zu, dass Louise sich manchmal sehr aufreizend kleidet und ein hübsches Mädchen ist. Aber sie ist meine Schülerin, und ich bin lange genug Lehrer, um solchen billigen Reizen nicht zu erliegen.«

»Sind die anderen Lehrer auch so stark, Herr Lemke?«

Der sah Glander scharf an. »Mir gefällt die Richtung Ihrer Fragen nicht, Herr Glander. Was hat das überhaupt mit Tara zu tun?«

Glanders Handy klingelte. »Verzeihen Sie, Herr Lemke, ich wollte weder Sie noch Ihre Kollegen in irgendeiner Form beleidigen. Sie entschuldigen mich kurz?«

»Nur zu.«

Glander verließ den Raum und nahm das Gespräch im Flur entgegen.

Um halb elf stand Lea vor der Lüdersstraße 23 und starrte nachdenklich auf die blaue Eingangstür, nachdem sie geklingelt hatte. Das Foto, das ihr in Glanders Wohnung in die Hände gefallen war, ging ihr nicht aus dem Kopf. Der Summer ertönte, und sie ging die Treppe hinauf. Auf dem ersten Absatz blieb sie stehen und sah aus dem großen Fenster in den Garten hinaus. Hier war ein Profigärtner am Werk, das war nicht zu übersehen. In der Mitte der gepflegten Rasenfläche befand sich eine von Rosenspalieren umgebene geflieste Terrasse, auf der ein kleiner runder Gartentisch und zwei Stühle standen. Ein Stück weiter hinten, dort, wo der Rasen aufhörte, begann eine Wildblumenwiese, durch die zwei kleine, mit Kies angelegte Wege zu einem Gewächshaus und einem großen Gartenschuppen führten. Ein dritter Weg endete an einem kleinen Teich. Große Bäume spendeten Schatten, und gerade geschnittene, hohe Hecken schirmten den Garten vor den Blicken der Nachbarschaft ab. Ein wunderschöner Ort, dachte Lea und hoffte, dass Tara Berthold diesen Blick sehr bald wieder genießen können würde.

Merve erwartete sie an der Wohnungstür der Bertholds mit einem schelmischen Grinsen. »Ich habe Sie auf unseren Überwachungskameras gesehen. Und den großen Korb. Kommen Sie rein! Ich zeige Ihnen, wo die Küche ist. Frau Berthold ruht sich noch aus, sie müsste aber gleich herunterkommen. Der Professor hat es vorgezogen, die Nacht im Krankenhaus zu verbringen.«

Lea war entsetzt. Wie konnte der Mann seine Frau jetzt alleine lassen?

Ihre Gedanken mussten ihr anzusehen sein, denn Merve raunte ihr zu: »Dahinter verbirgt sich eine traurige Geschichte. Als wäre das hier nicht alles schon traurig genug! Lea, ich müsste etwas mit Ihnen besprechen. Hätten Sie einen Augenblick Zeit? Es ist wichtig.«

Lea nickte und folgte Merve Celik zunächst wortlos in die Küche der Familie Berthold. Sie stellte das Essen in den Kühlschrank und folgte Merve dann ins Esszimmer.

Die kam ohne große Umschweife zur Sache. »Lea, wären Sie in der Lage, uns bei der Befragung von Taras Kontakten zu unterstützen? Glander war zunächst wenig begeistert von der Idee, aber ich denke, wir haben keine andere Wahl. Zwei private Ermittler sind zu wenig, um alle in Frage kommenden Personen schnell genug zu interviewen. Sie kennen die Familie Verheugen, und wenn Sie sich das zutrauen, möchte ich Sie bitten, Tobi und weiteren Schulfreunden von Tara ein paar Fragen zu stellen.«

Lea war überrascht, denn Glander hatte diesen Vorschlag am Vorabend vehement abgelehnt. Sie ärgerte sich immer noch über seine barsche Art am Telefon. Am meisten ärgerte sie sich aber über dieses Foto. Sie fragte sich, warum Glander diese Jessie noch nie erwähnt hatte. Aber er hatte auch nicht viel von Merve erzählt. Leas Magen zog sich zusammen, und Panik stieg in ihr auf. Was wusste sie eigentlich über Martin Glander? War sie vielleicht bloß ein Lückenfüller für ihn? Sie lebten so unterschiedliche Leben. Seines war bestimmt durch Unglück und Gewalt, ihres musste ihm dagegen fad und voller Nichtigkeiten vorkommen mit seiner Ruhe und Ordnung draußen am Stadtrand. Würde sie damit überhaupt zurechtkommen? Außerdem wurde sie leicht seekrank, sie würde nie auf ein Boot mit ihm gehen können. Sie waren viel zu verschieden! *Get a grip!* Reiß dich zusammen!, schalt sie sich innerlich und schüttelte das unangenehme Gefühl mit aller Macht ab. Sie sollte den beiden helfen. Das würde sie tun, auch wenn sie sich nicht sicher war, ob sie das schaffte. »Natürlich helfe ich Ihnen gerne, aber Glander hat mir gestern Abend noch sehr deutlich gesagt, dass ich mich tunlichst aus den Ermittlungen raushalten soll.« Sie klang quengeliger als beabsichtigt. Lea wusste, dass sie aufpassen musste. Sonst lief ihre Stimmung noch aus dem Ruder.

Merve lächelte sie an. »Lea, Glander macht sich Sorgen um Sie. Ihm steckt der Vorfall vom Juli noch in den Knochen, er möchte Sie nicht noch einmal in Gefahr bringen. Ich bin aber der Meinung, dass es ungefährlich ist, wenn Sie die Freunde Ihres Sohnes ein wenig aushorchen. Und uns läuft schlicht die Zeit davon. Wir haben ein wenig diskutiert, aber letztlich weiß Glander auch, dass dies die beste Lösung ist. Wenn Sie es sich also zutrauen, bitten wir beide Sie, uns bei den Befragungen zu unterstützen.«

Bevor sich Lea weitere bohrende Fragen stellten, atmete sie tief durch und entgegnete entschlossen: »Ich tue, was ich kann. Heute werde ich Tobi allerdings nicht mehr zu Hause erwischen. Ich habe ihn und seinen Freund Leander gestern ziemlich früh am Morgen auf dem ehemaligen Mauerweg getroffen, die beiden hatten wohl die Nacht durchgemacht. Tobi erwähnte ein Bouleturnier im Bäkepark. Wenn ich mich recht erinnere, findet das jedes Jahr im September statt. Mein Sohn Duncan hat es mit Tobi schon ein paarmal gewonnen. Die Schüler spielen und feiern hier gleich um die Ecke das ganze Wochenende hindurch. Das war übrigens eine merkwürdige Begegnung gestern Morgen.«

Lea schilderte Merve ihr Gespräch mit den beiden

jungen Männern, während Glanders Partnerin sich Notizen machte. Dann fragte sie Lea: »Ich habe diverse Namen auf Taras Computer gefunden, von Schülern und von Lehrern, über die sie sich in Mails oder im Internet geäußert hat. Kennen Sie die anderen Mitschüler von Tara? Annalisa Gebauer zum Beispiel?«

Lea schüttelte den Kopf. »Nein, da muss ich leider passen. Tara ist mir nur in Erinnerung geblieben, weil sie wirklich auffallend hübsch ist. Und weil ihr Vater so großspurig auftritt. Den kann man nicht übersehen.«

»Was ist mit Taras Lehrern? Sagt Ihnen der Name Gerd Lemke etwas? Er ist ihr Deutschlehrer und wohnt hier im Haus.«

»Den kenne ich, wenn auch nicht gut. Duncan hatte bei ihm den Grundkurs Deutsch. Mein Sohn hat sich nie negativ über ihn geäußert und hatte ihn recht gerne als Lehrer. Mein Eindruck war immer, dass er ein engagierter Pädagoge ist.«

Merve kritzelte weitere Notizen in ihre Kladde. »Kennen Sie den Vertrauenslehrer der Schule? Wir möchten ihm ein paar Fragen stellen, denn ich habe herausgefunden, dass Tara einige Gespräche mit ihm hatte.«

Lea überlegte einen Moment. »Ich bin nicht sicher, aber ich nehme an, dass das immer noch Peter Aljinovic ist. Er gibt Mathematik im Leistungskurs. Duncan hatte nie Unterricht bei ihm, aber dem Mann eilt der Ruf eines Zahlengenies voraus.«

Merve kaute auf ihrem Stift herum, während sie überlegte. Dann riss sie ein Blatt für Lea aus ihrem Notizblock und gab ihr einen unversehrten Stift.

Glander stand im Flur des Lehrers und nahm den Anruf an.

»Hier ist Doktor Viktoria Schulenburg. Professor Berthold sagte mir, ich solle mich bei Ihnen melden.« Sie hatte eine sehr angenehme Telefonstimme.

»Frau Doktor Schulenburg, vielen Dank, dass Sie sich die Mühe machen. Hat Ihnen Herr Berthold erklärt, worum es geht?«

Ein kurzes Zögern. »Ganz grob. Seine Tochter sei verschwunden, und Sie wollen, dass ich sein Alibi bestätige.«

»Auch. Waren Sie denn zu besagter Uhrzeit mit Herrn Berthold zusammen?«

»Ja, ich war bei der Notoperation zugegen, die er geleitet hat. Eines unserer Babys musste operiert werden, es hatte einen Tumor im Gehirn. Ich habe es ins Virchow-Klinikum begleitet.«

»Eines Ihrer Babys?« Glander verstand kein Wort.

Doktor Schulenburg führte aus: »Ja, sechs Wochen alt. Ich bin Neonatologin am Sankt Joseph Krankenhaus in Tempelhof. Unsere Perinatalklinik genießt einen sehr guten Ruf. Viele Operationen können wir selbst durchführen, aber diese war doch eine Nummer zu groß. Der Tumor lag sehr ungünstig, so dass wir uns ans Virchow wandten. Heinz ist der beste Chirurg, und da der Zustand des Säuglings sich an jenem Tag massiv verschlechterte, musste Heinz auf seinen Feierabend verzichten. Wir haben sechs Stunden operiert.«

»Hat das Baby die Operation gut überstanden?«

»Ja, im Moment sieht es nach einer günstigen Prognose aus.«

»Frau Doktor Schulenburg, seit wann haben Sie eine Affäre mit Professor Berthold?«

Sie lachte. »Ich finde zwar nicht, dass Sie das etwas angeht, aber Heinz meinte, ich solle Ihnen ruhig alles erzählen. Wir haben uns vor etwa fünf Jahren kennengelernt, als ich einen seiner Vorträge besuchte. Beim anschließenden Sektempfang kamen wir ins Gespräch, keine zwei Stunden später landeten wir im Bett.«

Glander schauderte bei der Vorstellung des nackten Professors. »Sehen Sie sich häufig?«

Es folgte ein halb belustigtes, halb verächtliches Schnauben. »Herr Glander, haben Sie eine Ahnung von Heinz' Terminkalender? Dazu kommen meine Dienste. Und unsere beiden Familien. Wir sehen uns ein Mal im Monat, wenn es gut läuft.«

»Und wo treffen Sie sich?«

»Einer seiner Freunde aus der Verbindung hat eine Stadtwohnung in Mitte. Die nutzen wir für unsere *Doktorspielchen.*« Das letzte Wort betonte sie süffisant.

»Sie wollen nicht *mehr*?«

»Nein, will ich nicht. Ich habe eine tolle Familie, Herr Glander, einen wunderbaren Mann, zwei großartige, begabte Kinder, ich bin beruflich erfolgreich. Daran will ich nichts ändern. Heinz bevorzugt, ich will es mal vorsichtig ausdrücken, eher unübliche Sexpraktiken, und ab und zu ist mir auch danach. Das ist es, was uns verbindet. Es hat all die Jahre gut funktioniert.«

»Inwiefern unüblich?«

Viktoria Schulenburg seufzte. »Wenn Sie es unbedingt wissen wollen: Wir mögen Rollenspiele. Er ist der strenge Vater, und ich bin das ungezogene Mädchen.

Oder die Krankenschwester. Sie können die Liste beliebig fortsetzen. Beim letzten Mal war ich die naive Sekretärin und er der ungehaltene Vorstandsvorsitzende. Es war sehr stimulierend. Gelegentlich lasse ich mir gerne den Hintern versohlen, Herr Glander.«

Sachen gibt's!, dachte Glander und beendete das Telefonat. Der Professor konnte zwar sein Kuckuckskind nicht selbst entführt haben, aber das hieß noch lange nicht, dass Glander ihn als Verdächtigen völlig ausschloss. Der Neurochirurg besaß genug Geld und konnte jemanden mit der Entführung beauftragt haben. Aber was könnte er damit bezwecken wollen? Wollte er eine Entführung vortäuschen und das Kind umbringen, um dann der verzweifelten Mutter zum Selbstmord zu verhelfen? Würde der Unsympath so weit gehen, nur um sich die Scheidungs- und Unterhaltskosten zu sparen?

Glander simste Merve eine Zusammenfassung des Telefonats und trat vom Flur in Lemkes Badezimmer, um sich dort ein wenig umzusehen. Der Burschenschaftler war ihm zu geleckt. Glander hatte ganz sicher nichts gegen gute Umgangsformen, aber die tradierten Ansichten der ausschließlich männlichen Mitglieder dieser Riegen missfielen ihm. Nicht umsonst hatte Glander die Kripolaufbahn an den Nagel gehängt, bei der Polizei lief es ja ähnlich ab. Lemkes Spiegelschrank enthielt eine unspektakuläre Zusammenstellung der üblichen Hausmittel gegen Kopfschmerzen, Verstauchungen und Prellungen, Übelkeit und Sodbrennen sowie je eine verschreibungspflichtige Packung eines Schlaf- und eines starken Schmerzmittels und eine Schachtel mit Pflastern in verschiedenen Größen. Daneben fanden sich ein Rasierer, Aftershave, Gesichtscreme und Eau de Toilette, Zahnbürste, Zahncreme und ein Zahnputzbecher sowie ein Nageletui. Kein Bekennerschreiben, wie ärgerlich!, dachte Glander in einem Anfall von Zynismus. Auch im restlichen Raum war alles an seinem Platz, sogar die Handtücher, allesamt blütenweiß, waren ordentlich gefaltet und nach Größe sortiert.

Als Glander zu Gerd Lemke ins Wohnzimmer zurückkehrte, hatte der sich gerade einen neuen Tomatensaft geholt. »Herr Lemke, Professor Berthold erwähnte, dass Sie in einer schlagenden Verbindung an der Uni Heidelberg waren?«

Gerd Lemke schüttelte nachsichtig lächelnd den Kopf. »So etwas hört nie auf, Herr Glander, das ist ein Bund fürs Leben, den man als Fuchs schmiedet, als Bursche zementiert und später als alter Herr aufrechterhält.«

»Das sieht man Ihrer Wohnung gar nicht an.«

»Was soll man denn da sehen? Meine Farben hängen in meinem Kleiderschrank, und meinen Degen zeige ich Ihnen gerne. Er hängt über meinem Bett im Schlafzimmer. Die Verbundenheit muss nicht durch profane Äußerlichkeiten demonstriert werden. Sie haben wohl nicht studiert?«

»Nein, ich war zwanzig Jahre bei der Kripo.«

Gerd Lemke wirkte überrascht. »Aber dann wissen Sie ja, wovon ich spreche. Die Polizei hält doch auch zusammen wie Pech und Schwefel.«

Sicher. Und am Montagmorgen saßen alle im Kreis und erzählten einander vom Wochenende. Wo lebte der

Mann? »Nicht ganz, Herr Lemke. Was können Sie mir über Jürgen Schneider erzählen?«

Der Lehrer lehnte sich zurück. »Über Jürgen? Nicht viel. Er ist vor Jahren mit Louise hierher gezogen. Beinahe jede Nacht fährt er Taxi, aber viel verdient er nicht, er scheint die falschen Taxistände anzufahren. Er ist eben ein Pechvogel.«

»Sie sind befreundet?«

»Sie haben noch einmal mit Anneke gesprochen, nehme ich an? Wir gehen gelegentlich zusammen ein Bier trinken, als Freundschaft würde ich das nicht bezeichnen.«

»Hat er eine Freundin?«

»Nicht dass ich wüsste. Er hat ja mit Louise auch alle Hände voll zu tun.«

»Hat er öfter Kontakt zu Tara gehabt?«

»In nachbarschaftlichem Rahmen, ja, natürlich. Tara ist fast jeden Tag bei den Schneiders unten. Mir gefällt nicht, was Sie möglicherweise andeuten wollen, Herr Glander. Vielleicht ist das bei Ihnen berufsbedingt, aber es ist unschön. Jürgen Schneider macht sich Sorgen um seine Tochter und auch um deren Freundin. Die beiden sind siebzehn, Sie wissen doch, was Mädchen in diesem Alter manchmal für Dummheiten machen.«

Das war beinahe ein leidenschaftliches Plädoyer gewesen. Ganz so fad, wie ihn die Gruhner beschrieben hatte, war Lemke wohl doch nicht. Glander hakte noch einmal nach: »Weswegen er auch im Garten ein Auge auf die beiden hatte?«

Lemke erhob sich. »Jetzt ist es aber genug! Anneke und ihr Schandmaul! Wenn Sie es genau wissen wollen:

Anneke hat sich Jürgen im letzten Sommer an den Hals geworfen, aber er wollte nichts von ihr wissen. Louise hat sie dann ziemlich unschön vor uns Nachbarn bloßgestellt. Es ist also nicht unbedingt alles für bare Münze zu nehmen, was Ihnen Anneke Gruhner erzählt.«

10

Merve und Lea gingen noch einmal die Fragen durch, die Lea Taras Freunden stellen sollte, als Maria Berthold ins Esszimmer trat. Verwundert sah sie Lea an, so als frage sie sich, wo sie sich schon einmal begegnet waren.

Lea erhob sich und ging auf sie zu. »Frau Berthold, ich bin Lea Storm, wir kennen uns aus der Schule unserer Kinder. Mein Sohn Duncan war mit Tara in der Theatergruppe. Es tut mir sehr leid, was mit Tara passiert ist. Ich hoffe, Frau Celik und Herr Glander finden Ihre Tochter so schnell wie möglich.«

Noch immer sah Maria Berthold verwirrt aus.

Merve warf ein: »Frau Storm unterstützt uns bei den Ermittlungen, sie und Herr Glander sind ... Frau Storm gehört sozusagen zum Team.«

Lea betrachtete Maria Berthold. Wie alt mochte die sein? Tara war siebzehn, und Lea schätzte, dass Frau Berthold keine zwanzig gewesen war, als sie ihre Tochter auf die Welt gebracht hatte. Taras Mutter trug kein Make-up und sah alles andere als blendend aus, dennoch strahlte sie eine ruhige, erhabene Schönheit aus, die auch das Alter nicht schmälern würde. Ihr Mann musste etwa 25 Jahre älter sein, so wie Lea sich an ihn erinnerte. Was er in ihr gesehen hatte, lag auf der Hand – doch was hatte Maria Berthold an ihm fasziniert? Geld machte Männer in den Augen mancher Frauen attraktiv, sicherlich, aber war das wirklich alles gewesen? War diese Frau so oberflächlich? Leise fragte Lea: »Frau Berthold, kann ich etwas für Sie tun? Haben Sie schon etwas gegessen? Merve, was trinken Sie? Espresso? Latte macchiato?« Leas Allheilmittel, aber oft genug half es. Essen stärkte Leib und Seele, es konnte Trost spenden, und gute Mahlzeiten hatten Leas Familie immer zusammengehalten.

Maria Berthold folgte ihr wortlos in die Küche. Sie zeigte Lea, wo sie eine Pfanne, Gewürze, Teller und Besteck fand. Lea beschäftigte die verstörte Mutter damit, drei Kaffee zu machen. Für ein richtiges Mittagessen war es zu früh, doch Rühreier gingen immer, fand Lea, und so machte sie sich daran, einige Eier in Milch zu schlagen und mit Salz und Pfeffer zu verrühren. Im Kühlschrank fanden sich kleine Garnelen und ein Bund Dill, das Lea säuberte und fein hackte. Keine fünfzehn Minuten später saßen die drei Frauen am Esstisch vor ihren dampfenden Tellern, daneben Buttertoastscheiben, jeweils ein Glas Orangensaft und ihre Kaffees.

»Essen Sie etwas, Frau Berthold, das wird Ihnen guttun!«, ermutigte Lea die Frau ihr gegenüber. »Sie müssen auf sich Acht geben. Tara wird Sie brauchen, wenn sie wieder da ist.«

Maria Bertholds Blick kehrte endlich zurück. Sie schaute Lea mit großen Augen an. »Denken Sie denn, dass ich Tara zurückbekomme?«

Lea und Merve tauschten einen Blick aus, und Lea entgegnete: »Ja, das denke ich, und nichts anderes sollten Sie denken. Herr Glander und Frau Celik sind sehr erfahrene Ermittler, und wenn jemand Ihre Tochter heil zurückbringen kann, dann sind das diese beiden.« Lea hatte keine Ahnung, wovon sie sprach, sie war noch nie zuvor an der Aufklärung einer Entführung beteiligt gewesen, doch ihre schottische Hälfte wusste ganz genau, dass jetzt Zuspruch und positives Denken gefragt waren. Der deutsche Hang zu düsterem Realismus war im Augenblick unangebracht. Lea wechselte das Thema. »Frau Berthold, ich habe die schönen Orchideen in Ihrem Wohnzimmer bewundert. Diese Pflanzen sind sehr anspruchsvoll und machen sicherlich viel Arbeit.«

Maria Berthold sah Lea an, und die Spur eines Lächelns breitete sich auf ihrem Gesicht aus. »Sie mögen Orchideen? Ich ziehe sie selbst in meinem Gewächshaus. Viele verschenke ich, aber einige behalte ich auch. Für den Garten haben wir einen Gärtner, aber um die Orchideen kümmere ich mich selbst. Manchmal spiele ich Cello zwischen ihnen.«

Leas Mutter hatte als Psychiaterin in ihrer eigenen Praxis gearbeitet, und die Schilderung psychischer Krankheitsbilder waren ein fester Bestandteil von Leas Kindheit gewesen. Andere Familien hatten beim Essen über die Schule, die Nachbarn oder das Wetter gesprochen, am Tisch von Leas Eltern war es meistens um Psychologie gegangen, und Lea hatte im Studium – sicherlich auch, um ihrer Mutter weiter verbunden zu bleiben – als Nebenfach Psychologie gewählt. Lea erkannte die Symptome: Maria Berthold würde ihren Verstand verlieren, wenn ihrer Tochter etwas zustieße. Ihre Psyche befand sich schon jetzt am Rande eines

Abgrunds. Sie wäre nicht die erste Mutter, die sich aus Trauer und Verzweiflung das Leben nähme. Lea wusste, wie wichtig es war, Maria Berthold nicht in diesen Abgrund fallen zu lassen. »Frau Berthold, würden Sie etwas für uns spielen?«

Für einen Moment leuchteten die Augen der verzweifelten Mutter. Sie stand auf und ging ins obere Stockwerk, um ihr Instrument zu holen. Ein paar Minuten später wurde das Wohnzimmer von dem tragenden Klang einer Cellosuite von Johann Sebastian Bach erfüllt. Maria Bertholds Augen waren geschlossen, sie bewegte sich sanft im Takt der Komposition. Lea verstand nicht viel von klassischer Musik, doch jeder Laie konnte sehen, wie sicher Maria Berthold den Bogen über die Saiten führte und wie sie eins wurde mit dem Cello und der Musik.

Merve wohnte der Szene schweigend bei. Ihr war deutlich geworden, was Glander an dieser Frau faszinierte. Lea Storms Einfühlungsvermögen war beeindruckend. Ein flüchtiger Gedanke kam Merve in den Sinn, doch sie verlor ihn wieder und kam beim besten Willen nicht mehr darauf, was es gewesen sein könnte. Sie lehnte sich im Sessel zurück und schloss die Augen. Es würde ihr wieder einfallen, und wenn nicht, war es wohl doch nicht so wichtig gewesen.

Louise Schneider schlenderte durch den Park, überquerte die Bäkestraße und ging zum Pavillon. Das Bouleturnier der Oberstufe war jetzt, am Mittag, in vollem Gange, und sie wusste, dass sie auf Max, Leander und Tobi treffen würde. Sicher war Annalisa auch da, diese dumme Nuss, aber die konnte sie ja links liegenlassen. Max lag etwas abseits auf dem Rasen und hörte mit seinem Smartphone Musik, seine beiden Freunde hockten neben ihm und tranken Bier. Als Louise sich zu ihnen gesellte, nahmen sie das Mädchen in ihre Mitte. Louise schob Tobis Hand von ihrem Hintern weg. Sie fand die Geschichte um Tara viel zu aufregend, um sie für sich zu behalten. Sie war sehr gespannt auf die Reaktionen der Jungs und blickte gewichtig in die kleine Runde.

Max nahm seine Ohrstöpsel heraus, und Leander und Tobi hörten mit den Faxen auf. Jetzt sah Louise jeden der Jungs einzeln an. Sie genoss die Dramatik ihres Auftritts. Max war ein hübscher Kerl, wenn man auf den dunkellockigen, schlanken und eigenbrötlerischen Künstlertypen stand. Ihr gefiel Leander viel besser mit seinen schulterlangen braunen Haaren, die er meist zu einem Zopf zusammenband, seinen haselnussbraunen Augen und den vollen Lippen. Er war kräftig und trotz seines schwulen Namens übelst sexy. Außerdem sollte er wahnsinnig gut vögeln, erzählte man sich in der Mädchenumkleide. Man erzählte sich auch, dass er nichts anbrennen ließ, und es ärgerte Louise, dass er es bei ihr noch nie versucht hatte. Sie wusste, auf wen er stand, und auch das ärgerte sie. Tobi war muskulös, stemmte Gewichte zu Hause bei sich im Keller. Seine dunkelblonden Haare hielt er immer sehr kurz geschnitten, und seine braunen Augen schienen an keinem Punkt lange zu verweilen. Er hatte recht schiefe Zähne und eine ziemlich große Nase. Tobi hatte immer einen guten Spruch auf den Lippen und konnte extrem charmant sein, wenn er wollte. Allerdings hatte er auch eine kurze

Lunte und wurde schnell aggressiv. Von der Bettkante hätte sie aber auch ihn nicht gestoßen.

Louise beendete ihre theatralische Pause und sagte leise: »Habt ihr es noch nicht gehört? Tara ist verschwunden, sie wurde entführt.«

Die Jungs sagten keinen Ton und sahen einander an. Dann prusteten sie los, nur Max sah Louise feindselig an. »Was erzählst du denn für einen Scheiß? Ihr habt euch doch am Freitag zusammen von hier aus auf den Nachhauseweg gemacht!«

Louise sah ihn wütend an. »Das ist kein Scheiß! Bei mir war gestern ein Privatdetektiv, der Tara sucht. Der Typ war schon ein bisschen älter, ist aber noch ziemlich fit. Er hat mich die ganze Zeit angestarrt, aber dafür können diese alten Männer ja nichts. Jedenfalls hat irgendjemand Tara geschnappt, nachdem ich mich im Hausflur von ihr verabschiedet habe. Ihr dürft aber niemandem etwas davon sagen, dieser Privatschnüffler meinte, das könnte sonst gefährlich für Tara werden!«

Max sah Tobi an. Leander warf ein: »Und warum erzählst du es uns dann?«

Louise verdrehte die Augen. »Ich dachte, wir sind Freunde! Mein Fehler!«

Sie wollte aufstehen, doch Leander hielt sie zurück. »He, nun hab dich mal nicht so! Wer sollte Tara denn entführen wollen? Scheiße, hoffentlich hat das nichts mit so einem krassen Mädchenbordell zu tun!«

Louise grinste in sich hinein. Sie war sich sicher, dass der Entführer ihre Freundin Tara ganz für sich alleine haben wollte. Ihr sollte das recht sein, sie bekäme erst mal eine Menge Kohle, damit sie den Mund hielt.

Sie sah Max einen Moment lang an. »Wenn da jemand bald viel Geld haben sollte, bin ich gespannt, ob er es weise ausgeben wird.«

Max stand abrupt auf und sagte: »Alter, ich brauch jetzt ein Bier! Wartet hier, ich hol uns was!«

Louise machte es sich auf seinem Platz gemütlich und hielt ihre hübsche kleine Stupsnase in die Septembersonne.

Glander machte sich nach seinem Gespräch mit dem Oberstudienrat auf den Weg, den Tennislehrer zu befragen. Er war eine der wichtigsten Bezugspersonen in Taras Leben, immerhin trainierte er sie seit zehn Jahren. Und seit beinahe fünf Jahren sahen die beiden sich sogar fünfmal pro Woche.

Gernot Ziegler wohnte mit seiner Familie in einer alten Jugendstilvilla in der Bahnhofstraße, die nur ein paar Minuten Fußweg entfernt von den Bertholds lag. Zieglers Frau Christine war Kinderärztin, die Villa hatte sie geerbt. Auf dem Rasen vor dem Haus stand ein überdimensionales Trampolin mit einem Auffangnetz drum herum. Bälle, Badmintonschläger, ein Baseballhandschuh und ein Bocciaspiel lagen über das Grundstück verstreut zwischen fünf großen Kindertretautos, darunter ein Bagger und ein Porsche. Glander schüttelte den Kopf. Was sollten denn die zwei Söhne der Zieglers mit dem ganzen Kram anfangen? Es gab prima Kletterbäume im Garten. Natürlich hatten sich die Zeiten geändert, aber die Kinder seiner Schwester wurden nicht mit so viel Spielzeug überfrachtet, und das schadete ihnen keineswegs. Glander blieb keine Zeit für weitere kulturkritische Betrachtungen, denn Gernot Ziegler öffnete die Tür.

»Was wollen Sie denn? Wir sind beim Frühstück.«

Es ging doch nichts über eine herzliche Begrüßung! Glander setzte ein gewinnendes Lächeln auf. »Herr Ziegler, mein Name ist Martin Glander, ich bin Privatermittler. Ich müsste mit Ihnen sprechen, es geht um Tara Berthold, Ihre Tennisschülerin.«

»Schülerin? Sie haben das Mädchen noch nie spielen sehen, was? Sobald sie das Abitur hat, geht es richtig los. Tara hat das Zeug für die Weltrangliste, sie könnte eine neue Steffi Graf werden. Ich trainiere keine anderen Spieler mehr. Was ist überhaupt passiert? Muss das denn unbedingt jetzt sein?«

Glander blickte vielsagend in den Hausflur. »Vielleicht sollten wir das lieber drinnen besprechen, Herr Ziegler. Ich will Ihre Zeit auch nicht über Gebühr in Anspruch nehmen, aber es ist wichtig.«

Ziegler zuckte mit den Schultern und ließ Glander eintreten. Sie gingen einen Flur entlang, der mit einem alten, knarrenden Holzboden im Fischgrätmuster ausgelegt war. Ziegler führte Glander in ein Arbeitszimmer, in dem sich ein großer Schreibtisch befand, vor dem zwei Ledersessel standen. Hinter dem Schreibtisch erhob sich eine Regalwand voller Aktenordner, seitlich davon erblickte Glander halbhohe Regale, die diverse Bände des Versicherungsrechts enthielten. Darüber hing ein Foto von Tara, das sie bei einem Rückhand Slice zeigte. Es war eine sehr beeindruckende Momentaufnahme, die einen Blick auf Taras austrainierte Muskulatur gewährte. Der Blick des Mädchens verriet pure

Konzentration, und es hatte in dieser Szene sicher gepunktet.

Ziegler verfolgte Glanders Mienenspiel. »Das Mädchen ist beeindruckend, Sie sehen es ja selbst. Tara ist ein Ausnahmetalent. Als ich sie vor zehn Jahren zum ersten Mal auf dem Platz sah, war mir das sofort klar. Ich hatte gerade meine eigene Profikarriere wegen Knieproblemen vorzeitig beenden müssen, und es war beinahe eine Fügung, dass sie mir über den Weg lief. Sie war noch ungelenk und hatte keine Ahnung von der Technik, aber sie verfügte damals schon über diesen Killerinstinkt, immer in der richtigen Haltung am richtigen Fleck zu stehen.« Die Augen des Trainers leuchteten, seine Begeisterung war ansteckend.

Glander war in seiner Jugend einmal kurz davor gewesen, Leistungsschwimmer zu werden, und konnte den Enthusiasmus des Mannes nachvollziehen. Leistungssportler brauchten getriebene Trainer wie Gernot Ziegler, die für den Erfolg ihrer Schützlinge alles gaben. Was wohl Frau Ziegler davon hielt?

Ziegler bot Glander an sich zu setzen und sagte dann: »Aber Sie wollen sicher nicht über Taras Tenniskarriere mit mir reden. Was gibt es denn? Sie sind Privatermittler, sagten Sie?«

»Ja. Tara ist verschwunden, Frau Berthold hat mich mit der Suche nach ihr beauftragt.«

Gernot Ziegler sah Glander verständnislos an und wurde blass, als er begriff, was der gerade gesagt hatte. »Wieso sollte Tara denn verschwinden? Ich hab sie doch am Freitag noch trainiert. Ich verstehe nicht ...«

»Tara kam am Freitagabend nicht nach Hause. Herr

Ziegler, wissen Sie, ob sie Probleme hatte? Oder ist Ihnen beim Training eine verdächtige Person aufgefallen? Hat Tara mal irgendetwas erwähnt? Sie verbringen ja sehr viel Zeit mit ihr.«

Ziegler schien nachzudenken, verzog dann den Mund und schüttelte den Kopf. »Nein, mir ist nichts aufgefallen.« Doch anschließend hob er den Blick zur Zimmerdecke und seufzte tief. Es dauerte ein paar Momente, bis er weitersprach. »Es ist genug. Das muss aufhören. Jetzt geht es zu weit.«

»Was geht zu weit, Herr Ziegler?«

Gernot Ziegler stand auf und ging zu einem der halbhohen Regale. Er zog ein Fotoalbum heraus und reichte es Glander. »Schauen Sie sich die Bilder vom Anfang an! Da ist Tara sieben Jahre alt. Sie wirkte immer fröhlich und hatte viel Spaß damals. Blättern Sie weiter, Herr Glander! Sie werden es selbst sehen.«

Fünf Jahre später war das glückliche Kind kaum wiederzuerkennen. Tara sah blass aus und vermied den Blick in die Kamera. Über die weiteren Jahre entstand das Bild eines verschlossenen jungen Mädchens. Glander legte das Album auf den Schreibtisch und sah Gernot Ziegler in die Augen. »Was ist mit Tara passiert?«

Ziegler hob resigniert die Arme. »Ich hatte eine Vermutung, aber jedes Mal, wenn ich Tara darauf ansprach, wich sie mir aus. Vor zwei Jahren sagte sie mir dann sehr direkt, sie wolle mit mir nicht über Dinge sprechen, die nichts mit dem Tennis zu tun haben. Ich habe das akzeptiert, auch wenn es mir nicht gepasst hat und ich mir nach wie vor Sorgen um sie mache.«

»Sie haben nicht mit Maria Berthold gesprochen?«

»Selbstverständlich habe ich das. Mit Maria und mit dem Professor. Beide haben mir unmissverständlich zu verstehen gegeben, dass ich meine Nase nicht in ihre Angelegenheiten stecken solle, wenn ich Tara weiterhin trainieren wolle. Ich denke mir also meinen Teil und konzentriere mich darauf, aus Tara eine perfekte Tennisspielerin zu machen.«

»Was denken Sie sich denn, Herr Ziegler?«

Gernot Ziegler stand auf und strich über das große Foto von Tara auf dem Deckel des Albums. »Das Kind wird schlecht behandelt, Herr Glander. Der Vater schlägt es, und das schon seit Jahren. Das denke ich.«

Betont ruhig fragte Glander: »Herr Ziegler, warum sind Sie nicht zu den Behörden gegangen?«

Ziegler lachte bitter. »Zu den Behörden? Bei dem Einfluss, den der Professor hat? Ich bitte Sie!« Er strich noch einmal über Taras Foto. »Ich hielt es für weitaus sinnvoller, mich nicht ins Aus zu manövrieren, sondern für Tara da zu sein und sie bestmöglich auszubilden, damit sie schnell von ihrem Vater wegkommt. Sie hat manchmal blaue Flecke, aber richtig schwer verletzt war sie noch nie. Glauben Sie mir, ich habe schon mehrfach überlegt, wie man Herrn Berthold beikommen könnte, aber der Mann ist einflussreich. Und wem, denken Sie, glaubt man mehr: dem angesehenen Neurochirurgen, der eine Verwandte des Polizeipräsidenten operiert hat, oder dem abgehalfterten Tennisprofi, der jetzt Versicherungen verkauft? Die Frage können Sie sich selbst beantworten.«

Glander fand, der Mann machte es sich zu einfach, auch wenn er nach jahrelanger Erfahrung wusste, dass häusliche Gewalt ein äußerst schwieriges Thema darstellte. »Sie haben selbst Kinder, Herr Ziegler, mir scheint die Antwort auf der Hand zu liegen. Aber solange Sie reinen Gewissens in den Spiegel schauen können ...«

Ziegler ließ die Schultern hängen und blickte auf den Boden. »Ich habe nie behauptet, ein reines Gewissen zu haben, Herr Glander, und im Spiegel betrachte ich mich schon sehr lange nicht mehr.«

11

Tara hatte Angst. Schwarze, kalte Angst, die ihr den Atem raubte. Sie hatte keine Ahnung, wer der Mann war, der sie in den Keller gesperrt hatte. Und das Schlimmste war: Sie wusste nicht, was er mit ihr vorhatte, ob er ihr weh tun würde, ob sie leben oder sterben würde. Sie hatte sich das Hirn zermartert, um sich erinnern zu können, was nach der Theaterprobe passiert war, aber es reichte nur für kurze Rückblenden, so als würde ein Kamerablitzlicht einzelne Momentaufnahmen aus ihrem Leben erhellen. Sie sah das Gesicht von Max, der sich über sie beugte. Louise lachte laut und gab ihr vor der blauen Tür einen Kuss. Ihr Deutschlehrer stand vor ihr mit dem Textbuch des Stückes in der Hand, das sie gerade probten. Ihre Mutter strich ihr übers Haar. Tobi schlug ihr auf den Po. Leander zwinkerte ihr zu. Annalisa schaute missbilligend. Ihr Vater war wütend. Louises Vater sah sie besorgt an. Ihr Trainer wirbelte sie nach dem letzten Turniersieg herum. Und Adam schrieb ihr, er sei immer für sie da. Es half nichts, in ihrem Kopf war alles durcheinander. Sie fand keine Erklärung für ihre Situation. Also griff sie auf eine weitere Überlebensstrategie zurück und tat, was sie oft tat, wenn sie sich weit weg wünschte: Sie stellte sich das Tennisspiel vor, das Margaret Court Smith gegen Billie Jean King gewonnen und mit dem sie zum ersten Mal in ihrer ungemein erfolgreichen Profikarriere in Wimbledon den Sieg geholt hatte. 1963 war das gewesen. King hatte Courts phantastischem Vorhandspiel und ihren starken Aufschlägen nichts entgegensetzen können. Tara hörte förmlich den Aufschlag der Bälle und das damals so verhaltene Raunen der Zuschauer. Irgendwann schlief sie wieder ein.

Glander parkte seinen Wagen gegen Mittag in der Kurve, welche die Wismarer Straße vor den hohen weißen Häusern machte. In einem davon wohnten Saskia Gebauer und ihre Tochter Annalisa. Laut Akte des Jugendamts hatte Christian Gebauer Frau und Tochter vor Jahren sitzenlassen und war zu seiner erheblich jüngeren Freundin gezogen. Was das Jugendamt nicht wusste, Merve aber anderen Quellen entnommen hatte: Er hatte Saskia Gebauer danach regelmäßig angedroht, das Sorgerecht für Annalisa einzuklagen, sollte sie je Unterhalt von ihm fordern. Seitdem verdiente er offiziell unterhalb der Grenze, ab der ihm Zahlungen abverlangt würden. Annalisa hatte sich mehrfach mit ihren Sorgen an den Vertrauenslehrer ihrer Schule gewandt. Normalerweise hätte die Mutter über die Drohung ihres Exmannes leise lächeln und den Unterhalt einklagen können, indem sie seine vorhandenen Einnahmequellen offenlegen ließ, doch Saskia Gebauer hatte eine Vorstrafe wegen Betrugs. Die Scheckfälschungen waren zwar Christians Idee gewesen, doch erwischt worden war sie. Das Jugendamt hätte das Sorgerecht für Annalisa also durchaus dem Vater zusprechen können. Es schien Christian Gebauer große Freude zu bereiten, der Mutter seines Kindes das Leben schwer zu machen. Als wäre es nicht schon genug, dass die zwei Jobs nachgehen musste, um sich und ihre Tochter zu ernähren.

Im Treppenhaus roch es nach Kohlsuppe. Glander nahm den Fahrstuhl in den achten Stock. Das Namensschild an der Tür der Gebauers war getöpfert, es hatte die Form eines Marienkäfers.

Die Frau, die Glander die Tür öffnete, sah erheblich älter aus, als ihre vierzig Jahre vermuten ließen. Sie war hager und trug ihre blondierten Haare in einem Federschnitt mit langen Strähnen über den Wangen, die Friseure gerne als »pfiffig« anpriesen. Sie war ebenso stark geschminkt wie tätowiert, Glander zählte alleine fünf Motive auf ihren Armen und im Nackenbereich. In der linken Hand hielt sie das Telefon, in der rechten eine brennende Zigarette. »Da is eena anne Tür, ick kann jetzt nich. Ick ruf gleich zurück.« Zu Glander gewandt fragte sie: »Kann ick Ihnen helfen?«

Er stellte sich vor und reichte ihr seine Karte.

Sie blickte verständnislos darauf. »Ja, und? Wat wolln Se von mia? Wat hab ick mit 'nem privaten Ermittler zu tun?«

»Sie haben nur indirekt etwas damit zu tun, Frau Gebauer. Es geht um eine Mitschülerin Ihrer Tochter. Dürfte ich hereinkommen?«

»Ja, machen Se ma! Jehn Se ma uffn Balkon, dann kann ick zu Ende roochen!«

Die Wohnung war einfach eingerichtet und sah ordentlich und sauber aus. In einer schwarzen Schrankwand stand ein großer Flatscreen, auf dem eine Shoppingsendung lief. Schräg gegenüber war eine ausladende Eckcouch platziert, wie man sie in den achtziger Jahren gehabt hatte, auch das Farbmuster aus Schwarz, Weiß und Pink passte zu dem Stil jener Zeit. An der Wand darüber hingen unzählige pastellfarbene Pierrot-Masken aus Porzellan. Vom Balkon aus hatte man einen weitläufigen Blick über eine Kleingartenanlage, die sich zwischen Teltowkanal und Ostpreußendamm bis zur Außenanlage eines FKK-Vereins zog.

Glander schilderte Saskia Gebauer, was passiert war.

Die sah ihn aus zusammengekniffenen Augen an. »Ach, det reiche Mädchen vaschwindet, und da ham Se sich natürlich gleich jedacht, jeh ick ma zu der vorbestraften Alten und kieke, ob die da nich mit drinnehängt.«

Glander lächelte sie an. »Das wäre ein gewagter Sprung in Ihrer Karriere: von, mit Verlaub, ziemlich dilettantischem Scheckbetrug zur Beteiligung am Verschwinden eines jungen Mädchens. Ihre Tochter und Tara sind doch befreundet. Hat Annalisa mal etwas über Tara erzählt?«

Saskia Gebauer drückte ihre abgebrannte Kippe in die Blumenerde zu den zahlreichen anderen, die dort statt Geranien steckten, und zündete sich eine weitere Zigarette an. »Herr Glander, ick bin froh, wenn ick meene Annalisa mal in Ruhe zum Ahmbrot sehe, ick bin ja ständig am Malochen. Außerdem hat se mit der Tara nich mehr so fülle zu tun. Die jehn zwar in denselben Leistungskurs, und bis vor 'n paar Monaten warn se ooch mal janz dicke, aber jetzt hängen die nich mehr so oft mitnander rum. Die Freundin von Tara, diese Louise, hat dafür jesorcht. Der hat et nich jepasst, det die beeden so viel zusammen unternommen ham. Die Louise kann meene Annalisa nich ab. Det is echt so 'ne Marke, die Louise, faustdick hat die et hinter den Ohren.«

Glander hatte eine jüngere Schwester, und er konnte sich lebhaft an deren Schulfreundinnen erinnern. Mit einigen war er gegangen – es hatte so manchen Vorteil gehabt, ein großer Bruder zu sein –, manche waren ihm aber auch als überspannt und unangenehm in Erinnerung geblieben. Melanie hatte mit fünfzehn eine Weile eine beste Freundin gehabt, die ihr erst subtil und dann offensiv den Umgang mit anderen Mädchen aus der Klasse vergällt hatte. Erst als die vermeintliche Freundin sich an Melanies damaligen Freund ranmachte, hatte seine Schwester sich von ihr abgewandt. »Wann haben Sie Tara das letzte Mal gesehen, Frau Gebauer?«

»Det is noch jar nich so lange her. Die Kleene war letzte Woche kurz hier, Mittwoch nach der Schule. War nich schön, meen Ex kam und hat wieda rumjeterzt. Ick musste meen Nachbarn holen, damit der ihn vor die Türe setzt.«

»Was wollte Ihr Mann denn?«

Saskia Gebauer zog heftig an ihrer Zigarette. »Ick weeß ja nich, wat Sie det anjeht, aba meen Ex hat imma wat zu nerven. Det is so 'ne Art Sport für ihn, gloob ick, mir det Lehm zur Hölle zu machen. Jeld hat er jewollt, weil er selba nich jenuch hat. Dabei weeß er janz jenau, det et bei mir nix zu holen jibt. Oder sieht det hier nach viel Kohle aus?« Dabei machte sie eine ausschweifende Handbewegung in Richtung des Wohnzimmers.

»›Berthold müsste man heißen, wie dein Alter‹, hat er dann irjendwann Tara anjelabert. ›Ihr schwimmt doch im Jeld. Der Deibel scheißt halt imma uff den jrößten Haufen, und unsaeena hat nüscht.‹ Hat sich jar nich mehr einjekricht, und ick hab dann den Manni jeholt, also den Manfred Kleinert, da is er endlich jejangen.«

»Wie erschien Ihnen Tara an diesem Tag?«

»Wie sonst ooch. Die is ja meistens so stille, die Kleene. Imma janz höflich mit bitte und danke und so. Ick hab die jerne hier. Aba nach dem Ufftritt von meem Ex und mit der kleenen Zicke Louise wern wa Tara hier nich mehr so bald wiedasehn. Wat echt schade is.«

»Frau Gebauer, hätten Sie etwas dagegen, wenn ich mit Annalisa spreche?«

Saskia Gebauer zuckte mit den Schultern. »Nur zu. Die is aba nich hier, sondern im Park anne Bäkestraße. Mit der janzen Oberstufe.«

Glander bat Frau Gebauer, ihrer Tochter in einer SMS mitzuteilen, dass sie nach einer Frau mit einem sehr großen Hund Ausschau halten solle, die ihr ein paar Fragen stellen würde. Er bedankte sich und wollte sich gerade an der Tür von Saskia Gebauer verabschieden, als die sich mit der flachen Hand vor die Stirn schlug. »Det hab ick ja fast verjessen, jib's doch nich! Die Mädchen hatten am Donnastachmorjen 'ne Freistunde und sind zu dritt hier uffjeloofen, meene Kleene, Tara und die Louise. Ick hatte meen ersten Einsatz erst später und war noch zu Hause, als die rinkamen. Als ick weg musste, hatten die sich janz ordentlich inne Wolle. Et jing um die Jungs, mit dehnen se immer abhängen, und Tara hat der Louise außerdem jesteckt, det se uffhörn soll, immer so fies zu meene Annalisa zu sein. Det hat der Louise jar nich jeschmeckt, det konnte man sehen. Ick musste dann los, und hätten Sie mich jetzt nich jefragt, hätt ick ooch nich mehr dran jedacht. Ick weeß noch, det die Louise janz schön biestich meinte: ›Na, wenn de det ma nich bereust!‹«

Talisker war froh, endlich wieder Auslauf zu bekommen. Lea ging auf dem Weg zum Bouleturnier der Oberstufe in Gedanken ihre Stichwörter durch und versuchte, sich Tara Berthold noch einmal deutlich in Erinnerung zu rufen. Vor ihrem geistigen Auge sah sie ein hübsches, sehr stilles Mädchen, das sich immer etwas am Rande hielt. In der Pubertät konnte das alles Mögliche bedeuten. Gab es vielleicht einen Freund, der sie schlecht behandelte? Junge Mädchen waren gelegentlich leicht beeinflussbar und handelten unüberlegt, nur um ihren Freund nicht zu verärgern oder zu verlieren.

Die Jugendlichen waren schon von weitem zu sehen. Am Vortag waren alle teilnehmenden Teams angetreten. Heute, am Sonntag, fanden die Spiele der Endrunde statt. Duncan und Tobi hatten zwei Jahre hintereinander gewonnen. Neben ihrem guten Zusammenspiel – Duncan war ein hervorragender Leger, Tobi ein begnadeter Schießer – war auch ein Grund, dass sie sich in der Samstagnacht nicht hemmungslos betrunken hatten wie die meisten anderen Turnierteilnehmer und die Zuschauer.

Lea überquerte die Straße und schlenderte einen der Seitenwege entlang, bis sie Tobi und seinen Freund Leander mit einer Flasche Bier in der Hand auf einer

Bank sitzen sah. Sie blieb stehen. »Hallo! Ich hoffe, ich störe nicht. Wie läuft das Turnier?«

Tobi zog ein langes Gesicht. »Hallo, Frau Storm! Es läuft gar nicht. Leander war überhaupt nicht bei der Sache gestern und hat keine Kugel richtig legen können. Jetzt schauen wir also nur noch zu. Und dann lungert Herr Sabersky hier auch noch die ganze Zeit herum! Der ist unser neuer Direx.«

»Das habe ich gelesen. Es hätte euch sicher schlimmer treffen können. Tut mir leid, dass ihr schon ausgeschieden seid, ich weiß ja, wie gerne du einen dritten Sieg eingefahren hättest.«

Tobi zuckte mit den Achseln und blickte zu einem großgewachsenen, hageren Mann, der seinem Partner gerade lautstark eine High five gab, nachdem er eine gegnerische Kugel weit weg vom Schweinchen geschossen hatte. Resigniert schüttelte Tobi den Kopf. »Herr Sabersky und unser Hausmeister, echt jetzt!«

Lea konnte sich ein leises Lachen nicht verkneifen. Arne Sabersky hatte eine sehr eigene Vorstellung davon, was einen guten Lehrer ausmachte. Hier war er damit offensichtlich über das Ziel hinausgeschossen. Sie schaute Tobi an. »Soll ich mal mit ihm reden?«

Tobi winkte ab. »Nee, lassen Sie das mal lieber, Frau Storm! Der ist ja eigentlich ganz okay. Außerdem wollten sie nur zwei, drei Spiele mitmachen und dann wieder gehen.«

Tobis Freund Leander sah Lea misstrauisch an. »Gehen Sie hier oft mit Ihrem Hund spazieren?«

»Gelegentlich. Aber heute bin ich nicht zufällig hier. Ich wusste ja, dass ihr bei dem Turnier mitspielt, und war neugierig, wie ihr euch schlagt. Du spielst nicht so oft Boule? Oder war die vorletzte Nacht doch zu heftig?«

Der Junge vertrug keine Kritik. Er schaute Lea finster an und ballte seine Fäuste.

Talisker ließ ein leises Knurren vernehmen, und Tobi legte eine Hand auf das Bein seines Freundes. »Jetzt mach dich mal locker! Du warst echt grottenschlecht gestern, da musst du gar nicht die beleidigte Leberwurst spielen.«

Leander stieß die Hand weg und stand auf. »Ach, was soll's! Ich hol mir noch ein Bier.«

Lea sah ihm nach, während sie Taliskers Flanke tätschelte. »*Alright, Tally.* Alles gut. Ist der immer so empfindlich? Sag mal, Tobi, ich sehe das hübsche Mädchen gar nicht, das bei euch in der Theater-AG mitmacht.«

Tobi wurde rot und druckste herum. »Sie meinen sicher Tara. Die konnte nicht. Musste zu einer Familienfeier oder so. Möchten Sie auch was trinken, Frau Storm? Ich hole Ihnen gerne was.«

»Das ist nett von dir. Ich nehme ein Mineralwasser.«

Tobi nickte und lief hinter seinem Freund her zum Pavillon, unter dessen Dach die Schüler ein beeindruckendes Büfett aufgebaut hatten. Ein Schüler brutzelte auf einem Grill Würste und Steaks, gegenüber standen große Wannen voll mit Eis, das eine umfangreiche Auswahl an Spirituosen kühlte. Auf Tapeziertischen fanden sich Schüsseln mit diversen Salaten und Baguettes, verschiedene Grillsaucen und unzählige Becher rote Grütze mit Vanillesauce. Die beiden Jungs standen vor der Getränkewanne und sprachen miteinander.

Arne Sabersky ließ sich neben Lea auf die Bank fallen. »Lea, was machst du denn hier?«

»Ich war mit Talisker unterwegs und dachte, ich schau mal vorbei. Glückwunsch zum neuen Job! Wie lässt es sich denn an?«

Arne strahlte über das ganze Gesicht. Das hatte Lea schon lange nicht mehr an ihm gesehen. Groß und hager, wie ihr Nachbar war, wirkte er gewöhnlich eher streng, und die permanenten Geldsorgen der Familie machten ihn meist missmutig. Jetzt saß ein gänzlich veränderter Mensch neben ihr. »Lea, es ist fabelhaft! Natürlich kommt sehr viel Arbeit auf mich zu, aber ich habe endlich wieder das Gefühl, dass es sich lohnt, morgens aus dem Haus zu gehen. Das Kollegium wirkt engagiert, die Begrüßung war ausgesprochen freundlich, und ich habe immer schon davon geträumt, an einem humanistischen Gymnasium zu unterrichten. Und jetzt auch noch als Schuldirektor! Zunächst allerdings nur kommissarisch. Aber man hat mir schon signalisiert, dass es nur eine Frage von Wochen sei, bis mir der Posten endgültig übertragen wird. Was will man mehr?«

Tobi kam mit den Getränken zurück. »Herr Sabersky, möchten Sie auch etwas trinken?«

Arne Sabersky schüttelte den Kopf. »Nein danke, Tobi. Herr Gerber und ich werden wieder aufbrechen. Wir wollen euch ja nicht den ganzen Tag verderben.« Mit einem Augenzwinkern in Leas Richtung stand er auf und verabschiedete sich.

Tobi nahm neben Lea Platz und schaute Arne Sabersky nach.

Lea nahm den Gesprächsfaden wieder auf. »Schade, ich dachte, Tara sei eine sehr gute Boulista. Ich meine, Duncan hätte mal so was gesagt. Wärst du sonst mit ihr angetreten? Oder hätte sie mit ihrem Freund gespielt?«

»Sie hat keinen Freund«, entgegnete Tobi eine Spur zu vehement, wie ihm selbst bewusst wurde. »Also, nicht dass ich wüsste. Für so was hat sie gar keine Zeit bei dem vielen Tennistraining.«

Lea lächelte ihn an. »Stimmt, sie ist ja ein echtes Tennis-As, das hatte ich ganz vergessen. Und gute Noten hat sie auch, oder? Kennst du eigentlich ihre Eltern?«

Leander kam in Begleitung von Max Kleinert zur Bank zurück. »Von wessen Eltern ist die Rede?«, fragte er Tobi. Der wurde rot.

Lea antwortete für ihn, während sie Max ihre Hand entgegenstreckte. »Von Taras Eltern. Ich bin Lea Storm, Duncans Mutter. Die Bertholds müssen furchtbar stolz auf ihre Tochter sein.«

Max Kleinert schnaubte verächtlich, als er Leas Hand schüttelte. »Ihr Alter ist es nicht, das steht mal fest.« Tobi und Leander sahen ihn mit großen Augen an. Max funkelte zurück. »Guckt nicht so! Ist doch wahr!« Dann stellte er sich Lea vor. »Ich bin Max. Ich kenne Ihren Sohn. Ein guter Typ.«

Lea nahm die Bemerkung lächelnd zur Kenntnis und bohrte nonchalant weiter. »Ist der Berthold jemand, dem man nichts recht machen kann?«

Max schaute böse in die Runde. »Taras Alter ist ein Psycho. Der hat sie nicht mehr alle, aber das darf man nicht laut sagen, sonst kriegt man richtig Ärger. Der Berthold hat einen Haufen Geld und lässt das auch ordentlich raushängen. Die Lehrer kriechen ihm alle in den Hintern und haben mächtig Schiss vor ihm.«

Leander warf ein: »Er ist aber echt spendabel, das musst du ihm lassen. Ohne sein Geld hätten wir nicht so einen geilen Experimentierraum, und die Sporthalle sähe auch ganz anders aus.«

Max wurde richtig böse. »Ach, und das gibt ihm das Recht, andere Menschen mies zu behandeln? Wie beschissen ist das denn!«

Tobi versuchte zu schlichten. »He, komm mal wieder runter! Der Berthold ist widerlich, da hast du schon recht. Ich kriege auch jedes Mal Gänsehaut, wenn der in der Schule auftaucht.« Zu Lea gewandt fügte er an: »Das passiert aber nicht sehr oft. Der hat ja kaum Zeit.«

Max nahm einen kräftigen Schluck von seinem Bier. Dann grinste er breit. »Ja, das ist eine seiner besten Eigenschaften. Ich muss gleich spielen. Hat mich gefreut, Frau Storm!«

Lea schüttelte Max' Hand und sah ihm nach, als er zu seinem Partner ging und seine Kugeln aufhob. »Manche Kinder haben es nicht leicht zu Hause. Hat Tara eine Freundin, die ihr zur Seite steht?«

Tobi zeigte mit der Bierflasche in der Hand auf eine Gruppe von Mädchen neben dem Pavillon. Sie scharten sich gerade um das Spiel von Max und dessen Partner. »Louise ist Taras beste Freundin. Das ist die mit den Locken und den engen Klamotten. Duncan müsste sich noch gut an Louise erinnern können, die hat ihn in der zehnten Klasse regelrecht verfolgt. Egal, wo er war, man konnte darauf wetten, dass sie auch auftauchte. Sie hörte erst damit auf, als er mit ihr geredet hat.«

»Ja, ich erinnere mich.« Lea fiel das Gespräch ein, das sie damals mit ihrem Sohn geführt hatte. Duncan hatte sie um Rat gefragt, weil ihm Louises Verhalten sehr unangenehm gewesen war. Lea hatte ihm empfohlen, mit dem Mädchen zu sprechen und ihm freundlich, aber deutlich zu erklären, dass er nicht wolle, dass sie ihm ständig hinterherlaufe. »Geht ihr eigentlich immer noch nach den Theaterproben zusammen weg? Ihr seid doch früher immer hierher zum Pavillon, oder?«

»Meistens schon.«

Lea beschloss, es zu wagen. »Freitagabend auch?«

Nachdem Tobi und Leander einen schuldbewussten Blick gewechselt hatten, sah Tobi verlegen auf seine Schuhe.

Lea legte ihre Hand auf seinen Unterarm. »Tobi, was war los am Freitagabend? Ihr wisst Bescheid, nicht wahr?«

Der Junge zuckte ein wenig trotzig die Achseln. »Louise hat es uns vorhin erzählt. Da war ein Privatdetektiv bei ihr zu Hause, der ihr Fragen gestellt hat. Dieser Typ hat ihr wohl eigentlich gesagt, dass sie das für sich behalten soll. Aber Louise muss sich eben immer wichtig machen.«

»Das war ziemlich unverantwortlich von ihr, wo sie doch Taras beste Freundin ist.«

Tobi zögerte mit einer Antwort. »Die beiden sind ständig zusammen, aber in letzter Zeit hat Tara wieder öfter etwas mit Annalisa unternehmen wollen, das hat Louise gar nicht gepasst. Die kann Annalisa nicht ausstehen. Louise muss immer im Mittelpunkt stehen, außerdem fuchst es sie, dass sie nicht mehr alleine bei

Tara absahnen kann. Seitdem Tara sich mit Annalisa angefreundet hat, gab es ganz schön oft Zoff.«

»Am Freitag auch?«

Tobi nickte. »Ja. Tara wollte keinen Alkohol trinken, aber Louise hat ihr die ganze Zeit etwas angeboten.«

Leander mischte sich ein. »‹Angeboten‹ ist gut, sie hat sie förmlich genötigt zu trinken. Als Tara dicht war, hat sich Louise über sie lustig gemacht. Dann hat sie sich Tara geschnappt und ist mir ihr nach Hause gegangen. Keine Ahnung, was das sollte, Louise macht oft so komische Sachen.«

»Wann sind die beiden gegangen? War da gerade jemand in der Nähe, ist euch jemand aufgefallen?«

Die beiden jungen Männer sahen einander an, dann antwortete Leander: »Tara und Louise sind gegen zehn aufgebrochen. Tobi hat angeboten, sie zu begleiten, aber Louise hat ihm nur den Stinkefinger gezeigt.«

»Wie habt ihr den Rest des Abends verbracht?«

»Annalisa ist schon ziemlich früh gegangen. Max ist abgehauen, kurz nachdem Louise mit Tara abgezogen ist. Tobi und ich waren noch ein bisschen hier und sind dann weiter zu ihm, also in die Laube im Garten seiner Oma in Sigridshorst.«

»Und euch ist nichts aufgefallen?«

Die beiden jungen Männer schüttelten den Kopf. »Nee, alles war wie sonst auch. Was ist denn nun genau mit Tara passiert?«

»Das ist noch unklar. Bitte sprecht mit niemandem darüber, hört ihr? Es ist wirklich ernst. Tara ist verschwunden, und Bekannte von mir suchen sie gerade. Wenn ihr irgendetwas hören solltet oder wenn sich

Tara bei euch meldet, ruft mich bitte an! Tobi, du hast meine Nummer noch, oder?«

Tobi nickte. Dann senkte er den Kopf und sagte leise: »Wir hätten sie nach Hause bringen sollen. Wenn Louise nicht so zickig gewesen wäre, hätte ich das auch getan. Dann wäre Tara nichts passiert.«

12

Tara lag auf der Isomatte und starrte in die Dunkelheit. Freundschaft war so eine Sache, fand sie. Sie hatte Louise damals sofort bewundert, als die sich mit ihrem Vater wegen der Wohnung vorgestellt hatte. Louise war das genaue Gegenteil von ihr selbst. Tara wäre viel lieber gewesen wie sie. Louise war wild und trotzig, sie ließ sich von niemandem reinreden, und, was Tara am allerbesten fand, sie ließ sich kein Stück einschüchtern von ihrem Vater, Heinz Berthold. Sie waren beide zehn Jahre alt gewesen, als Louise in die Souterrainwohnung gezogen und in Taras Klasse gekommen war. Sieben Jahre lang waren sie beinahe unzertrennlich gewesen. Sie wechselten zusammen auf das Gymnasium. Sie vertrauten einander alles an. »Keine Geheimnisse!«, schworen sie sich mit elf. Mit zwölf verglichen sie ihre Brüste, und Tara hatte keine Chance. Louise war damals schon richtig vollbusig, während sie selbst erst ein Jahr später einen kleinen Busen bekam. Sie schminkten sich gegenseitig und fotografierten ihre angemalten Gesichter. Sie träumten zusammen – von der ersten Liebe, vom ersten Mal, von ihrem künftigen Leben. Tara wollte am liebsten Profitennis spielen und Wimbledon gewinnen. Wenn das nicht ginge, war ihr egal, was sie mal machen würde. Hauptsache, nichts mit Medizin. Vielleicht würde sie Lehrerin werden. Louise hatte nur *einen* Plan: Sie wollte einen reichen Mann heiraten und ein luxuriöses Leben führen. Reisen wollte sie, am liebsten an weiße Strände, und sie wollte auf gar keinen Fall Kinder haben. Tara wollte drei. Louise sagte, dann könne sie ihre Taille vergessen und im Bett laufe dann auch nichts mehr, weil unten alles ausgeleiert sei. Louise war oft so derb, fand Tara. Immer ging es um ... eben um das eine, über das Tara nicht so gerne nachdachte. Sie waren so verschieden wie Tag und Nacht und ergaben doch zusammen ein Ganzes. So hatte Tara diese Freundschaft all die Jahre empfunden. Ihre Augen füllten sich mit brennenden Tränen, als sie an Louises eifersüchtige Lästereien über Annalisa dachte. Louise fand sie dröge und spießig und zu fett. Sie konnte so hart sein. Louise hätte sicher keine Angst, wenn sie an ihrer Stelle wäre. Louise hatte vor nichts und niemandem Angst. Deshalb konnte Tara ihr auch unmöglich von der einen schlimmen Sache erzählen.

Glander hatte sich von Saskia Gebauer verabschiedet und nahm die Treppe zur Familie Kleinert, die ein Stockwerk höher lebte. Die Wohnung war erheblich größer und auch unordentlicher, wie er feststellte, nachdem Max Kleinerts jüngerer Bruder ihn hineingebeten hatte. Der Flur war vollgestellt mit Schuhen, ein breites Regal machte ihn noch schmaler, und der Vorhang, der den Krempel darauf verbergen sollte, hing nur noch an drei Ösen an der Stange. Glander betrat das Wohnzimmer, in dem Manfred Kleinert auf einem alten, ausgesessenen Dreisitzersofa lag. Der Fernseher lief, im Aschenbecher qualmte eine Zigarette, vor dem Sofa lagen drei umgekippte Bierflaschen.

Felix, Max' Bruder, sah Glander entschuldigend an und rüttelte seinen Vater an der Schulter. »Papa, aufwachen! Hier ist Besuch für dich.« Zu Glander gewandt erklärte er: »Mama ist nicht da. Die haben sich mal wieder gezofft, und Mama ist bei unserer Tante. Wahrscheinlich.«

Manfred Kleinert war unrasiert, ungewaschen und ungehalten über die Störung seines Schönheitsschlafs. »Was is los? Mensch, lass mich pennen!«

Glander bat Felix, seinem Vater einen starken Kaffee zu machen, und wandte sich seinerseits zu dem schlaftrunkenen Mann. Dem Restalkohol, den der ausdünstete, musste ein ordentliches Gelage vorangegangen sein. »Herr Kleinert, mein Name ist Martin Glander. Ich bin Privatermittler und habe ein paar dringende Fragen an Sie. Es geht um eine Mitschülerin von Max.«

Manfred Kleinert setzte sich mühsam auf und strich sich mit beiden Händen über das Gesicht. Er hustete anhaltend, was nicht gut klang, und suchte dabei nach seiner Zigarettenschachtel und dem Feuerzeug. Nachdem er sich eine Zigarette angezündet hatte, legte er den Kopf schief, als versuche er, Glander deutlicher zu sehen. »Wat wolln Sie denn von mir? Ick hab nüscht jemacht. Und ick bin krankjeschrieben, det wissen die uff der Arbeitsajentur.«

»Mit der Arbeitsagentur habe ich nichts zu tun, keine Sorge. Ich suche ein Mädchen, eine Klassenkameradin von Max. Ihre Nachbarin, Saskia Gebauer, hat mir gerade erzählt, Sie seien am letzten Mittwoch bei ihr oben gewesen. An dem Tag hatte Annalisa Besuch.«

Kleinert dachte nach und kratzte sich dabei am Bauch. »Letzten Mittwoch, sagen Sie? Ja, stimmt. Da hat die Saskia mich anjerufen, weil ihr Ex mal wieder rumjestänkert hat. Wenn der so druff is, muss ick ihm Prüjel androhen, damit er abhaut.«

Grobschlächtig, wie Manfred Kleinert aussah, konnte Glander sich das lebhaft vorstellen. »Sie haben Christian Gebauer also hinauskomplimentiert. Hat er irgendetwas zu Ihnen gesagt?«

»Mit Komplimente hatte det nüscht zu tun. Jeflucht hat er die janze Zeit, dass det Lehm so unjerecht sei. Die Kleene mit die Schlitzoojen hätte allet und er nüscht. So jing det vorher wohl schon die janze Zeit, meente Saskia, deswejen hatte se mich ooch jeholt. Die Kleene hatte richtig Schiss, det konnte man sehn. Die is ja ooch so 'ne Schüchterne. Aber een echter Hingucker, det könn' Se gloobn, Herr Glander.«

»Herr Kleinert, wie gut kennen Sie Herrn Gebauer, den Vater von Annalisa?«

Kleinert zuckte mit den Schultern. »Janz jut, jedenfalls früher. Wir ham öfter wat zusammen jemacht. Na ja, dann is er abjehaun, und wir ham uns nich mehr so oft jesehn. Ick fand ooch nich in Ordnung, wat er mit Saskia jemacht hat. Der hat sich total verändert, wat willst de machen? Der is richtig verbittert, dabei hat er sich det allet selba zuzuschreiben. Man leiht sich ooch keene Kohle von so 'nem Kredithai. Det hat er nu davon!«

Lea stand am Straßenrand und wartete auf eine Lücke im Verkehr, als ein junges, etwas pummeliges Mädchen sie ansprach. »Entschuldigen Sie, sind Sie Lea Storm?«

»Bin ich. Und wer bist du?«

»Annalisa. Meine Mutter hat mir eine merkwürdige SMS geschickt. Ich solle nach Ihnen Ausschau halten, weil Sie mir ein paar Fragen stellen müssten. Was ist denn los?«

Lea blickte zurück in den Park. Die drei Jungs standen mit Louise zusammen und schauten zu ihnen herüber. Dann gestikulierte Louise wild und stapfte zum Pavillon. Die jungen Männer sahen einander schweigend an.

Lea und das Mädchen überquerten die Straße. »Komm, lass uns ein Stück laufen. Ich kann dabei immer am besten denken. Es geht um Tara. Sie ist am Freitagabend nicht nach Hause gekommen.«

Annalisa stoppte. »Das verstehe ich nicht. Tobi hat erzählt, sie müsse zu einer Familienfeier und könne deswegen nicht beim Turnier mitmachen.«

»Das stimmt nicht. Alle, die wir bislang befragt haben, wurden um Stillschweigen gebeten. Tobi hat sich daran gehalten. Im Gegensatz zu Louise.«

Bei der Erwähnung von Louise Schneider verdunkelte sich der Blick des Mädchens. Missmutig kickte Annalisa einen Stein ins Gebüsch. »Louise ist eine Schlange. Sie versucht ständig, mich lächerlich zu machen, nur weil Tara und ich uns gut verstehen. Über Tara spricht sie manchmal auch nicht gerade nett, obwohl sie vor ihr so tut, als sei sie ihre beste Freundin. Aber was ist überhaupt mit Tara passiert? Wo ist sie?«

»Das wissen wir nicht. Sie kam nach eurem Treffen hier am Pavillon nicht nach Hause. Louise und sie sind in die Lüdersstraße gelaufen, aber danach hat sie keiner mehr gesehen.«

Annalisa blieb wieder stehen und hockte sich neben Talisker, der sich bereitwillig hinter den Ohren kraulen ließ. »Ich bin recht früh gegangen, weil mir die Sauferei auf die Nerven ging. Louise hat Tara die ganze Zeit angestachelt, doch auch mal was zu trinken. Dabei weiß sie, dass Tara keinen Alkohol trinken darf. Aber Louise hat nicht lockergelassen. ›Ein Schluck wird dich schon nicht umbringen‹, hat sie immerzu gedrängt. Ich habe eine Weile versucht, Tara zurückzuhalten, aber dann meinte Max, ich solle Ruhe geben und Tara solle sich nicht so haben und entweder was trinken oder es eben lassen. Und dann hat sie einen großen Schluck genommen. Weil ich damit nichts zu tun haben wollte, bin ich gegangen. Ich habe noch überlegt, ob ich ihrer Mutter Bescheid geben soll, aber keiner mag eine Petze. Ich bin nicht so wahnsinnig beliebt auf der Schule, wissen Sie.«

Lea konnte sich vorstellen, wie das war. Wie einsam man in diesem Alter sein konnte, wenn man nicht dazugehörte. »War Tara in letzter Zeit anders als sonst?«

»Sie war komisch drauf am Freitag. Wir hatten am Donnerstag einen blöden Streit. Tara ist verknallt in Max, der kriegt das aber nicht mit. Jetzt wollte sie ihn endlich fragen, ob er mit ihr ausgeht, aber Louise hat nur gelacht und gemeint, das solle sie lieber lassen, seine Antwort werde ihr sicher nicht gefallen. Tara bestand trotzdem darauf. Und sie wollte wissen, was Louise mit ihrer Anspielung gemeint habe, aber die hat nur gegrinst. Freitagabend hatte Tara vor, ihn zu fragen. Ich nehme an, sie wollte sich Mut antrinken. So ein Blödsinn!«

»Ist dir sonst etwas aufgefallen an dem Abend? Wann bist du gegangen?«

»Kurz vor halb zehn. Die Stimmung war total daneben, so als breche jeden Moment ein Sturm los. Ich wollte nicht dabei sein, wenn es so weit wäre. Weil es schon recht dunkel war, bin ich mit dem Fahrrad die Bäkestraße hoch, um über den Hindenburgdamm und die Goerzallee nach Hause zu fahren. Sonst nehme ich den Weg am Kanal entlang. Ich musste gleich wieder vom Rad runter, weil mir ein Schnürsenkel aufgegangen war. Da habe ich auf der anderen Straßenseite unseren neuen Schulleiter gesehen, der war wohl auch auf dem Heimweg, nehme ich an. Er hat mich nicht bemerkt, weil ich mich gebückt habe, um meinen Schnürsenkel zuzubinden. Sonst ist mir nichts aufgefallen, ich bin einfach so schnell wie möglich nach Hause geradelt.«

Arne Saberskys Heimweg von der Schule ins Eifelviertel führte nicht über die Bäkestraße, das wäre ein Umweg. Er fuhr nicht mit dem Auto zur Arbeit, konnte es also auch nicht in der Bäkestraße geparkt haben. Das Auto nutzte Carola täglich, um die Kinder in die Schule und zu ihren Trainingsstunden zu chauffieren. Was hatte Arne dort gemacht? Lea dankte dem Mädchen, bat es, die Unterhaltung für sich zu behalten, und machte sich auf den Rückweg in die Lüdersstraße.

Tobi Verheugen verabschiedete sich im Park von seinen Freunden und schwang sich auf sein Fahrrad. Es war höchste Zeit, er war schon viel zu lange weg gewesen.

Er musste dringend für neues Wasser sorgen und sich etwas mit dem Licht einfallen lassen. Ein Generator wäre nicht schlecht.

Der Auftritt von Duncans Mutter gab ihm zu denken. Schon das Treffen am Morgen zuvor hatte ihn beschäftigt. Was, wenn sie etwas vermutete oder sogar etwas gesehen hatte? Aber er war so weit gekommen, jetzt musste er die Sache durchziehen.

Er passierte die Bahnunterführung auf dem Mauerweg und schaute über die Schulter, um sich zu vergewissern, dass ihm niemand folgte. An der Bahntrasse entlang radelte er in die Kleingartenanlage. Vor dem Schrebergarten seiner Großmutter hielt er an, schloss das Tor auf und schob sein Fahrrad hindurch. Sein Handy piepte als Erinnerung an die Ritas, seine tägliche Dosis Ritalin. Auf nüchternen Magen bekam er die Kapseln nicht runter, deshalb nahm er sie erst, nachdem er etwas gegessen hatte. Er war jetzt bei einer Dosierung von 50 Milligramm, viel Spielraum hatte er nicht mehr. Aber er wusste, dass er das Zeug bald nicht mehr brauchen würde. Er hatte etwas viel Besseres. Wenn ihm niemand dazwischenfunkte. Tobi sah sich noch einmal um, bevor er die Laube seiner Großmutter betrat.

13

Merve öffnete Lea mit einem Sandwich in der Hand die Tür. »Lea, Ihre Sandwiches sind großartig! Ich futtere mich munter durch das Angebot.«

Lea lächelte und folgte der Ermittlerin ins Esszimmer. Merves Laptop stand aufgeklappt auf dem Tisch, daneben zeigte der andere Laptop die Bilder der Überwachungskameras.

»Haben Sie die Jugendlichen ausquetschen können?«

»Taras Freunde wissen Bescheid. Louise hat ihnen gesteckt, dass das Mädchen verschwunden ist.«

Merve hob die Augenbrauen und schüttelte den Kopf. »Leider ist es oft so, dass die Leute einfach ihre Klappe nicht halten können. Damit mussten wir rechnen. Was haben Taras Freunde erzählt?«

Lea gab wieder, was sie erfahren hatte, während Merve sich Notizen machte und Fragen stellte. »Wie war Ihr Eindruck von den Jugendlichen? Herrje, Lea, haben Sie etwas dagegen, wenn wir uns duzen?«

Lea schmunzelte. »Nein, natürlich nicht, Merve. Mein Eindruck? Max ist der Anführer der drei Jungs, auch wenn das Leander nicht schmeckt. Der ist sehr von sich selbst überzeugt und reagiert auf Kritik äußerst empfindlich. Von Tobi kann ich mir noch kein richtiges Bild machen. Er hat sich verändert, seit ich ihn vor Monaten das letzte Mal gesehen habe. Wenn man Tara erwähnt, wird er rot, ihm scheint eine Menge an ihr zu liegen. Ich hatte das Gefühl, dass auch Annalisa Tara sehr mag, aber sie wird sich gegen Louise nicht durchsetzen können. Die scheint sehr dominant zu sein. Das ist aber nur meine eigene Deutung der Gespräche – letztlich sind sie alle Teenager, die verändern sich ja beinahe täglich. Ob sie etwas mit Taras Verschwinden zu tun haben, kann ich nach dieser ersten Befragung nicht beurteilen. Aber alle sind sich einig, dass Tara es nicht leicht mit ihrem Vater hat, der scheint viele Menschen einzuschüchtern, auch das bestätigen sie. Das Mädchen wäre nicht die Erste, die angespannten familiären Verhältnissen zu entfliehen versucht. Keiner weiß etwas von einem Freund, aber das muss nichts heißen. Mit siebzehn behält man so etwas schon einmal für sich, wenn der Vater überstreng ist. Die Jungs bestätigen, dass Louise mit Tara nach Hause gegangen ist, und sie geben einander Alibis für die Zeit, in der Tara vermutlich verschwunden ist.«

»Okay, wir haben keine neuen Verdächtigen, aber immerhin bestätigt sich jetzt, dass hier im Hause Berthold nicht alles Gold ist, was glänzt. Gute Arbeit, Lea!«

Lea zögerte, doch es half nichts. »Es gab eine Sache, die mich aufhorchen ließ. Auch wenn es völlig absurd wäre, wenn mein Nachbar etwas damit zu tun hätte. Annalisa hat den neuen Direktor vom Albrecht-Berblinger-Gymnasium, Herrn Sabersky, am Freitagabend auf ihrem Heimweg gesehen. Er ging in Richtung des Pavillons. Ich denke, ich sollte ihn mal ganz unverbindlich fragen, was er am Freitagabend gemacht hat.«

Merve nickte bedächtig. »Kennt der neue Direktor Tara denn?«

»Sicherlich kennt er Professor Berthold, da der als Wohltäter der Schule auftritt.«

»Sabersky weiß also auch, was Berthold wert ist. Gut, rede mit ihm, sobald du ihn erwischst. Aber du siehst dich vor, okay? Glander reißt mir den Kopf ab, wenn dir auch nur die Frisur verrutscht.«

Lea verdrehte die Augen. »Merve, die Saberskys wohnen seit vielen Jahren in meiner Nachbarschaft. Ich kann mir beim besten Willen nicht vorstellen, dass Arne in die Entführung verwickelt ist.«

Merve stand auf und stützte die Hände auf den Tisch. »Das haben die Nachbarn von Doktor Crippen damals auch alle gedacht ...« Der britische Arzt hatte Anfang des 20. Jahrhunderts seine Frau vergiftet und ihre Leiche, in Einzelteile zerlegt, im Keller seines Hauses vergraben. Der Fall hatte die britische Öffentlichkeit monatelang beschäftigt.

Glander vernahm die traurigen Klänge eines Cellos, als er vor der Wohnungstür des Ehepaars Obentraut im Souterrain stand. Werner Obentraut öffnete ihm, und vor Glander stand ein mittelgroßer, schlanker Mann, dem man seine 66 Jahre nicht ansah. Er wirkte sportlich und beinahe jugendlich, so wie Werbefirmen die »Best-Ager«-Zielgruppe porträtierten. Glander hatte sogleich Bilder von Obentraut auf einem teuren Fahrrad, bei einer Kanutour im Spreewald oder in einem Wellnesshotel auf Zypern vor Augen. Die tiefen Furchen in Obentrauts Gesicht mochten die Sorgen um seine Frau hinterlassen haben, die leichte Alkoholfahne konnte auch sein starkes Aftershave nicht überdecken.

Obentraut sah Glander an und sagte brüsk: »Wir kaufen nichts!« Dann blickte er in Richtung des oberen Stockwerks und zischelte: »Mein Gott, geht das denn nicht leiser?«

»Herr Obentraut, mein Name ist Martin Glander, ich bin privater Ermittler. Dürfte ich Ihnen ein paar Fragen stellen? Es geht um Tara Berthold.« Glander reichte Herrn Obentraut seine Visitenkarte.

Der schaute sie sich sehr genau an, bevor er Glander in die Wohnung bat. »Meine Frau ruht noch. Was kann ich für Sie tun? Sie sagten, es geht um Tara? Was ist denn mit ihr?«

»Sie ist am Freitagabend nicht nach Hause gekommen. Ihre Eltern machen sich große Sorgen und haben mich gebeten, nach ihrer Tochter zu suchen.«

Werner Obentraut schüttelte den Kopf. »Diese jungen Dinger von heute! Völlig verantwortungslos sind die. Kommen Sie, wir gehen ins Wohnzimmer, obwohl ich überhaupt nicht weiß, wie ich Ihnen weiterhelfen kann.«

Das Wohnzimmer der Obentrauts war zu klein für die wuchtigen alten Möbel, die es beherbergte. Der Raum wirkte eng und düster, die schweren dunkelbraunen Samtvorhänge an den Fenstern verstärkten diesen Eindruck noch. Eine der Wände wurde von einer Jagdszene in dunklen Ölfarben dominiert. Dieser Art von Bildern hatte Glander noch nie etwas abgewinnen können. Ein blutender Hirsch wurde von einer Hundemeute und Reitern in roten und schwarzen Sakkos umringt. Ein trostloser Anblick, fand Glander. Das Zimmer passte so gar nicht zu dem drahtigen Rentner Obentraut. »Herr Obentraut, wann haben Sie Tara das letzte Mal gesehen?«

Werner Obentraut überlegte. »Das muss Donnerstagabend gewesen sein. Tara liest meiner Frau regelmäßig vor, immer donnerstags zwischen acht und neun Uhr.«

Das deckte sich kaum mit dem Bild eines verantwortungslosen jungen Mädchens, das Werner Obentraut gerade noch gezeichnet hatte. Glander fragte weiter: »Wie wirkte Tara an diesem Tag? War sie nervös oder verstört?«

Obentraut schüttelte den Kopf. »Nein, sie war wie immer. So richtig froh sieht sie ja nie aus, das muss wohl die Pubertät sein. Unsere Tochter war in dem Alter auch sehr maulfaul und immer mit sich selbst beschäftigt. Das ist sie heute noch.«

Die Tochter, die seit Jahren in Australien lebte. Man musste kein Psychologe sein, um zu erkennen, dass in der Antwort große Enttäuschung mitschwang. »Professor Berthold erwähnte, dass Sie bis vor kurzem in Dahlem wohnten.«

Werner Obentraut warf Glander einen giftigen Blick zu. »Dann wird er wohl ebenfalls erwähnt haben, dass wir gezwungen waren, unser Haus wegen der Krankheit meiner Frau zu verkaufen. Gerlinde leidet an ALS. Wissen Sie, was das bedeutet, Herr Glander?« Der verneinte. »Amyotrophe Lateralsklerose, Muskelschwund, wenn Sie so wollen. Meine Frau kann nicht mehr laufen, ihre Hände nicht mehr benutzen, sie hat ständig Krämpfe, und jetzt kommen auch noch Beschwerden beim Schlucken hinzu. Die Krankheit wurde vor zwei Jahren diagnostiziert, seitdem geben sich die Therapeuten die Klinke in die Hand. Meine Frau bekommt Physiotherapie, Logopädie und Ergotherapie, zweimal täglich betreut sie ein Krankenpfleger. Wir sind ständig beim Orthopäden und auch beim Neurologen, außerdem wird sie psychologisch betreut. Wir dachten, wir wären bestens versorgt mit unserer privaten Krankenversicherung, doch diese Betrüger haben uns zurückgestuft auf den Basistarif, als wir die horrenden Beiträge nicht mehr bezahlen konnten. Wir haben ja nicht damit gerechnet, einmal so viel Geld für die Krankenversicherung aufbringen zu müssen. Ein Anwalt hat uns von einer Klage abgeraten. Seitdem zahlen wir einen Großteil der Behandlung selbst, die Kasse beteiligt sich mit dem absoluten Minimum. Ich musste meiner Frau versprechen, dass sie nicht im Krankenhaus sterben wird. Dafür mussten wir unser Haus verkaufen. Und ich bin gespannt, ob das Geld reicht, bis sie ... bis es ... bis zum Ende.«

Glander spürte, wie wütend den Mann die eigene Ohnmacht machte.

Obentraut stand abrupt auf und ging zu einem Sekretär, hinter dessen Klapptür sich eine Sammlung von Obst- und Weinbränden verbarg. Er schenkte sich eine Williams-Christ-Birne ein, ohne Glander etwas anzubieten, und horchte auf. »Entschuldigen Sie mich einen Moment, Herr Glander, meine Frau ist wach. Vielleicht kann sie Ihnen noch etwas über Tara mitteilen, sie steht dem Mädchen erheblich näher als ich.« Er leerte das Schnapsglas in einem Zug und ging aus dem Wohnzimmer.

Glander nutzte die Gunst der Stunde und schlenderte zu einem kleinen Tisch, auf dem sich diverse Papiere stapelten. Es handelte sich um Rechnungen, darunter nicht wenige Mahnungen. Ein Kontoauszug bestätigte, dass den Obentrauts das Wasser finanziell bis zum Hals stand. Glander hörte Rumoren im Flur und ging wieder hinüber zur Sitzgruppe.

Werner Obentraut schob seine Frau in einem Rollstuhl ins Wohnzimmer. Gerlinde Obentraut sah man ihre privilegierte Herkunft an. Ein Phänomen, das Glander im Stillen das »Loki-Schmidt-Phänomen« nannte. Ältere Hanseatinnen einte häufig eine kerzengerade Haltung und ein höchst manierliches Auftreten, und auch Gerlinde Obentraut stellte keine Ausnahme dar, obwohl es ihr sichtlich Mühe bereitete, aufrecht zu sitzen. Die Hände hatte sie in den Schoß gelegt, die Finger verkrampften sich nach innen. Ihr Gesicht war von den Strapazen der vergangenen Jahre gezeichnet, die Wangen waren ausgemergelt, die Lippen blass und spröde. Doch ihr Blick war wach, als sie Glander anlächelte.

Sie redete langsam, um ihre Aussprache zu kontrollieren. »Guten Tag, Herr Glander! Bitte sehen Sie mir nach, dass ich Ihnen nicht die Hand gebe. Mein Mann sagte mir, Sie möchten mit mir über Tara sprechen. Ich helfe Ihnen gerne, wenn ich kann.«

»Ich danke Ihnen, Frau Obentraut. Wann haben Sie Tara das letzte Mal gesehen?«

»Das war Donnerstagabend. Sie hat mir wie immer vorgelesen, allerdings nicht so lange wie sonst. Sie wirkte sehr traurig, und ich bat sie, mir zu erzählen, was los sei. Tara ist sehr verschlossen. Sie hat es nicht leicht.« Frau Obentraut sah ihren Mann an, dessen Gesicht wie versteinert wirkte.

Glander hakte nach. »Was macht ihr denn das Leben so schwer? Bislang hatte ich den Eindruck, dass sie ein recht sorgenfreies Dasein führt.«

Gerlinde Obentraut schüttelte den Kopf. »Das täuscht, Herr Glander. Das Mädchen ist es gewohnt, die Dinge mit sich selbst auszumachen.«

Behutsam fragte Glander weiter: »Was für Dinge meinen Sie, Frau Obentraut?«

Werner Obentraut murmelte etwas vor sich hin und verließ das Zimmer.

Frau Obentraut schaute ihm kurz nach, bevor sie sich wieder Glander zuwandte. »Ich hatte schon sehr lange einen Verdacht, doch wir sind auf Professor Bertholds Wohlwollen angewiesen. Wenn wir diese Wohnung verlören, stünden wir vor dem Aus. Meine Krankheit hat unsere finanziellen Reserven aufgebraucht, wir besitzen nicht einmal mehr eigene Möbel. Der Professor hat uns diese Wohnung vollmöbliert zur Verfügung gestellt, weil er sich Werner verpflichtet fühlt durch die Verbindung. Und Werner ... Sie sehen ja selbst.«

Glander war mehr als gespannt darauf, was die todkranke Frau ihm sagen würde, und so schwieg er und schaute sie ermutigend an.

Gerlinde Obentraut legte fünfhundert Jahre Hanse in ihren Blick, als sie antwortete: »Ich habe nicht mehr viel Zeit, und ich will nicht länger schweigen. Professor Berthold schlägt seine Tochter und seine Frau. Er ist ein Schwein, und alle wissen das.«

Lea drehte sich auf dem Treppenabsatz um und winkte Merve zum Abschied. Beinahe wäre sie mit Glander zusammengeprallt, der gerade die Treppe heraufkam. Als er sie sah, wich sein grimmiger Gesichtsausdruck einem Lächeln. Lea erkannte dennoch die Besorgnis in seinen Zügen, und ihr wurde schlagartig bewusst, welch große Verantwortung dieser Mann auf sich nahm. Wenn er versagte, könnte dies Tara das Leben kosten. Lea bewunderte ihn für seinen Mut, der ihr im selben Moment Angst machte. Für Glander war dieses Leben normal, Lea jedoch wusste gerade nicht, wo oben und unten war.

»Hast du bei den Jugendlichen etwas in Erfahrung bringen können?«

Natürlich kam er gleich zum Punkt, für Plattitüden hatte er keine Zeit. Smalltalk mochte er ohnehin nicht, es sei denn, er diente einer Ermittlung. Lea lächelte. »Nicht sehr viel, Merve erzählt es dir gleich.« Dann trat sie neben ihn, stellte sich ein wenig auf die Zehenspitzen und küsste ihn auf die Wange. Leise sagte sie: »Finde sie, Martin! Wenn einer Tara finden kann, bist du es, das weiß ich.«

Sie wollte gehen, doch Glander zog sie an sich. Er nahm sie in seine Arme, und sie spürte die Wärme, die von seinem Körper ausging. Mit heiserer Stimme erwiderte er: »Du bist vorsichtig, Lea, ja? Ich will nicht, dass du irgendein Risiko eingehst. Versprich es mir!«

Lea legte ihren Kopf leicht zurück und schloss die Augen, als er sie küsste. »Mach ich«, hauchte sie, als sie sich lösten. Sie sah ihm nach, während er die Treppe hinaufging. Er schaute sich noch einmal um, bevor er Merve zunickte und mit ihr in die Wohnung der Bertholds ging.

Lea schwirrte der Kopf, als sie das Haus verließ und in ihren Wagen stieg.

Merve schaute Glander zu, wie er durch das Wohnzimmer tigerte. Aus dem oberen Stock hörten sie Maria Berthold, die auf ihrem Cello eine weitere Suite von Bach spielte, wohl seine berühmteste, denn beide Ermittler kannten die Melodie.

Glander blieb stehen und unterbrach das andächtige Schweigen. »Merve, wir müssen sie damit konfrontieren. Wenn der Mann die beiden Frauen wirklich misshandelt, wirft das ganz andere Fragen auf. Vielleicht will Tara gar nicht gefunden werden, und die Lösegeldforderung ist nur ein Ablenkungsmanöver, um ihr mehr Zeit zum Verschwinden zu verschaffen.«

Merve schüttelte zweifelnd den Kopf. »Ich weiß nicht, Glander. Das Mädchen macht sich allein vom Acker und lässt die Mutter zurück? Das passt doch nicht. Andererseits, wenn die Mutter mit drinsteckt ... Aber dann ist sie eine verdammt gute Schauspielerin, auf mich wirkt ihre Angst echt.«

»Auf mich ebenfalls. Aber sie lebt ja auch in ständiger Furcht, wenn die Behauptungen von Frau Obentraut und dem Tennislehrer zutreffen. Und sollte sie Tara wirklich geholfen haben abzuhauen, hat sie jetzt wahrscheinlich Angst, dass ihr Mann etwas davon mitbekommt. Mit fünfhunderttausend Euro kann man gut irgendwo neu anfangen. Das würde auch erklären, warum Maria Berthold die Polizei partout nicht einschalten will.«

Merve stand auf und knotete ihre wilde Mähne im Nacken zusammen. »Ich hole sie nach unten. Je schneller wir das hinter uns bringen, desto eher bekommen wir vielleicht neue Hinweise.«

Schon wenige Minuten später kam sie in Begleitung von Maria Berthold zurück ins Wohnzimmer.

»Frau Celik sagt, Sie wollten mich sprechen?«

»Ja, Frau Berthold. Wollen Sie sich vielleicht lieber setzen?«

Maria Berthold verneinte.

Glander zögerte nicht lange. Es gab keinen Weg, seiner Frage einen freundlichen Anstrich zu geben. »Frau Berthold, wir haben Anhaltspunkte dafür, dass Sie und Ihre Tochter von Ihrem Mann misshandelt werden. Möchten Sie uns dazu etwas sagen?«

Maria Bertholds Reaktion war unerwartet: Leise lachte sie in sich hinein. Dann ging sie kopfschüttelnd zum Fenster und sah in den Garten hinaus. Merve und Glander den Rücken zugekehrt, sagte sie mit fester Stimme: »Es gibt so boshafte Menschen auf dieser Welt. Ich nehme an, das haben Sie von den Nachbarn, ich tippe auf Frau Obentraut. Die Frau ist alt und krank und verbittert, ich würde nicht so viel auf das geben, was sie erzählt. Mein Mann zeigt sich den beiden gegenüber sehr generös, sie bezahlen nicht die volle Miete für die Wohnung. Trotzdem sind die Obentrauts nicht zufrieden.«

Sie drehte sich herum und sah Merve und Glander herausfordernd an. »Manchen Menschen kann man es einfach nicht recht machen. Ich kann die beiden sogar ein bisschen verstehen, ihre Situation ist aussichtslos. Frau Obentraut hat nicht mehr viel Zeit. Trotzdem ist es nicht die feine Art, uns unsere Unterstützung so zu danken. Noch dazu, wo Obentraut im selben Corps ist wie mein Mann. Wir haben ein Problem, mein Mann und ich, das habe ich Ihnen bereits erzählt. Wir waren einmal sehr verliebt, er ist es nicht mehr. Das ist bitter, aber er sorgt für Tara und mich.«

Sie wirkte glaubwürdig, und ihre Aussage erklärte die Reaktion des Rentners, der das Zimmer verlassen hatte, bevor seine Frau ihre Anschuldigung vorgebracht hatte, dachte Glander. Dennoch untermauerten die Fotos im Album des Tennislehrers Frau Obentrauts Behauptung, und auch Frau Obentraut selbst hatte verlässlich gewirkt. Warum sollte eine dem Tod geweihte Frau lügen? Glander versuchte es mit einem letzten Appell. »Frau Berthold, ich bitte Sie inständig darum, uns die Wahrheit zu sagen! Wir können Tara nur finden, wenn wir ihre wahren Lebensumstände kennen. Anderenfalls gehen wir womöglich falschen Vermutungen nach, was für Ihre Tochter ernste Konsequenzen haben könnte.«

Maria Berthold sah Glander direkt in die Augen, als sie antwortete: »Meine Tochter ist entführt worden. Finden Sie mein Kind, anstatt Ihre wertvolle Zeit mit dem hässlichen Gerede neidischer Nachbarn zu vergeuden! Sie entschuldigen mich.« Erhobenen Hauptes verließ sie das Zimmer. Ihre Hände zitterten leicht.

Wieder im Dürener Weg zurück, musste Lea erst einmal den Kopf freibekommen. Gartenarbeit war dafür ein gutes Mittel, die erdete sie jedes Mal. Lea befreite die Beete von Unkraut, entfernte Blätter aus ihrer Glanzmispel und blieb dann vor ihrem Lavendelbeet stehen. Dort blühten jetzt acht buschige Pflanzen. Seit Marks Tod hatte sie alle zwei Monate den Lavendel auf dem Grab erneuert und die alte Pflanze in ihr Gartenbeet gesetzt. Sie strich mit ihrer Hand durch eine hindurch. Lea liebte den Geruch von Lavendel, nach Regen war er besonders intensiv. Es summte und brummte in den Gewächsen, und Lea überlegte, ob sie nicht doch einen Bienenstock anlegen sollte. Bienen galt es mehr denn je zu schützen, denn durch die rücksichtslose Anwendung von Pestiziden gingen die Bestände dramatisch zurück. Sie nahm sich vor, sich damit zu befassen, wenn die ganze Aufregung vorbei wäre. Lea kniete sich vor den Lavendel, um den Duft einzusaugen, und betrachtete eine Biene, die sich auf ihre Hand gesetzt hatte und dort putzte.

Vor Jahren war sie mit Mark in der Provence gewesen. Sie hatten ein zweihundert Jahre altes Steinhaus gemietet, vor dem ein großes Lavendelfeld lag. Mark und sie waren hindurchgelaufen, fast trunken von dem schweren Aroma der Pflanzen. In jener Nacht hatten sie sich leidenschaftlich wie lange nicht mehr geliebt. Bei ihrem nächsten Gedanken fühlte Lea sich sofort schuldig: Mit Mark war es nie so gut gewesen wie mit Glander. Duncan wurde knapp ein Jahr, nachdem sie sich kennengelernt hatten, geboren, was ihrer beider Libido einen gehörigen Dämpfer verpasst hatte. Dann kam der Alltag und trug sein Übriges zu einem nur sporadisch stattfindenden Liebesleben bei. Sie waren beide berufstätig, Duncan nahm ihre ganze restliche Zeit in Anspruch, und sie versäumten es, sich ihren Freiraum als Paar zu schaffen. Sie hatte Mark geliebt, gar keine Frage. Nur begehrt hatte sie ihn schon lange nicht mehr. Und niemals so, wie sie Glander begehrte. Lea hatte ein schlechtes Gewissen. Mark war gerade einmal ein Jahr unter der Erde, und sie tobte sich hemmungslos mit Glander aus. Nur, dass es eben nicht nur darum ging. Sie war auf eine so ungestüme Weise in diesen Mann verliebt, dass sie sich manchmal selbst nicht wiedererkannte. Sie liebte seine Stimme, die tief war, eher Bariton als Bass, und ein wenig rauh mit ihrer leicht nordischen Färbung. Sie liebte seinen Geruch und die Wärme, die von ihm ausging. Sie liebte die Konturen seines Gesichts, sein Tattoo, den muskulösen Rücken – sie konnte sich gar nicht sattsehen an ihm. Sie liebte ihre Gespräche, nachts, nackt und neugierig aufeinander. Und der Sex mit ihm war einfach *out of this world*. Lea hatte so etwas noch nie zuvor erlebt. Sie ertappte sich bei der Vorstellung, wie ihr Leben wohl verlaufen wäre, wenn sie vor zwanzig Jahren Glander statt Mark begegnet wäre. Doch sofort sah Lea das Gesicht ihres Sohnes vor sich und wusste, dass sie nichts an ihrer Vergangenheit ändern wollte. Die Liebe, die sie mit Mark verbunden hatte, war ruhig und ernst gewesen. Glander liebte sie leidenschaftlich. Und Duncan liebte sie mit einer Unbedingtheit, an die nichts und niemand heranreichte. Sie hoffte inständig, dass er Glander mögen würde. Lea dachte an das Foto mit Jessie und zog ein Gesicht, das außer dem Lavendel niemand sah. Dann stand sie auf. Genug gegrübelt. Sie holte den Spaten aus dem Schuppen und begann, ein Beet umzugraben. Rasenmähen ging nicht, es war Sonntag.

»Was war das denn für ein Auftritt?« Merve hatte die Türen des Wohn- und Esszimmers geschlossen. »Dass sich *ein* Nachbar so etwas ausdenkt, kann ich mir ja noch vorstellen, aber die Aussage des Tennistrainers war ziemlich eindeutig, und die Mitschüler haben ebenfalls schlecht über den Professor geredet. Warum lügt Maria Berthold uns an und streitet alles ab? Ich verstehe das nicht, Glander.«

Glander blickte aus dem Fenster in den Garten. Zwei Krähen stritten sich um eine tote Maus auf dem Rasen. Die beiden großen Vögel waren nicht zimperlich. Es wäre nicht das erste Mal, dass hinter der gutbürgerlichen Fassade Bösartigkeit und Brutalität regierten. Berthold war ein Kontrollfreak, der keinen Widerstand duldete. Der wenig ansehnliche Mann schmückte sich mit einer schönen, jungen Frau, die ihm eine schöne, intelligente Tochter geschenkt hatte – zumindest hatte er das zwölf Jahre lang angenommen. Sein Leben schien perfekt, und dann erzählte ihm seine Frau, dass die Tochter nicht seine eigene sei und sie selbst keine Kinder mehr bekommen könne. Es hatte schon geringfügigere Gründe gegeben, um jemanden gewalttätig werden zu lassen. Dass der Professor die beiden Frauen aber schon so lange leiden ließ, ohne dass dem jemand Einhalt gebot, war auch für Glander nur schwer zu verdauen. Er drehte sich zu Merve um. »Wenn es stimmt, und ich denke, das tut es, dann muss Maria Berthold in solcher Angst vor ihrem Mann leben, dass ihr ein Ausweg aus dieser Situation unmöglich erscheint. Sie fürchtet um ihr eigenes Leben und um das ihrer Tochter. Berthold ist womöglich ein echter Sadist, und dann wäre ihm auch zuzutrauen, dass er Tara entführt, um sie und die Mutter weiter zu quälen. Aber wo könnte er sie versteckt haben? Ich habe mir die Kellerräume hier angeschaut, da gibt es keine Schlupfwinkel. Er müsste außerdem Komplizen haben, denn er selbst war ja am Freitagabend im Virchow-Klinikum im Wedding. Wäre das aber nicht alles viel zu riskant für einen Mann in Bertholds Stellung? Es läuft doch bestens für ihn, er hat die beiden Frauen da, wo er sie haben will. Wieso sollte er jetzt auf einmal etwas ändern wollen?«

»Er ist es leid? Er hat eine neue Frau?«

Glander nickte langsam, er dachte angestrengt nach. »Sobald er aber jemanden hinzuzieht, ist er erpressbar. Ich kann mir nicht vorstellen, dass Berthold dieses Risiko eingeht. Andererseits ist die Verbundenheit unter den Burschenschaftlern eng, vielleicht hat er in seinem Corps Helfer rekrutiert. Wer weiß, wer ihm da noch einen Gefallen schuldet. Schau dir diese Verbindung noch einmal an, vielleicht fällt dir unter den Mitgliedern jemand auf!«

»Ein Mitglied wohnt im Haus: Gerd Lemke.«

»Der kein Alibi für die Zeit hat, in der Tara aller Wahrscheinlichkeit nach verschwunden ist. Überprüf seine Finanzen noch einmal im Detail, und achte auf hohe Einzahlungen, Auslandskonten und so was in der

Art! Wenn Lemke dem Berthold geholfen hat, muss er dafür etwas bekommen haben.«

»Mit dem Schneider solltest du morgen noch einmal sprechen. Tara ist die beste Freundin seiner Tochter, der muss doch wissen, was hier los ist.«

Glander schüttelte den Kopf. »Nicht unbedingt. Die Gruhner und der Lemke haben ja auch nichts mitbekommen, jedenfalls haben sie nichts erwähnt, und Tara ist still und hält sich stets im Hintergrund.«

Merve sah Glander an. »Dachgeschosswohnungen in dieser Lage sind nicht so preiswert zu mieten, da kann man schon mal das eine oder andere Drama im Hause überhören. Ist dir aufgefallen, dass Maria Berthold auf allen Fotos, die hier in der Wohnung stehen, lange Ärmel trägt? Auch im Sommer. Wir müssen sie noch einmal mit unserem Verdacht konfrontieren. Wenn wir die Wahrheit nicht erfahren, verrennen wir uns womöglich.«

Glander nickte, und Merve ging in den oberen Stock, um Maria Berthold erneut ins Wohnzimmer zu bitten.

Die kleine Reihenhaussiedlung am südlichen Berliner Stadtrand um den Stolberger Ring herum, von dem Leas Straße abging, lag ruhig und beschaulich in der Abenddämmerung. Die Häuser im Eifelviertel erinnerten in ihrer symmetrischen Bauweise an quadratische, praktische Schokoladentafeln, doch im Laufe der vergangenen fünf Jahrzehnte hatten alle Eigentümer in dem Ensemble ihre eigenen Spuren hinterlassen, und inzwischen glich kein Vorgarten mehr dem anderen. Die Luft in Leas Zeile am Ende des Dürener Wegs war geschwängert von den Aromen der Gewürze, die Lea für das indische Hähnchencurry verwendete: Garam Masala, Kurkuma, Kumin und Chili, hinzu kamen Zwiebeln, Knoblauch, gemahlene Nelken, Lorbeerblätter und Zimt. Die Zubereitung dieses Gerichts machte Lea großen Spaß, und Ablenkung konnte sie bei den vielen Gedanken, die ihr im Kopf herumgingen, dringend brauchen. Für die Spinatbeilage benötigte man Konzentration, damit der Spinat nicht anbrannte und ungenießbar wurde. Bei dem Gedanken an das Sag bhajee lief Lea das Wasser im Mund zusammen. Sie aß gerne und hatte einen gesegneten Appetit. Manche Menschen hatten keinen Hunger, wenn es ihnen schlechtging, Lea musste bei Stress umso dringender essen. So hatte sie sich die vielen Pfunde während ihrer komplizierten Schwangerschaft angefuttert. Da sie danach ihr Lauftraining aufgenommen hatte und seit Jahren mehrmals in der Woche eine Strecke von rund zehn Kilometern schaffte, konnte sie sich mittlerweile eine unbefangene Einstellung zum Essen leisten. Lea wusste ihre gute Figur zu schätzen, denn sie war ihr nicht in die Wiege gelegt worden. Sie verstand Carola Saberskys Kampf mit dem Gewicht nur zu gut. Der blieb bei ihrem täglichen Programm für Ausgleichssport beim besten Willen keine Zeit. Umso mehr bewunderte Lea Carolas Langmut und Beweglichkeit.

Es klingelte, Margot Wieland traf ein. Talisker begrüßte die ältere Dame, die sich im Sommer so nett um ihn und sein Frauchen gekümmert hatte, mit kräftigem Schwanzwedeln.

»*Calm down, Tally!*«, rief ihm Lea zu. Er solle sich

beruhigen, was der Hund sofort tat. Leicht zitternd wartete er darauf, dass Margot Wieland etwas Leckeres aus ihrer Tasche zog und Lea ihm gestattete, es aufzunehmen. Dieses Mal hatte die Nachbarin ein Schweineohr dabei, die Art von Hundeleckerli, die man ungern angekaut aus einer Sofaritze ziehen oder in seiner Handtasche finden wollte. Talisker ließ allerdings von seinem Fressen nie etwas übrig, so dass Lea sicher sein konnte, von solch üblen Überraschungen verschont zu bleiben. Sie begrüßte ihre Nachbarin herzlich. Das fiel ihr leicht, denn Margot Wieland tat ihr gut.

Lea hatte ihre Eltern verloren, als sie beinahe zwölf Jahre alt gewesen war. Sie waren bei einem Autounfall ums Leben gekommen. Und so unkonventionell und spannend das Leben mit Tante Patty auch hatte sein können, ein mütterlicher Typ war die nicht. Da auch Marks Eltern früh gestorben waren, hatte Duncan auf Großeltern verzichten müssen, was Lea sehr traurig fand. Margot Wieland vereinte viele Eigenschaften, die Lea seit dem Tod der Eltern in ihrem Leben häufig vermisst hatte: eine weise Wärme, die das Alter bisweilen mit sich brachte, Ruhe und Gelassenheit sowie die Fähigkeit, sich auf die wesentlichen Dinge des Lebens zu konzentrieren und nicht mehr jeden Fehdehandschuh aufzunehmen, der einem hingeworfen wurde. Überdies war die alte Dame eine begnadete Tortenbäckerin, worum Lea sie sehr beneidete. Margot Wielands Schokoladentorte war ein einzigartiger Genuss: Biskuitböden, die sich mit einer feinen Schokoladencreme abwechselten, wahlweise dekoriert mit Mokkabohnen auf ausgefeilten Sahnehäubchenkreationen – für die älteren

Nachbarinnen –, Borkenschokolade – für Lea – oder Smarties – für die Sabersky-Kinder. Ihre Käsesahnetorte war besser als jede Eiscreme, und das Geld, das sie sich mit ihren Motivtorten zu ihrer Rente dazuverdiente, hätte den Fiskus sicher interessiert, wenn er davon erfahren hätte.

»Das Hähnchencurry ist gleich fertig, Margot.«

»Kann ich dir etwas helfen? Es riecht ganz phantastisch!«

»Nein danke, aber du kannst mir gerne Gesellschaft leisten, bis das Essen fertig ist.«

Margot Wieland stand neben Lea in der Küche. »Ich habe heute Frau Sabersky getroffen. Sie platzt förmlich vor Stolz. Eine Stelle als Gymnasialdirektor ist ja auch nicht zu verachten, und Frau Sabersky schien mir sehr erleichtert, dass die Familie nun mehr Geld zur Verfügung hat. Bei der Menge an Mündern, die sie zu stopfen hat, wundert mich das nicht.«

»Ich habe Arne vorhin getroffen, der machte ebenfalls einen sehr zufriedenen Eindruck. Hat Carola dir erzählt, wie es zu seinem Sinneswandel kam? Ich hatte keine Gelegenheit, ihn zu fragen. Er hatte den Schuldienst doch eigentlich satt.«

Margot Wieland kicherte verhalten. »Frau Sabersky hat es mir unter dem Siegel der Verschwiegenheit verraten. Doch natürlich werde ich mich dir gegenüber nicht an mein Schweigegelöbnis halten. Es ist aber auch kein so großes Geheimnis. Herr Sabersky hatte einen Fürsprecher in der Schulbehörde, einen alten Studienkameraden. Ein Bezirkspolitiker soll sich zusätzlich für ihn starkgemacht haben, und bei so viel Vitamin B konnte nichts mehr schiefgehen. So einen gutdotierten Vorzeigeposten lässt sich Arne Sabersky doch nicht entgehen!«

Das Curry war fertig, und Lea bat Margot Wieland zu Tisch.

14

Tara legte das Buch beiseite und stellte die Taschenlampe auf, so dass das Licht die Decke ihres Verlieses illuminierte. Sie hatte jedes Gefühl für Raum und Zeit verloren und fragte sich, ob sie jemals wieder den Himmel sehen würde. Sie versuchte sich vorzustellen, wie es wäre, tot zu sein. Wäre sie tot, dann wäre ihre Mutter frei. Tara fühlte sich schon lange schuldig ihretwegen. Ob es irgendwie weiterging nach dem Tod? Und ob Max sie vermissen würde? Adam wäre sicherlich traurig. Annalisa würde weinen, da war sie sich sicher. Louise wäre sauer. Tara sah das zornige Gesicht der Freundin vor sich. Wenn sie je wieder aus diesem Kellerloch herauskäme, würde sie sich nicht mehr so sehr von ihr beeinflussen lassen. Annalisa war richtig nett und lustig, und sie war clever und hatte angenehme Gesprächsthemen. Bei ihr drehte sich nicht immer alles um Klamotten und Jungs und das ganze oberflächliche Zeug, mit dem sich Louise dauernd beschäftigte. Louise war toll, ohne Frage, aber in der letzten Zeit hatte Tara sich immer öfter gewünscht, auch einmal etwas Sinnvolleres mit ihr zu unternehmen, als immer nur shoppen zu gehen. Wenn sie hier wieder herauskäme, würde sie einiges in ihrem Leben ändern.

Nach dem Essen sah Margot Wieland Lea verschmitzt an. »Hättest du einen Whisky für mich, Lea?«

»Aber sicher. Ich glaube, ich habe sogar genau den richtigen für dich.« Lea stand auf und ging zum Sideboard. Sie nahm den Dalwhinnie Distillers Edition und zwei Gläser aus ihrer umfangreichen Sammlung, bis auf drei Ausnahmen alles Malts aus der Region Speyside. Nachdem sie eingeschenkt hatte, reichte sie Margot Wieland ein Glas und beobachtete das Mienenspiel ihrer Nachbarin, als diese das milde, sherrysüßliche Aroma des Whiskys einatmete.

»Lea, das Essen war großartig, und dieser Tropfen ist der krönende Abschluss. Ich hoffe, ich kann mich bald wieder bei dir einladen.«

»Sehr gerne. *Slainte!* Das sagen die Schotten für prost.«

»Na dann, *Slainte!*«

Der Abgang des Whiskys war kraftvoll und lang, und man konnte das rauchige Eichenfass erahnen, in dem der Tropfen gelagert hatte. Lea schenkte nach.

Sie hatten es sich auf den Sesseln im Wintergarten gemütlich gemacht, und Lea erzählte ihrer Nachbarin von dem Streit mit Svenja Ritter in der Vorwoche.

Margot Wieland nippte an ihrem Dalwhinnie. »Svenja Ritter ist ein von Grund auf unzufriedener Mensch. Ich weiß natürlich nicht, wie sie aufgewachsen ist, aber sie erscheint mir wie ein kleines, verlassenes Mädchen, das meint, immer um die Gunst der Menschen buhlen zu müssen.«

Lea nickte und ergänzte: »Und das sich zielsicher einen Mann sucht, der sie nicht gut behandelt.«

»Es muss sie in die Verzweiflung treiben, dass all ihre Anstrengungen in einer so tiefen Ablehnung enden. Und diesmal nützt ihr das übliche Wimpernklimpern rein gar nichts.«

»Der Streit mit ihr war trotzdem hässlich. Ich verstehe einfach nicht, wie man so rachsüchtig sein kann. Und wie sie über ihre eigene Tochter spricht, finde ich auch nicht schön.«

»Lea, überleg doch mal! Bella ist neunzehn und hat das ganze Leben noch vor sich. Svenja ist Mitte vierzig und sieht ihre Felle davonschwimmen. Sie neidet Bella die Jugend, der klassische Mutter-Tochter-Konflikt. Ich denke, mit einem Sohn passiert so etwas eher selten.«

»Also, ich selbst habe damit jedenfalls noch keine Erfahrung gemacht. Ich sehe auch keine Felle irgendwohin schwimmen.«

»Was unter Umständen mit einem gewissen ehemaligen Kripobeamten zu tun haben könnte, was meinst du?«

Lea grinste. »Da könnte was dran sein.« Sie zögerte. »Obwohl ich im letzten Jahr dachte, es sei alles zu Ende.«

Margot Wieland blickte Lea mitfühlend an. »Diese Gedanken werden immer wieder auftreten. Aber sie werden seltener.« Sie schwenkte den Whisky in ihrem Glas und betrachtete die Schlieren, die er an der Innenwand hinterließ. Dabei schluckte sie heftig. Vor rund vierzig Jahren hatte sie ihre Tochter verloren. Die vierjährige Petra war an einer Hirnhautentzündung gestorben. Margot Wielands Augen füllten sich mit Tränen, und auch Lea spürte einen dicken Kloß im Hals.

Talisker kam herübergetrottet und legte seinen Kopf auf Margot Wielands Oberschenkel. Die streichelte ihn. »Du spürst genau, dass wir gerade traurig sind, was, mein Guter?« Zu Lea gewandt sagte sie: »Dieser Hund ist Empathie auf vier Pfoten, ich finde ihn ganz unglaublich. Wenn Talisker jemals Welpen zeugt, nehme ich sofort einen.« Dann lächelte sie Lea an und hob ihr Glas. »Auf Mark und auf Petra!«

Lea stieß mit ihr an und erwiderte: *»Na dìochuimhnich gu bràth!«* Gälisch für unvergessen.

Glander und Merve hofften, Maria Berthold würde sich besinnen und ihnen reinen Wein einschenken. Taras Mutter sah Glander und Merve erwartungsvoll an, nachdem Merve sie erneut ins Wohnzimmer gebeten hatte. Es war spät, alle waren müde, doch an diesem Gespräch führte kein Weg vorbei.

Merve ergriff das Wort. »Frau Berthold, bitte reden Sie offen mit uns! Wir haben von mehreren Seiten gehört, dass Ihr Mann Tara und Sie misshandelt. So unfassbar ich es auch finde, dass anscheinend etliche Menschen davon gewusst haben und untätig geblieben sind – ich verstehe umso weniger, warum Sie diesen Sachverhalt uns gegenüber leugnen.«

Maria Berthold wurde kreidebleich. »Nein, das stimmt doch alles gar nicht! Warum erzählen die Leute nur so etwas? Mein Mann geht seine eigenen Wege, wir sehen ihn kaum ... Ich ...«

Merve erhob sich wortlos und ging auf die andere Seite der Sitzgruppe. Sie nahm Maria Bertholds linken Arm und zog den Ärmel des Oberteils hoch. Die Frau ließ es willenlos über sich ergehen. Blaue Flecke und kleine runde Narben, die glühende Zigarettenspitzen hinterlassen haben mussten, straften ihre vorherigen Sätze Lügen. Glander verspürte eine unbändige Wut auf den Chirurgen.

Maria Berthold begann, leise zu weinen. Merve legte den Arm um sie, während die Frau kaum hörbar die Torturen der letzten Jahre schilderte. »Es fing an, kurz nachdem ich ihm alles erzählt hatte. Ich konnte nicht mehr länger lügen, er wollte unbedingt noch ein Kind, und seine Enttäuschung wurde von Monat zu Monat größer. Ich hoffte auf sein Verständnis, wir liebten uns doch, und ich hatte mich so geschämt, als es damals passierte. Aber es kam anders. Er sah mich nur an und verließ das Zimmer.« Sie atmete schwer. »Tara war mit ihrem Trainer für ein langes Wochenende im Tenniscamp. Heinz kam wieder und zerrte mich in sein Arbeitszimmer. Es war das längste Wochenende meines Lebens. Ich dachte, er bringt mich um ...« Sie war nicht in der Lage weiterzusprechen.

Merve sagte leise: »Frau Berthold, Sie müssen ihn anzeigen.«

»Und Sie denken, man würde mir glauben? Heinz kennt so viele Leute, die für ihn lügen und gegen mich aussagen würden. Ich kann ihn nicht anzeigen.«

»Dann müssen Sie ihn verlassen.«

Maria Berthold schaute Merve verächtlich an. »Schauen Sie sich das hier an!« Sie drehte sich um und zog ihr Oberteil hoch. »Tara war in der Schule, ich hatte die Koffer gepackt. Heinz musste etwas geahnt haben, sonst kommt er nie vormittags nach Hause.« Ihr Rücken war gezeichnet von strichförmigen Narben, für die eine Gerte verantwortlich sein musste. »Glauben Sie allen Ernstes, ich ließe mir das gefallen, wenn es mir nur ums Geld ginge?«

Merve blickte auf den Boden, in Glander stieg Zorn wie eine lodernde Flamme auf.

»Mein Mann hat mir damals gedroht, Tara und mich umzubringen, wenn ich noch einmal versuchen würde, ihn zu verlassen. Ihn ›vor allen lächerlich zu machen‹, wie er es ausdrückte.«

Glander sah Maria Berthold eindringlich an. »Frau Berthold, was tut er Tara an?«

Jetzt rannen der Frau die Tränen über die Wangen. »Die meiste Zeit ignoriert er sie. An jedem letzten Sonntag im Monat passiert es dann. Er holt sie zu sich ins Arbeitszimmer. Ich weiß nicht, was er mit ihr macht, sie will es mir nicht erzählen. Ich kann sie nicht beschützen. Ich kann mein kleines Mädchen nicht beschützen, denn wenn er Tara holt, ist er mit mir schon fertig ...« Maria Berthold brach schluchzend zusammen.

Merve fragte Maria Berthold so sanft wie möglich: »Können Sie sich vorstellen, dass er Tara hat?«

Maria Berthold wehrte vehement ab. »Nein, Frau Celik, ich kann mir das nicht vorstellen. Denn wenn er sie hat ...«, sie sah die beiden Ermittler mit großen, angsterfüllten Augen an, »... dann bringt er sie um.«

Glander musste den Raum verlassen. Er war in den zwei Jahrzehnten seiner Kripolaufbahn mit einer Menge furchtbarer Schicksale in Berührung gekommen, aber das hier war besonders schwer zu ertragen. Er ging direkt zum Arbeitszimmer des Arztes. Es war verschlossen. Glander zögerte keine Sekunde und trat die Tür ein. Danach fühlte er sich schon etwas besser.

Dunkelrote Samtvorhänge schlossen das Licht aus. Glander zog sie auf und nahm das Dekor des Zimmers überrascht zur Kenntnis. Es stand in krassem Gegensatz zum Rest der Wohnung. Eine bordeauxfarbene Tapete verlieh dem Raum zusätzlich Düsternis, die der klobige Schreibtisch aus Ebenholz noch unterstrich. Ein massiger Chesterfield-Sessel aus schwarzem Leder stand neben einem Kamin, über dem ein Degen hing. Glander öffnete die Schubladen des Schreibtischs, und im untersten Fach fand er, wonach er suchte. Auf einem Stapel Fotos lag eine Knute. Weiter hinten in der Schublade befanden sich Lederriemen und eine Ledermaske. Glander sah sich die Fotos an, den Blick voll Abscheu. Er nahm die Bilder und die Knute an sich. Er würde sie seinem Forensikerfreund Lutz Harnack zur Untersuchung geben. Heinz Berthold würde nie wieder eine Frau misshandeln.

Glander hatte keine Ahnung, wie recht er damit haben sollte.

Montag

15

Das Mädchen lag vor der kleinen Mauer des steinernen Pavillons im Bäkepark. Die Spaziergängerin, deren Hund die Leiche an diesem Montagmorgen entdeckt hatte, stand unter Schock, ein Notarzt kümmerte sich um sie.

Kriminalhauptkommissar Rolf Prinz hasste solche Fälle. Er hasste es, Angehörige verständigen zu müssen. Als die Celik noch für ihn arbeitete, hatte die das immer gemacht. Das konnte die gut, und die Leute hörten eine so traurige Nachricht auch lieber von einer Frau als von einem Mann, noch dazu einem wie ihm. Prinz maß gut 1,95 Meter, und es war lange her, dass er seine Füße von oben gesehen hatte, ohne sich vorher zu setzen und sie von sich zu strecken. Wie er durch die Fitnesstests kam, die man auch im höheren Polizeidienst regelmäßig abzulegen hatte, war allen ein Rätsel. Er hatte blasse, unreine Haut und kaute an seinen Fingernägeln. Der Mann war ständig verschwitzt und atmete schwer, selbst wenn er nur dasaß. Das einzig Gutaussehende an ihm war sein voller dunkler Haarschopf: kein Zeichen von Haarausfall und immer frisch gewaschen und akkurat geschnitten. Was man von seinen Anzügen nicht behaupten konnte.

Rolf Prinz nahm ein Taschentuch aus seinem Sakko, das ebenfalls schon bessere Tage gesehen hatte, und trocknete sich Stirn und Nacken damit ab. Das Mädchen hatte ein so einprägsames Gesicht, dass er zuversichtlich war, dessen Identität sehr schnell feststellen zu können. Warum trieb es sich nur nachts in einem Park herum? Die Spurensicherung hatte Blutspuren an der Mauer gefunden, die würden die große Wunde am Hinterkopf des Mädchens erklären. Die Blutergüsse am Hals waren ebenfalls ein Hinweis auf Gewalteinwirkung. Vielleicht handelte es sich um einen Raubmord, oder der Freund war nicht zum Zug gekommen und hatte das Mädchen im Affekt getötet. Einen Lustmörder brauchte er weiß Gott nicht. Ein frustrierter Freund würde ihm viel besser gefallen und vor allem einen schnellen Ermittlungsabschluss gewährleisten, was ihm momentan wirklich gut zu Gesicht stünde.

Bereits um neun Uhr war die Leiche identifiziert. Ein Mädchen, auf das die Beschreibung passte, war als vermisst gemeldet worden. Prinz' Hoffnung hatte sich erfüllt. Das Opfer war in der Lüdersstraße 23 wohnhaft gewesen. Das war gar nicht weit weg vom Tatort. Prinz rief seinen Mitarbeiter Fellner und ließ sich von ihm in die Lüdersstraße fahren.

Glander war auf dem Weg nach draußen und stieß im Hauseingang beinahe mit zwei Männern zusammen. Er war nicht gerade erfreut, als er sie erkannte.

Kriminalhauptkommissar Rolf Prinz schien es ähnlich zu gehen. Erstaunt blaffte er ihn an: »Glander, was zum Teufel machen Sie hier?«

Glander nickte den beiden ehemaligen Kollegen zu. »Ich habe hier zu tun.« Hatte Maria Berthold doch die Polizei eingeschaltet, ohne es ihm und Merve mitzuteilen? Die Mutter von Tara war an diesem Morgen noch nicht aus ihrem Zimmer gekommen.

»Ein paar schmutzige Fotos für den Scheidungsanwalt schießen, was?« Prinz ließ sein unangenehmes Hyänenlachen ertönen. Für einen so großen und beleibten Mann hatte er eine lächerlich hohe Stimme.

Glander hielt den beiden Kripobeamten die Tür auf und ließ sie eintreten. Als er sah, dass sie bei Jürgen Schneider klingelten, blieb er in der offenen Haustür stehen.

Jürgen Schneider öffnete die Tür, und Prinz wies sich aus. »Kriminalhauptkommissar Prinz, LKA 1, das ist mein Assistent Fellner. Herr Schneider, wir haben nicht weit von hier im Park ein Mädchen gefunden, auf das die Beschreibung Ihrer Tochter zutrifft. Das Mädchen wurde Opfer eines Verbrechens. Dürfen wir reinkommen?«

Sensibel wie eine Abrissbirne! Glander war erschüttert, sowohl von der Vorgehensweise des Kripobeamten als auch von der Nachricht, die er übermittelt hatte. Louise Schneider war umgebracht worden, während ihre beste Freundin von Entführern festgehalten wurde? Sie war die letzte Person gewesen, die Tara Berthold gesehen hatte. Glander ging wieder ins Haus und folgte seinen ehemaligen Kollegen in die Wohnung von Jürgen Schneider.

»Glander, was soll das? Wir ermitteln in einem Mordfall. Raus hier!« Rolf Prinz war ein wissenschaftliches Phänomen. Wenn er sich aufregte, nahm sein Gesicht ein so tiefes Rot an, dass man es beinahe schon Lila nennen konnte.

Glander ignorierte ihn. »Tara Berthold, eine Freundin von Louise Schneider und ebenfalls hier wohnhaft – ihren Eltern gehört dieses Haus –, wird seit Freitagabend vermisst. Es gibt eine Lösegeldforderung. Louise war die letzte Person, die Tara gesehen hat.«

In einem Zeichentrickfilm wäre dem Kriminalhauptkommissar Dampf aus den Ohren gekommen, und er wäre wie eine Rakete in den Himmel abgehoben. Im wahren Leben beäugte Glander beeindruckt die Farbenpracht im Gesicht des ehemaligen Kollegen, als der ihn japsend anschnauzte: »Glander, sind Sie eigentlich noch ganz bei Trost? Sie wissen doch genau, dass erpresserischer Menschenraub Sache der Polizei ist! Die beste Freundin des entführten Mädchens ist tot, und wir haben ein Mord- und ein Entführungsopfer im selben Haus – ganz groß, Glander, wirklich ganz groß!«

Glander hatte ausnahmsweise nicht die Absicht, Prinz zu widersprechen. Der hatte recht. Sie hätten Maria Bertholds Bitte ignorieren und den Fall der Kripo melden sollen. Louise musste etwas gewusst haben, das sie ihnen verschwiegen hatte.

Jürgen Schneider saß mit ausdruckslosem Gesicht auf seiner Couch, er schien von der Unterhaltung nichts mitzubekommen. Fellner, Prinz' Assistent, reichte ihm ein Glas Wasser, das Louises Vater auf dem Tisch abstellte, ohne davon zu trinken. Dann stieß Jürgen Schneider einen so grauenvollen Laut aus, dass selbst Prinz verstummte.

Lea, die nichts von den dramatischen Ereignissen in der Lüdersstraße ahnte, passte Carola Sabersky im Eupener Weg ab, der wie der Dürener Weg vom Stolberger Ring abging. Carola kam gerade mit Horst vom Gassi-Gehen zurück. Lea wollte mehr über Arnes Versetzung herausfinden und war sich sicher, dass ihr Carola auf Nachfrage ausführlich davon erzählen würde. Bei dieser Gelegenheit würde sie ebenfalls versuchen herauszufinden, warum Arne am Freitagabend den Weg über die Bäkestraße genommen hatte. »Guten Morgen, Carola!«

»Hallo, Lea! Hoffentlich hält sich das schöne Wetter, ich wollte nachher noch im Garten arbeiten.«

»Du bist aber fleißig. Dabei hast du doch eine große Kinderschar, der du die Gartenarbeit aufbrummen kannst.«

Carola lachte auf. »Nee, lieber nicht. Die sollen mal lieber ihre Hausaufgaben machen und sich auf die Schule konzentrieren. Wie geht es dir?«

»Gut, danke. Ich habe gehört, dass Glückwünsche angebracht sind. Wie kam es denn zu der Beförderung? Eigentlich rechnet Arne doch schon seit Jahren aus, wann er vorzeitig in Rente gehen kann.«

Carola stand die Freude über die neue Position ihres Mannes ins Gesicht geschrieben, als sie antwortete: »Ich war auch ganz überrascht, als er damit rausrückte. Eigentlich darf ich das gar nicht an die große Glocke hängen, aber es ging ungewöhnlich schnell, weil sich zwei Leute schwer für ihn ins Zeug gelegt haben. Arne ist mit einem Lehrer am Albrecht-Berblinger-Gymnasium befreundet, sie kennen sich aus der Bürgerinitiative gegen die Bebauungsplanung des Parks-Range-Geländes. Dieser Lehrer ist Mitglied in derselben Verbindung wie der Chirurg, der dem Förderverein der Schule das Geld für den Experimentierraum gespendet hat. Tja, und der Arzt ist noch dazu ein einflussreiches Mitglied der CDU hier im Bezirk und kennt den Leiter des Schulamts ... Und jetzt ist Arne Schuldirektor. Du ahnst gar nicht, wie ich mich freue!«

Bei so guten Beziehungen wunderte sich Lea nicht mehr über den ungewöhnlich weiten Karrieresprung ihres Nachbarn. Was sie allerdings wunderte, war seine Verbindung zu Prof. Berthold, dem Hauptsponsor der Schule. »Arne hat jetzt sicherlich viel zu tun und muss öfter länger arbeiten, oder?«

»Das kannst du laut sagen, aber aller Anfang ist schwer. Arne kommt kaum einen Abend vor elf Uhr nach Hause. Das wird aber auch wieder besser, wenn er erst einmal alles im Griff hat.« Carola beugte sich zu Lea und senkte ihre Stimme. »Dafür hat er wieder viel mehr Energie, wenn du weißt, was ich meine. Er ist wie ausgewechselt. Wir haben ewig nichts mehr gemeinsam unternommen, aber am letzten Freitag hat er vorgeschlagen, dass wir uns noch auf einen Absacker im Parkcafé treffen. Das war richtig romantisch.«

Glander hatte dafür gesorgt, dass Jürgen Schneider betreut wurde. Er hatte keine Verwandten oder engen Freunde, die man hätte benachrichtigen können. Die Polizei hatte kein Personal für solche Fälle, und so hatte Glander einen Bekannten vom ANUAS e. V. angerufen, einer Berliner Organisation, die sich um Menschen kümmerte, die Angehörige durch ein Gewaltverbrechen verloren hatten. Glander hatte Fellner immerhin eine Polizeibeamtin abringen können, die so lange bei Jürgen Schneider blieb, bis der Mitarbeiter von ANUAS eintraf. Zwei weitere Beamte durchsuchten das Zimmer von Louise.

Glander führte Prinz und Fellner die Treppe hinauf zur Wohnung der Bertholds. Merve öffnete ihm und sah dann verwundert erst ihren ehemaligen Vorgesetzten und dann Glander an.

Maria Berthold kam ebenfalls zur Tür und fragte panisch: »Wer sind diese Männer, Herr Glander?«

Der hob zu einer Erklärung an. »Louise Schneider wurde heute Morgen tot im Park aufgefunden. Sie wurde ermordet, es gibt eindeutige Spuren von Gewalteinwirkung. Ich hatte keine Wahl, ich musste die Kripo über Taras Entführung informieren ...«

Weiter kam er nicht, denn Maria Berthold stürzte sich auf ihn und schlug laut schluchzend auf ihn ein. »Warum haben Sie das gemacht? Ich will keine Polizei hier! Sie werden sie umbringen! Sie werden meine Tara umbringen!« Der letzte Satz war nur noch ein ersticktes Flüstern, und sie klammerte sich an Glander. Der hielt sie fest umschlungen in seinen Armen.

Merve fuhr sich durch die Haare und sah Glander an. »Scheiße, das Mädchen muss etwas gewusst haben!« Sie trat zu Glander und löste Maria Berthold von ihm. »Beruhigen Sie sich! Tara wird nichts passieren. Die Entführer haben das Geld noch nicht, also tun sie Ihrer Tochter nichts. Lassen Sie uns in die Küche gehen, ich mache Ihnen einen Tee, und dann schildern Sie den

Kollegen, was Sie uns bereits erzählt haben. Herr Glander kann die beiden ja schon einmal ins Bild setzen.«

Glander nickte und führte Prinz und Fellner ins Esszimmer der Bertholds, wo sich das Überwachungsequipment befand. Fellner warf einen anerkennenden Blick auf die Laptops. Bevor Prinz etwas sagen konnte, hob Glander an: »Ich wurde am Sonnabend morgens gegen halb zehn von Frau Berthold telefonisch kontaktiert. Um Viertel elf traf ich hier ein. Die Tochter Tara war am Vorabend nicht nach Hause gekommen, am Sonnabendmorgen hatte Frau Berthold eine schriftliche Lösegeldforderung erhalten. Darin stand sehr deutlich, dass die Polizei nicht eingeschaltet werden dürfe, weswegen Taras Mutter Frau Celik und mich mit der Suche nach ihrer Tochter beauftragte. Es befinden sich nur unsere Fingerabdrücke und die von Frau Berthold auf Brief und Umschlag.«

Fellner nahm den ersten Erpresserbrief in der Schutzhülle entgegen, in die Glander ihn gesteckt hatte.

»Frau Celik und ich haben zunächst begonnen, Informationen über Tara und ihr Umfeld zu sammeln. Diese werden wir Ihnen selbstverständlich unverzüglich zur Verfügung stellen.« Vielleicht nicht ganz so unverzüglich, setzte Glander in Gedanken hinzu, denn Merve würde ihre Recherchen sicherlich noch etwas aufbereiten müssen, um sie in die Grenzen der Legalität zurückzuholen. »Die Nachbarn hier im Haus haben bestenfalls wacklige Alibis für die Zeit, in der Tara verschwunden sein muss. Louise Schneider, das Mordopfer ...«, wofür er sich einen weiteren bösen Blick von Prinz einhandelte, bevor der sich von ihm abwandte,

»... hat Tara als Letzte gesehen. Sie hat sie laut eigener Aussage nach einem Treffen mit Freunden im Park hierher in die Lüdersstraße gebracht. Tara stand Louises Schilderung nach stark unter Alkoholeinfluss, obwohl ein Enzymmangel ihr das Trinken alkoholischer Getränke eigentlich nicht gestattet. Tara Bertholds Handy fand ich in ihrem Zimmer, das hatte sie nicht dabei. Sie kann also weder durch einen Anruf noch durch eine Nachricht aus dem Haus gelockt worden sein. Demnach ist es wahrscheinlich, dass ihr jemand im Hausflur aufgelauert hat, vielleicht wurden die Mädchen auch verfolgt. Da die Familie Berthold sehr wohlhabend ist, nehmen wir an, dass die Tat geplant wurde und das Mädchen schon länger unter Beobachtung stand.«

Fellner machte sich Notizen, während Prinz mit dem Rücken zu ihnen vor einer der Leinwände stand und sich anscheinend in dem darauf abgebildeten Farbenspiel erging. Glander war nicht sicher, ob er ihm wirklich zugehört hatte. Prinz war ebenso wenig ein Mann des Wortes wie ein Mann der Tat. Der Kriminalhauptkommissar liebte seine Berichte, er sah sich als eine Art Papier-Poirot, dem sich die Lösung eines Falls in einem Berichtsdetail offenbaren würde, das alle anderen überlesen hatten. Es war also gut möglich, dass er sein Abendessen plante, während Glander ihre mageren Ergebnisse schilderte.

Merve und Maria Berthold betraten das Wohnzimmer. Bevor einer der Männer etwas sagen konnte, hob Maria Berthold ihre Hand in einer abwehrenden Geste und ließ sie wissen: »Ich will nach wie vor nicht, dass die Polizei sich um die Entführung kümmert.

Durch Louises Tod ließ es sich nicht vermeiden, Sie zu informieren, das sehe ich ein. Aber ich bestehe darauf, dass Herr Glander und Frau Celik meine Tochter weiter suchen. Ich will auch, dass sie die Geldübergabe übernehmen, wenn es dazu kommt. Die Polizei soll sich raushalten. Wenn irgendetwas nach außen dringt und mein Kind zu Schaden kommt ... Ich schwöre Ihnen, ich verklage Sie bis zum Sankt-Nimmerleins-Tag!« Direkt zu Prinz gewandt fügte sie hinzu: »Frau Celik kann Ihnen detailliert Auskunft über all das geben, was ich ihr und Herrn Glander bereits gesagt habe. *Ich* habe Ihnen nichts zu sagen.« Damit machte sie auf dem Absatz kehrt.

Merve schaute die Männer im Raum der Reihe nach mit ernster Miene an. »Die Frau ist völlig außer sich, weil die Polizei im Haus ist, und sie lässt sich nicht von ihrem Standpunkt abbringen.«

Prinz blies die Wangen auf. »Das wollen wir doch erst einmal sehen. Wo kommen wir denn da hin, wenn in einem Mordfall jeder macht, was er will? Wenn sie nicht kooperiert, kann sie gerne eine Nacht auf dem Präsidium verbringen. Ich *will* mit ihr reden, und ich *werde* mit ihr reden.«

Fellner hob beschwichtigend die Hände. »Rolf, du hast ja recht, aber die Frau ist völlig neben der Spur, das sieht man doch. Sie hat panische Angst um ihr Kind, wir bekommen im Augenblick sowieso nichts aus ihr heraus.« Mit einem Seitenblick auf Merve fuhr er fort: »Frau Celik setzt uns ins Bild, und dann sollten wir unsere Kräfte bündeln und einander in unserer Arbeit ergänzen, das scheint mir momentan die beste Vorgehensweise. Wir konzentrieren uns auf den Mord an Louise, während Glander und Frau Celik weiter in dem Entführungsfall ermitteln.« Er sah Glander an. »Wenn ihr Leute zur Unterstützung braucht, stellen wir euch welche zur Verfügung. Wir schreiben das entführte Mädchen außerdem zur Fahndung aus, das geht nicht anders, ihr wisst das. Es ist unabdingbar, dass wir in ständigem Kontakt bleiben. Was ihr herausfindet, teilt ihr uns unverzüglich mit, damit das klar ist!«

Prinz knirschte hörbar mit den Zähnen.

Glander schaute Merve an, die ihm zunickte. Er nahm am Esstisch Platz und machte eine einladende Geste. Fellner setzte sich ihm gegenüber, Merve neben ihn, und Prinz schob sich missmutig auf den Stuhl am anderen Ende des Tischs. Ihm missfiel der Vorschlag seines Assistenten sichtlich, er sah aber auch keine Alternative. Es wäre wirklich unangebracht, die Mutter des Entführungsopfers aufs Präsidium mitzunehmen.

Merve begann, den beiden Kripobeamten die gewünschten Informationen zu geben. Die kurz zuvor eingegangene Nachricht auf ihrem Laptop ließ sie dabei zunächst unerwähnt.

Ihr Hackerfreund hatte sich gemeldet. Prof. Berthold hatte Gelder auf diverse Konten verteilt, einige davon befanden sich im Ausland. Seine Einnahmen allein des letzten Jahres beliefen sich auf 1,3 Millionen Euro, das Gehalt vom Virchow-Klinikum machte davon nur einen Bruchteil aus. Die Einkünfte auf den Dollar-, Pfund- und Yen-Konten wurden in den jeweiligen Ländern ordentlich versteuert. Es handelte sich um Honorare für Vorträge, die der Professor im Ausland hielt, sowie für Operationen, die er außerhalb Deutschlands durchführte. Er hatte eine internationale Zulassung und einen Zweitwohnsitz in London. Det bestätigte das Jobangebot aus Paris. Man hatte Berthold eine Dozentenstelle am Hôpital Lariboisière angetragen, und er hatte, zunächst für ein Semester, zugesagt. Det hatte überdies ein paar schlüpfrige Mails gefunden, aber dass Berthold eigene Wege ging, was sein Sexleben betraf, wussten sie ja bereits. Der Hacker hatte seine Suche schon aufgeben wollen, als er auf eine gut verdeckte größere Geldbewegung gestoßen war. Die Spur, der er dann folgte, führte zu Spekulationen in großem Stil. Prof. Berthold hatte beinahe das gesamte Familienerbe durchgebracht.

Und Det hatte weitere Nachrichten: Adams Nutzerdaten auf der Chatplattform waren gefaked, wie vermutet. Die hinterlegte E-Mail-Adresse ging ins Leere, einmal mehr fluchte Merve über die Leichtigkeit, mit der man ohne eine persönliche Kennung einen Account anlegen konnte. Für seine Chats mit Tara hatte Adam überdies ein Prepaidhandy genutzt. Seit Taras Verschwinden hatte er sich nicht mehr bei ihr gemeldet. Wenn er das auch weiterhin nicht tat, konnte das ein Indiz dafür sein, dass er hinter der Entführung steckte.

Durch einige Anrufe hatte Merve zudem in Erfahrung bringen können, wie viel Geld Christian Gebauer benötigte, um seine Schulden zu bezahlen: Es waren 45 000 Euro, das war eine Menge, zumal er sich ursprünglich nur 30 000 geliehen hatte. Offenbar fielen inzwischen auch erhebliche Zinsen an. Die Person, der Gebauer das Geld schuldete, war Rustem Imeri, Oberhaupt eines dem LKA und dem BKA wohlbekannten

Berliner Albanerclans. Imeri stand nicht in dem Ruf, Nachsicht walten zu lassen, wenn jemand seine Schulden bei ihm nicht beglich. Gebauer würde sehr bald Besuch von Imeris Schergen erhalten. So oder so steckte er in gewaltigen Schwierigkeiten. Merve hatte nach dem Gespräch mit den ehemaligen LKA-Kollegen noch ein paar Anrufe getätigt, um herauszufinden, wo Gebauer am Freitagabend gesteckt hatte.

16

Die Fahndung nach Tara war sofort angelaufen. Ihr Bild samt einer Beschreibung der Kleidung, die sie zuletzt getragen hatte, war an die Polizei in Tegel und Schönefeld gegeben worden sowie an die Bahnpolizei der großen Berliner Fernbahnhöfe. Das Mädchen konnte schon überall sein, die Entführer konnten es mittlerweile auch außer Landes geschafft haben.

Die Nachricht von Louises Ermordung hatte sich wie ein Lauffeuer an der Schule verbreitet. Überall standen Grüppchen tuschelnder Schüler herum, einige weinten hysterisch, andere versuchten zu trösten. Der Direktor hatte alle Schüler und Lehrer am späten Vormittag in der Aula zusammenkommen lassen und ihnen die schreckliche Nachricht mitgeteilt. Er hatte sie gebeten, sich für die Kriminalpolizei zur Verfügung zu halten. Polizeipsychologen waren auf dem Weg, und Beamte des LKA 1, das sich um sogenannte Delikte am Menschen kümmerte, hatten sich in der Aula der Schule eingerichtet, um Louises Mitschüler zu interviewen. Die offiziellen Mühlen hatten begonnen zu mahlen.

Glander hatte dem Treiben kurz von der Tür der Aula aus beigewohnt und war dann zum Lehrerzimmer gegangen. Er erwartete keine entscheidenden neuen

Hinweise von den Jugendlichen und wollte endlich mit dem Vertrauenslehrer der Schule sprechen. Man schickte ihn vom Lehrerzimmer zum Raum 335, dessen Tür offen stand. Peter Aljinovic saß in dem leeren Klassenzimmer direkt unter dem Dach und korrigierte Mathematikarbeiten. Glander klopfte an den Türrahmen und stellte sich vor, als der Lehrer aufblickte.

Peter Aljinovic war ein kleiner Mann mit einem dichten dunklen Bart, schwarzem, von Grau durchzogenem Haar, das dringend geschnitten werden musste, und einem durchdringenden Blick. Sein Anzug war ihm eine Nummer zu groß und mit Kreidestaub überzogen. »Erlösen Sie mich von der Dummheit der jungen Leute, Herr Glander, ich flehe Sie an! Diese Arbeiten sind unter aller Kanone. Keiner der Schüler hat den blassesten Schimmer. Schauen Sie mal!« Er schob Glander den Aufgabenbogen hin. »Zu einer gegebenen Gerade verläuft eine Gerade parallel zu der Verbindungsgeraden zweier Seitenmitten. Die gesuchte Gerade soll so konstruiert werden, dass sie die gegebene Gerade schneidet. Der Schnittpunkt ist auszurechnen. Hier muss man ein bisschen querdenken. Aber hat eines von diesen Kindern eine Idee? Nein!«

Glander auch nicht. Mathematik hatte er glücklicherweise nicht als Hauptfach belegt. Aljinovic lebte, nahm er an, in einer Welt aus Zahlen, Formeln und Gleichungen. Für seine weniger zahlenorientierten Schüler war es sicherlich kein einfaches Unterfangen, ihn zufriedenzustellen. »Herr Aljinovic, die Familie Berthold hat mich beauftragt. Tara Berthold ist seit Freitag verschwunden. Wir nehmen an, dass der Mord an Louise damit in Zusammenhang steht. Das soll aber vorerst niemand erfahren. Man sagte mir, Sie seien der Vertrauenslehrer dieser Schule. Ich habe Fragen zu ein paar Schülern, unter anderem zu drei Jungs aus Ihrem Matheleistungskurs. Ich bitte Sie, dieses Gespräch vertraulich zu behandeln.«

»Ja, das ist eine schreckliche Sache mit Louise. Das arme Mädchen! Aber fragen Sie, fragen Sie! Alles ist besser als diese Ahnungslosigkeit auf den Blättern vor mir.« Aljinovic schob die Papiere von sich und schaute Glander neugierig an. »Louise Schneider ermordet und Tara Berthold verschwunden. Das ist kein Zufall, da mögen Sie recht haben. Und ich soll Ihnen etwas über die Freunde der beiden erzählen?«

»Ja. Wissen Sie, ob in der Clique in letzter Zeit etwas Überraschendes passiert ist?«

Der Mathematiklehrer kniff die Augen zusammen. »Ich bin seit dreißig Jahren Lehrer, mich überrascht gar nichts mehr. Sie sagen, Tara ist *verschwunden.* Ist sie abgehauen, mit einem jungen Kerl durchgebrannt, oder wurde sie entführt?«

Glander folgte seinem Instinkt. »Sie wurde entführt, es gibt eine Lösegeldforderung. Der Familie ist an Geheimhaltung gelegen, deshalb haben die Bertholds meine Agentur eingeschaltet.«

»Ist die Lösegeldforderung glaubwürdig?«

»Sie ist kurz, mehr kann man nicht sagen.«

Der Lehrer lehnte sich in seinem Stuhl zurück und verschränkte die Arme über seinem kleinen Bäuchlein. »Tara hat Probleme zu Hause. Ihre Eltern führen eine furchtbare Ehe, ich glaube, der feine Herr Doktor ist gerne mal grob zu seinen Frauen. Ich mag die Zahlen den Menschen vorziehen, aber ich bin nicht blind, und Taras Schmerzen waren so manchen Montag nicht zu übersehen. Es hieß immer, sie habe sich beim Tennis verletzt, aber so oft und vor allem so regelmäßig kann man sich nicht verletzen. Dazu spielt sie auch viel zu gut.«

»Warum haben Sie Ihren Verdacht, dass Tara misshandelt wird, nicht den Behörden mitgeteilt?«

Der Lehrer sah ihn spöttisch an. »Das hatte ich in Betracht gezogen. Aber haben Sie eine Ahnung, was es bedeutet, eine solche Vermutung gegen jemanden wie Berthold in den Raum zu stellen? Ich hatte ja keine Beweise. Im letzten Jahr habe ich Tara um ein Gespräch gebeten, um herauszufinden, ob mein Verdacht begründet war. Sie hätten sie hören sollen! Sie hat sich jede Einmischung meinerseits in einem so nüchternen Ton verbeten, dass ich beinahe an meiner eigenen Wahrnehmung gezweifelt habe. Sogar mit rechtlichen Schritten hat sie mir gedroht, sollte ich meine Behauptung verbreiten. Das war unfassbar! Ich habe ihr gesagt, dass sie mir nichts vormachen könne und dass ich ihr beistehen würde, sollte sie jemals Hilfe brauchen. Da verlor sie die Fassung. Sie hatte Tränen in den Augen und verließ den Raum. Herr Glander, Professor Berthold ist ein einflussreicher Mann, der extrem gut vernetzt ist und die besten Rechtsanwälte kennt. Es ist nicht ratsam, sich mit ihm anzulegen. Sie kennen sicher das geflügelte Wort des Dichters Christian Morgenstern: *Weil nicht sein kann, was nicht sein darf.*«

»*Die unmögliche Tatsache*«, konterte Glander. »Dennoch haben Sie Tara gegenüber eine moralische Verpflichtung. Sie ist Ihre Schülerin.«

Der Mathematiklehrer nickte Glander anerkennend zu, erhob sich und blickte eine Weile prüfend auf die ellenlange Formel an der Tafel. Als er sich wieder Glander zuwandte, verzog er den Mund. »Eine moralische Verpflichtung? Mag sein. Wenn ich jedoch jeder einzelnen meiner moralischen Verpflichtungen nachkäme, säße ich in der Klapsmühle, Herr Glander. Seit Jahrzehnten wird, anstatt in das Berliner Schulsystem zu investieren, die Schule kaputt reformiert. Und keine der Reformen hat ausreichend Zeit zu wirken, denn jede neue Regierungspartei denkt sich eine neue Reform aus und stülpt sie den Schulen über. Das Losverfahren als Bestandteil der Aufnahmekriterien an den Oberschulen ist dabei einer meiner Favoriten. Eine Sternstunde der Bildungspolitik. Bildung wird damit zur Glückssache. Entscheidet das Los gegen den Schüler, hat er halt Pech gehabt. Herr Glander, ich habe in dreißig Berufsjahren ein paar tausend Jugendliche begleitet. Vielen ging es gut, und sie haben ihren Weg gefunden, aber eine gewisse Zahl unter den jungen Menschen kommt auch in unserem Bezirk aus prekären Verhältnissen. Oberschulen müssen Siebtklässer aufnehmen, die nach sechs Jahren Grundschule kaum des Lesens mächtig sind. Bei uns ist es nicht ganz so arg, aber auch wir haben eine Reihe von Schülern, die zu Hause, sagen wir mal, schwierigen Rahmenbedingungen ausgesetzt sind, und das trifft beileibe nicht nur auf die Kinder von Hartz-IV-Empfängern zu. Das Jugendamt ist überlastet, die kümmern sich nicht um emotionale Verwahrlosung, und auch auf Schulschwänzer reagieren sie erst, wenn diese notorisch werden. Wegen ein paar blauer Flecke springt keiner von seinem Schreibtisch auf, dazu ist das Prozedere zu heikel und die Personaldecke zu dünn. Ohne Beweise, ohne eine Anzeige durch die Opfer ist nichts auszurichten. Ich versuche mein Bestes, den Jugendlichen einige wichtige Kenntnisse und Erkenntnisse mit auf den Weg zu geben, aber ich bin mir sehr wohl der Tatsache bewusst, dass ich so manchem Schüler nicht gerecht werden kann.«

Dem konnte Glander nichts entgegensetzen. Er wusste ja, wie es lief. Gewalt gegen Kinder und Frauen war weltweit die am meisten verbreitete Form von Gewalt. Oft wurde sie wiederholt ausgeübt, wobei Häufigkeit und Intensität mit der Zeit zunahmen, wenn ihr kein Einhalt geboten wurde. Erstatteten die Opfer häuslicher Gewalt keine Anzeige, war es schier aussichtslos, die Täter zur Verantwortung zu ziehen. Die Dunkelziffer in diesem Bereich war hoch. Jede vierte Frau, so schätzte man, erlebte mindestens einmal in ihrem Leben körperliche oder sexuelle Gewalt, die Zahl bei Frauen mit Migrationshintergrund lag noch höher, und es traf auch erheblich mehr Akademikerinnen, als man bisher angenommen hatte. Rund die Hälfte aller Frauen, die einem Tötungsdelikt zum Opfer fielen, waren vorher der Gewalt aktueller oder ehemaliger Partner ausgesetzt gewesen. Ein Viertel aller Deutschen, so die Schätzungen, wurde in der Kindheit von den Eltern körperlich misshandelt. Und Menschen, die als Kinder in ihrer Familie direkt oder als Zeugen Gewalt erlebten, tendierten als Erwachsene dazu, Gewalt gegen sich zu erdulden oder selbst Gewalt auszuüben. Häusliche Gewalt war ein ebenso trauriges wie abstoßendes Phänomen der Wohlstandsgesellschaft. Prof. Berthold würde damit jedoch nicht länger durchkommen, dafür würde Glander sorgen. Er fuhr mit der Befragung fort. »Was können Sie mir über Annalisa Gebauer sagen?«

Der Mathematiklehrer dachte einen Augenblick lang nach. »Ich weiß nicht sehr viel über sie. Annalisa hat es nicht leicht gehabt, als ihr Vater abgehauen ist. Damals war sie gerade in der siebenten Klasse. Ihren Zensuren hat das natürlich nicht gutgetan, aber sie schlug sich durch. Der Vater war ein paar Jahre von der Bildfläche verschwunden, seit zwei Jahren ist er wieder da und setzt die Mutter unter Druck. Annalisa und sie leben am finanziellen Minimum. Das Mädchen nimmt Hilfe des Fördervereins in Anspruch, wenn Klassenfahrten anstehen.«

Das deckte sich mit dem, was Glander von Frau Gebauer selbst erfahren hatte. »Herr Aljinovic, bitte erzählen Sie mir von Max Kleinert, Tobi Verheugen und Leander Horten! Was sind das für Jungs?«

Peter Aljinovic strahlte über das ganze Gesicht. »Ah, meine Grafen Zahl! Das Trio fällt überall auf. Die Burschen sind richtig gute Sportler und auch sonst helle Köpfe. Klar bauen sie manchmal Mist, aber das bleibt alles im Rahmen. Die haben eine erfolgreiche Zukunft vor sich. Max Kleinert ist ein sehr ernster junger Mann. Er will Arzt werden, obwohl sein familiäres Umfeld alles andere als ideal ist.«

»Hat er die Zensuren für ein Medizinstudium?«

»Auf jeden Fall, obwohl es bei ihm zu Hause drunter und drüber geht. Er ist wirklich ein schlauer Bengel.«

»Hat er eine Freundin? Louise verriet mir, dass Tara in ihn verschossen sei, ihn das aber nicht interessiere.«

Aljinovic schüttelte nachdenklich den Kopf. »Wenn er mit einem Mädchen geht, dann mit keinem von dieser Schule. Hier steckt er immer nur mit den anderen beiden Jungs zusammen. Und mit Tara und ihrer Freundin Louise, aber auf rein platonischer Ebene. Ich bin mir nicht sicher, aber ich dachte, ich hätte ihn mal mit einem Mädchen gesehen.«

Glander nickte.

Aljinovic fuhr fort: »Er hat vermutlich gar keine Zeit für etwas Ernstes. Ich nehme an, er hat einen Nebenjob, sonst könnte er sich kein Smartphone leisten und das ganze teure Zeug, mit dem er ausgestattet ist.«

»Was ist mit den anderen?«

»Leander Horten ist der Frauenschwarm. Die Mädchen verfallen ihm reihenweise, ohne dass er sich anstrengen muss. Er scheint das zu genießen und mitzunehmen, was er kriegen kann. Ich musste schon so manche Träne trocknen, die seinetwegen hier vergossen wurde. Leander ist extrem gut in Mathe, wie die anderen beiden auch. Tobias Verheugen ist der Spaßvogel der Clique, der hat immer was zu erzählen und ist nie um eine Ausrede verlegen. Er hat ADHS und nimmt Medikamente. Tobi glänzt nicht nur in Mathe und Sport, sondern auch in Biologie. Im Schrebergarten seiner Großmutter versucht er ständig, Pflanzen zu kreuzen, er interessiert sich für Genetik.«

»Können Sie sich vorstellen, dass die Jungs etwas

mit Taras Verschwinden zu tun haben? Könnten sie Tara geholfen haben, die Entführung vorzutäuschen, damit sie ihrem Vater entkommt?«

»Das Mädchen ist blitzgescheit, genau wie ihre Freunde. Nur Louise ist ein träger Geist, der traue ich keinen Plan von solcher Komplexität zu. Ob die Jungs die Nerven hätten, vermag ich nicht zu beurteilen, aber das Köpfchen dazu hätten sie allemal.«

17

Tara wurde wach und setzte sich mit einem Ruck auf. Ihr Herz schlug rasend schnell, und ihr Mund war trocken. Er war hier. Er würde sie in sein Zimmer holen. Dann würde sie sich ausziehen müssen, und er würde langsam seinen Gürtel öffnen und ihn aus den Schlaufen ziehen. Oder er würde die Gerte aus seinem Schreibtisch holen. Wenn sie dann nur in Unterwäsche vor ihm stünde, würde er sie anschreien, was für ein undankbares Luder sie sei. Er würde ihr vorwerfen, dass sie nichts tauge und er es satt habe, sich von ihr und ihrer Mutter, der Hure, vorführen zu lassen. Tara wusste, dass kein Bitten und kein Betteln half, es würde zwölf Schläge geben. So alt war sie gewesen, als es angefangen hatte. Zuerst hatte sie geweint und ihn angefleht aufzuhören, doch schon nach kurzer Zeit war sie still geblieben, denn sie hatte begriffen, dass er ihrer Mutter noch viel schlimmer weh tat. Sie bekam nur Schläge, ihre Mutter musste weitaus gemeinere Grausamkeiten erdulden. Wenn ihr Vater sie schlug, keuchte er und schwitzte ganz widerlich.

Tara öffnete die Augen und sah nichts als die Finsternis um sich herum. Sie hatte geträumt. Schöne Träume hatte sie schon seit fünf Jahren nicht mehr. Ihr war kalt, und sie legte sich die Decke um die Schultern. Es half nichts, sie zitterte ganz erbärmlich. Sie würde in diesem Keller sterben. Sie würde nie mehr Tennis spielen, nie geküsst werden, Max nie wiedersehen. Sie würde nie wissen, ob sie eine gute Lehrerin geworden wäre, nie wieder mit Louise über ihre Zukunft nachdenken, nie wieder im Arm ihrer Mutter einschlafen. Sie würde nie wieder in das Gesicht ihres Vaters blicken müssen. Beim Gedanken daran legte sich eine unwirkliche Ruhe auf ihre Seele. Der Tod hatte seinen Schrecken verloren.

Wenn es etwas gab, das Glander an Berlin besonders unangenehm fand, dann war das der Stadtring. Der kam direkt nach Hundebesitzern, die schamlos die Haufen ihrer Vierbeiner auf dem Gehsteig ignorierten. Es ging mal wieder nur schleppend voran zwischen Schlangenbader Straße und Kaiserdamm, und Glander ärgerte sich darüber, nicht die U-Bahn genommen zu haben. Er wäre sicherlich schon längst da gewesen. Die Linie 9 führte von Steglitz hoch in den Wedding, und die Station Amrumer Straße lag direkt vor dem Komplex des Virchow-Klinikums. Glander drehte seine Anlage auf und klopfte den Rhythmus des Liedes mit. Auf Radio Eins lief *Schrei nach Liebe* der Berliner Band Die Ärzte. Der Song machte ihm jedes Mal gute Laune. Und die hatte er verdammt nötig bei dem Gedanken an ein weiteres Gespräch mit Prof. Berthold.

Glander hatte Glück und fand einen Parkplatz auf der Seestraße, kurz hinter dem Eingang C des Campus. Von dort war der Weg zum Sitz der Neurologie in der Mittelallee 2 zwar etwas weiter, aber Bewegung hatte noch niemandem geschadet. Es war ein sonniger Tag, und Glander hoffte auf einen goldenen Oktober. Er hatte in knapp zwei Wochen Geburtstag, und wenn das Wetter so blieb, könnten sie glatt noch einmal im Garten grillen. Er schmunzelte bei dem Gedanken daran, wie sehr er sich bei Lea schon zu Hause fühlte. Natürlich würde er sie fragen, was sie davon hielte, aber Lea hatte gerne das Haus voller Menschen, und er war sich sicher, dass sie nichts dagegen hätte. Vielleicht würden sie aber auch nur zu zweit essen gehen. Oder über das Wochenende wegfahren – nachdem er Tara hoffentlich gefunden hatte.

Im Aufzug stand eine Krankenschwester neben dem Tastenfeld. »Wo darf ich drücken?«, fragte sie, wobei sie ihn kokett anlächelte.

»Ich bin nicht sicher, ich suche Professor Doktor Berthold«, erwiderte Glander.

Die Schwester schaute ihn neugierig an. »Der Professor ist in der K1, das ist die Neurointensivstation, dahin muss ich auch. Sind Sie Pharmareferent?«

»Nein.« Glander schüttelte den Kopf und reichte ihr seine Karte. »Ich habe ein paar Fragen an den Professor. In einer eher delikaten Angelegenheit.«

Schwester Sonja rollte mit den Augen. »Warum wundert mich das nicht?«

Glander versuchte sein Glück. »Sie halten auch nichts von ihm?«

Sie schnaubte verächtlich. »Überhaupt nichts. Der Professor ist eine Koryphäe, das weiß jeder hier, er ist einer der besten Neurochirurgen weltweit. Aber der Mann ist ein Schwein. Er spielt sich auf, als sei er ein

Sultan und das Krankenhaus sein Harem. Und er betrügt seine Frau. Vermutlich nicht nur mit der Oberärztin an *dieser* Klinik. Er betrügt wahrscheinlich sogar seine Affären.« Sie rümpfte die Nase. »Der Mann ist widerlich.«

Ob Dr. Schulenburg wusste, dass sie nicht das einzige unartige Mädchen im Leben ihres väterlichen Popoverhauers war? »Hat er Sie schon einmal bedrängt?«

»Mehr als einmal. Noch ist er amüsiert, weil er denkt, ich ziere mich bloß, aber seine Laune kann jederzeit umschlagen, und dann macht er einem das Leben zur Hölle. Zwei meiner Kolleginnen haben sich schon versetzen lassen, und eine dritte hat gekündigt.«

»Wird er grob?«

»Das kann ich nicht beurteilen, ich bin seinem Charme ja nicht erlegen«, antwortete die Krankenschwester sarkastisch. »Es würde mich jedenfalls nicht wundern, trotz seines feinen Getues. Was wollen Sie eigentlich von ihm?«

»Das ist ein bisschen heikel. Eine der Damen ... Wenn Sie verstehen, was ich meine ...«

Die Schwester nickte wissend, und mit einem »Bing!« waren sie am Ziel. Auf der Station K1 herrschte geschäftiges Treiben. Die Schwester zeigte den Gang hinunter. »Ganz hinten links ist sein Büro, dort müsste er sein.«

Glander bedankte sich und verabschiedete sich von ihr auf Höhe des Schwesternzimmers.

Das Büro, das Glander nach einem kurzen Anklopfen betrat, erinnerte im Stil an die Berthold'sche Wohnungseinrichtung, mit dem Unterschied, dass hier nicht Weiß, sondern schwarzes Leder und Chrom dominierten. Ein übergroßer Schreibtisch aus Ebenholz bot Platz für einen übergroßen Monitor, der mit Bertholds Rechner verbunden war.

Heinz Berthold lag auf einem ergonomischen Sessel und blätterte in einem Stapel Unterlagen. Als er Glander erkannte, setzte er sich auf. »Was wollen Sie denn hier?«

Glander schloss die Tür und näherte sich dem Chirurgen kopfschüttelnd. »Professor, Professor, der feine Ermittler Ihrer Frau hat ein paar ganz unschöne Details zutage befördert.«

Berthold schaute unsicher, blaffte Glander aber an: »Was soll das? Verschwinden Sie aus meinem Büro, sonst rufe ich das Sicherheitspersonal!«

Glander lehnte sich gegen Bertholds Schreibtisch. »*Gewalttätiger Gehirnchirurg gibt's Gattin gerne grob.* Ich sehe die Schlagzeile schon vor mir. Ihre Arbeitgeber werden begeistert sein. Und was werden Ihre Parteifreunde erst sagen, wenn sie von Ihren finanziellen Verlusten erfahren?«

Berthold blickte ihn herausfordernd an. »Was wollen Sie, Glander? Geld? Anscheinend wissen Sie, dass ich mich verspekuliert habe. Scheren Sie sich zum Teufel! Das glaubt Ihnen sowieso niemand. Die kleine asiatische Schlampe und ihr Wechselbalg können doch froh sein, dass ich sie nicht wieder in den Slum zurückschicke, aus dem Maria kam.« Heinz Berthold war aufgestanden. Er ging zu einem kleinen Schränkchen neben dem Sessel und holte eine Flasche Calvados heraus. Das Glas, das er sich einschenkte, leerte er in einem

Zug. Dann sah er Glander gleichmütig an. »Maria hat mich zwölf Jahre lang angelogen. Sie hat mich glauben lassen, Tara sei meine Tochter. Und dann gesteht sie mir auf einmal, dass ich nicht der Vater des Kindes bin. Ich zahle seit siebzehn Jahren für ein Gör, das nicht mein eigenes ist. Es ist mein gutes Recht, Maria ab und zu daran zu erinnern, dass man mich nicht hintergeht, und mir zu nehmen, was mir zusteht. Sie ist schließlich meine Frau.«

Glander packte eiskalte Wut. Dieser Mann fühlte sich tatsächlich nicht schuldig. Er glaubte allen Ernstes, er dürfe seine Frau und deren Tochter demütigen. Was trieb Menschen wie Berthold an? Der Professor war gebildet, er hatte so viel Geld, wie Glander in seinem ganzen Leben nicht verdienen würde. Woher kam diese Lust zu quälen und anderen Schmerzen zuzufügen? Doch eigentlich war es Glander egal. Er näherte sich dem Arzt, der sofort zurückwich, als er den Ausdruck auf Glanders Gesicht sah. Die Wand beendete seinen Rückzug, und Glander blieb zwei Schritte vor ihm stehen. »Sie haben großes Glück, dass ich darin geübt bin, mich unter Kontrolle zu halten. Bei einem Menschen wie Ihnen würde ich das allerdings nur zu gerne einmal vergessen. Aber stellen Sie sich vor, die Presse bekäme einschlägige Foto zugespielt, die Sie in Ihrem Schreibtisch aufbewahrt haben. Ich glaube kaum, dass irgendein Krankenhaus Sie noch in den OP ließe. Ein Chefarzt, der Frau und Kind schlägt? Und der dazu beinahe sein ganzes Geld an der Börse verzockt hat? Das gibt zu viel schlechte Publicity, könnte ich mir vorstellen.« Glander hätte dem Mann zu gerne eine Abreibung verpasst, aber er würde keine Anzeige riskieren. Geld und Einfluss obsiegten zu oft über die Gerechtigkeit, und so beherrschte er sich.

Berthold wurde bleich. »Das wagen Sie nicht!«, stieß er hervor, aber es klang wenig überzeugend.

»Ich? Ich muss gar nichts wagen. Was habe ich denn damit zu tun? Auch wenn ich denke, dass es für alle Beteiligten das Beste wäre, wenn Sie einer Scheidung zustimmen und sich Ihrer Frau und deren Tochter gegenüber großzügig zeigen würden – ich will lediglich das Mädchen finden. Ich frage Sie nur ein einziges Mal: Werden wir etwas finden, das Sie mit Taras Entführung in Verbindung bringt? Die Erpressung wäre ein guter Weg, eine halbe Million auf die Seite zu schaffen.«

Der Professor schüttelte vehement den Kopf und entgegnete dann kaum hörbar: »Nein, Herr Glander, ich habe nichts damit zu tun. Es lief doch alles gut, so wie es war.«

Glander betrachtete den Mann für einen Moment abfällig, dann drehte er sich um und verließ das Büro. Auf dem Weg zurück zum Fahrstuhl, den langen Gang hinunter, kam ihm der Refrain des Songs in den Sinn, den er im Auto gehörte hatte. *Arschloch!*

»Lea, ich bin's, Martin.«

Lea ahnte, was käme. Merve hatte sie von Louises Tod in Kenntnis gesetzt. »Ich hab's schon gehört. Das ist furchtbar! Du bleibst weiter bei den Bertholds?«

»Ja, ich kann hier heute Nacht nicht weg, es tut mir leid. Wir gehen davon aus, dass die Entführer sich bald melden. Merve bleibt ebenfalls.«

Lea war enttäuscht. Aber sie war ein großes Mädchen, und Szenen hatten ihr noch nie gelegen. Also nahm sie sich zusammen und erwiderte betont gelassen: »Ich hatte schon damit gerechnet. Wie geht es Herrn Schneider?«

Glander war zu lange Ermittler, um sie nicht zu durchschauen. Ihre Reaktion rührte ihn, denn er ahnte, wie schwer es ihr fiel, ihre Enttäuschung zu verbergen. »Louises Vater ist am Ende. Er will, dass wir den Mörder seiner Tochter finden – und am besten ihm überlassen ... Berthold misshandelt Frau und Kind, und keiner tut etwas dagegen. Dieser Fall ist wirklich übel.«

Sie schwiegen beide, dann hob Glander an: »Lea, ich ...«

Sie hielt den Atem an. Seine Stimme klang, als würde er gleich etwas sehr Bedeutendes sagen.

Glander fuhr fort: »Ich wäre jetzt lieber bei dir, das weißt du hoffentlich. Wenn wir Tara gefunden haben, fahren wir zusammen für ein paar Tage weg, okay?«

Lea verdrehte die Augen. Es war doch viel zu früh, um ihr eine Liebeserklärung zu machen! »Das klingt gut, Martin, darauf freue ich mich. Gute Nacht! Grüß Merve von mir!«

Beim Auflegen war Lea sich nicht sicher, ob sie enttäuscht oder erleichtert war.

In der Lüdersstraße 23 sah Merve Glander besorgt an. »Wenn die Entführer sich heute Nacht nicht melden, sieht es gar nicht gut aus.«

Er nickte. »Ich weiß, ich mache mir auch Sorgen. Aber es wäre aus Sicht der Erpresser nicht sinnvoll, so kurz vor dem Ziel aufzugeben. Es sei denn ...«

»Es sei denn, sie haben nach Louises Ermordung kalte Füße bekommen – ob sie Louise nun selbst getötet haben oder nicht. Wenn sie dann noch uns und die Kollegen von der Kriminalpolizei beobachtet haben, zum Beispiel hier am Haus, werden sie sich zusammenreimen können, dass die Polizei inzwischen von der Entführung weiß. Unter diesen Umständen könnten sie die Reißleine gezogen haben. Dann finden wir das Mädchen vermutlich nie.«

»Oder es war von Anfang an keine Entführung. Vielleicht wollte Tara doch abhauen und hat sich helfen lassen, zum Beispiel von diesem Adam. Für den wäre das vermutlich ein gefundenes Fressen. Er lenkt uns mit dem Erpresserbrief ab und hält Tara in aller Seelenruhe fest, bis er sie da hat, wo er sie haben will.«

Merve löste den Knoten in ihren Haaren und ließ ihre dunklen Locken offen über die Schultern fallen. Die vorderen Strähnen strich sie hinter die Ohren. »Wer könnte denn ein konkretes Interesse an einer Entführung von Tara haben? Lass uns noch mal in Ruhe nachdenken. Da ist die Gruhner, der langsam die Kohle ausgeht. Die müsste aber mit einer anderen Person zusammen agieren, denn sie verbirgt sich ganz sicher nicht hinter der Gestalt auf den Bildern der Überwachungskameras. Auch Jürgen Schneider hat eine andere Statur.«

Glander nickte. »Das sehe ich auch so. Obentraut und Lemke könnten passen. Werner Obentraut braucht Geld, so hart das klingt, auch für die Zeit nach dem Tod seiner Frau. Bei Gerd Lemke erkenne ich noch kein Motiv – aber weiß man, welche Vorstellungen der von seinem Ruhestand hat? Fünfhunderttausend Euro stehen jedem gut zu Gesicht. Die Jungs dürfen wir ebenfalls nicht vergessen, die geben sich zwar gegenseitig Alibis, aber das muss nichts heißen. Sie sind clever genug. Und der Gebauer, Annalisas Vater, hat hohe Schulden.«

Merve schüttelte den Kopf. »Wir haben gar nichts, Glander. Was übersehen wir bloß? Es kann doch nicht sein, dass das Mädchen einfach so aus dem eigenen Haus verschwindet.«

»Sie muss denjenigen gekannt haben, der sie mitgenommen hat, sonst hätte sie sicherlich einen Aufstand gemacht. Louise hat alles beobachtet und den oder die Täter erpresst. Sie muss ihn oder sie für harmlos gehalten haben, sonst hätte sie sich sicherlich nicht auf ein Treffen mitten in der Nacht eingelassen. Das spricht für mich eher für die Jungs als Täter. Andererseits wissen wir nicht, ob Louise womöglich selbst beteiligt war.« Glander pfiff leise durch die Zähne. »Merve, bisher hat Louise als Einzige ausgesagt, dass Tara es ins Haus geschafft hat. Aber vielleicht ist sie gar nicht mit ihr hineingegangen, sondern hat sie einem Komplizen übergeben, nachdem sie dafür gesorgt hat, dass ihre Freundin nichts mehr mitbekommt.«

»Der Komplize überlegt sich, dass er das ganze Geld lieber für sich alleine haben will, und bringt Louise um. Ein unschönes Szenario. Das wir aber nicht ausschließen können. Fellner hat mir gesagt, dass Louises Handy verschwunden ist, es lässt sich auch nicht orten. Am besten überprüfst du morgen noch einmal gründlich Louises Zimmer und ihre Sachen. Ich hoffe, ich finde im Netz bald eine Spur von diesem Adam. Leg dich hin! Ich wecke dich, wenn sich was tut.«

Glander ließ sich das nicht zweimal sagen und streckte sich auf der Couch aus. Keine fünf Minuten später war er eingeschlafen.

Prof. Berthold nahm den Fahrstuhl hinunter in die Tiefgarage des Interconti. Es war heute äußerst unbefriedigend gewesen mit Jamila vom Escortservice. So unbefriedigend, dass er ein wenig zu grob geworden war. Sie mochte es hart, darum hatte man sie geschickt, aber diesmal war er zu weit gegangen. Heinz Berthold hatte dem Callgirl ein paar Hunderter extra hingelegt, damit es kein Aufhebens machte.

Die Begegnung mit diesem Glander machte ihn nach wie vor maßlos wütend. Was bildete dieser Privatschnüffler sich ein? Der wusste wohl nicht, mit wem er es zu tun hatte! Berthold erwartete bereits den Rückruf seines alten Corpsfreundes Kurt, der ein hohes Tier bei der Polizei war. Zusammen würden sie eine Strategie entwickeln, mit der sich dieser Glander fertigmachen ließ. Sie würden dafür sorgen, dass man ihm den Gewerbeschein entzog, und dann würden sie herausfinden, wo der Mann wohnte, und den Vermieter zur Kündigung drängen. Dieser aufgeblasene Möchtegern-Bogart würde sich noch umschauen, wenn er sich unter der Brücke wiederfand. Es gab sicherlich etwas in seiner Vergangenheit, womit man ihm schaden konnte. Es gab immer etwas. Berthold hatte mächtige Freunde und Einfluss in den höchsten Kreisen. Er würde den Mann zerstören, es war nur eine Frage der Zeit.

Das war der letzte Gedanke des ruchlosen Professors. Der erste Stich mit dem langen Schraubendreher ging hinterrücks zwischen der fünften und sechsten Rippe direkt ins Herz, der zweite perforierte den rechten Lungenflügel. Berthold ging zu Boden und war keine Minute später tot. Die in Schwarz gekleidete Gestalt kniete sich neben ihr Opfer, fühlte an dessen Schlagader nach dem Puls und schleifte den Toten dann fort. Wenige Minuten später lief die Gestalt federnden Schrittes die Auffahrt hinauf und ersetzte außer Reichweite der Überwachungskameras ihre Sturmmaske durch ein Basecap, über das sie die Kapuze ihres Sweatshirts zog. Niemand auf der Budapester Straße würdigte sie auch nur eines Blickes.

Dienstag

18

In der Nacht hatte sich nichts getan. Merve und Glander waren frustriert, sie hatten fest mit einer Nachricht der Entführer gerechnet. Die lag etwas später am Morgen in Form eines braunen DIN-A4-Umschlags im Briefkasten. Der Umschlag war an Maria Berthold adressiert und frankiert, wies aber keinen Poststempel auf. Das erklärte, warum auf der Kamera am Briefkasten nur der Postbote zu sehen war. Vermutlich war ihm der Umschlag untergeschoben worden, als er in einem der Nachbarhäuser die Post abgegeben und sein Fahrrad auf dem Bürgersteig stehengelassen hatte. In der Lüdersstraße kam die Post recht früh, da sie in unmittelbarer Nachbarschaft zum Postamt an der Wiesenbaude lag.

»Was steht da? Herr Glander, was ist mit Tara?« Maria Berthold zitterte, als sie den Brief in Glanders Händen sah.

Glander entnahm dem Umschlag einen Bogen Papier, und sein Gesicht musste Maria Berthold den Inhalt der Zeilen verraten haben. Lautlos glitt sie zu Boden, Glander konnte sie gerade noch abstützen. Er brachte sie in die stabile Seitenlage, Merve rief erst den Notarzt und informierte dann die Kripo. In einem weiteren

Telefonat bat sie Lea vorbeizukommen, um sich um Maria Berthold zu kümmern. Eine halbe Stunde später brach in der Lüdersstraße 23 die Hölle los.

Lea hatte sich nach dem Telefonat mit Merve erst einmal setzen müssen. Talisker stand neben ihr, seine Schnauze auf ihrem Oberschenkel, und sie kraulte seinen Kopf. Sie war fassungslos. Tara war doch erst siebzehn Jahre alt gewesen! Wie sollte man als Mutter bloß mit so einer Nachricht fertig werden? Lea griff ihre Tasche und gebot Talisker, in seine Ecke zu gehen. Sie würde bei Maria Berthold bleiben, solange Merve und Glander vor Ort noch beschäftigt waren.

Als Lea vor ihrem Auto stand, fluchte sie laut. Die beiden Hinterreifen waren platt, mit dem Wagen würde sie so schnell nirgendwohin fahren. Sie kniete sich neben die hinteren Reifen und sah die Schnitte in den Gummibeschichtungen sofort. Zwei Nägel in zwei verschiedenen Reifen wären auch ein sehr großer Zufall gewesen. Lea fluchte leise, hängte sich ihre Tasche quer über die Schulter und ging zu ihrer Garage, um ihr Fahrrad zu holen. Das Auto würde warten müssen.

Als sie in der Lüdersstraße eintraf, parkten dort drei Streifenwagen der Polizei, ein Zivilfahrzeug und ein Krankenwagen. Aus den Fenstern der umliegenden Häuser schauten Nachbarn dem Treiben vor der Nummer 23 zu, und eine kleine Menschentraube hatte sich vor dem Haus versammelt. Lea wurde von einem Schutzpolizisten angehalten. Sie schilderte ihm ihr Anliegen und wartete ein paar Minuten, während der Mann sich bei seinen Kollegen in der Wohnung erkundigte, ob er sie hineinlassen konnte. Lea ließ ihren Blick schweifen. Am Eingang zum Park auf der gegenüberliegenden Straßenseite stand Tobis Freund Max. Als sich ihre Blicke kreuzten, drehte er sich um und fuhr mit dem Fahrrad davon. Lea wäre ihm gerne hinterhergefahren, doch in dem Moment gab ihr der Beamte ein Zeichen hineinzugehen. Vor den Wohnungstüren im Souterrain standen Beamte und befragten die Nachbarn, weitere Beamte liefen die Treppe hinauf und hinunter, ein Arzt kam ihr entgegen, und sie musste ihm und seinem großen Koffer Platz machen. Die Tür zur Wohnung der Bertholds stand offen. Zögerlich trat Lea ein, aus dem Esszimmer hörte sie laute Stimmen.

»Na, zufrieden, Glander? Wie konnten Sie nur glauben, in diesem Fall irgendetwas zu bewirken? Sie sind nicht mehr bei der Kripo, das haben Sie selbst so gewollt. Jetzt können Sie auch nicht so weitermachen wie bisher.«

»Prinz, jetzt halten Sie mal die Luft an! Die Mutter wollte nicht, dass die Polizei eingeschaltet wird. Frau Celik und ich haben uns beide nach Kräften bemüht, sie umzustimmen, konnten aber nichts ausrichten.«

»Ach, hören Sie doch auf! Das Honorar haben Sie vor Augen gehabt, sonst gar nichts!«

Lea betrat das Wohnzimmer, und die beiden Streithähne verstummten für einen Moment. Die Stille hielt jedoch nicht lange an, denn Prinz nahm sogleich wieder Fahrt auf. »Glander, sagen Sie mir nicht, dass Ihre Perle hier auch mitmischt!«

Bevor Glander etwas entgegnen konnte, begrüßte Lea den Kriminalhauptkommissar zuckersüß. »*Das*

Schicksal des Menschen ist der Mensch«, zitierte sie Bertolt Brecht bewusst prätentiös, »und ich scheine das Ihre zu werden. Guten Tag, Hauptkommissar Prinz! Ich kenne Frau Berthold, unsere Kinder haben dieselbe Schule besucht. Ich denke, es ist sinnvoll, dass ich mich um sie kümmere, bis der Polizeipsychologe eintrifft, den Sie sicherlich angefordert haben.«

Merve warf von der Seite ein: »Frau Storm hat einen Abschluss in Psychologie. Ich halte es auch für die beste Lösung, wenn sie Frau Berthold zur Seite steht, bis eine Betreuungsperson gefunden ist.«

Prinz schüttelte sprachlos den Kopf, während sich die Röte in seinem Gesicht ausbreitete. Er räusperte sich und nickte Lea zu. »Nun, ich hatte noch keine Gelegenheit, mich zu kümmern. In Herrgotts Namen, tun Sie, was Sie nicht lassen können! Sie ist oben.«

Lea lächelte in die Runde, neigte ihren Kopf kurz in Prinz' Richtung und ging die Treppe hinauf zu Maria Berthold.

Prinz sah ihr nach und wandte sich dann wieder Glander zu. »Sie sind wirklich unglaublich. Das ist ganz gemütlich für Sie mit den beiden Damen, was? Na, mir soll es egal sein. Ich muss einen Mörder finden, was Sie nicht leichter gemacht haben. Nach wie vor gehe ich davon aus, dass Louise Schneider einem Lustmörder zum Opfer gefallen ist. Vermutlich handelt es sich um denselben Täter, der ihre Freundin entführt hat. Die eine konnte er überwältigen, die andere hat sich allem Anschein nach gewehrt. Jetzt müssen wir herausfinden, wer auf die beiden scharf war. Wir werden uns die Schulfreunde noch einmal sehr genau ansehen.

Was Sie angeht ...«, er schaute erst Glander, dann Merve missmutig an, »... so erwarte ich, dass Sie sich ab jetzt aus den Ermittlungen raushalten. Es ist mir egal, was Frau Berthold will. Beide Mädchen sind tot, und ab sofort sind das meine Fälle. Haben wir uns verstanden?«

Glander sah, wie Merve ihre Fäuste ballte. Sie hatte noch so manche Rechnung mit Prinz offen, das war eindeutig. Er selbst schätzte ihn auch nicht besonders, hatte aber zum Glück nie unter ihm arbeiten müssen. Bevor Merve etwas sagen konnte, das sie bereute, antwortete Glander dem ehemaligen Kollegen: »Prinz, ich weiß, dass Ihnen diese Unterhaltung große Freude bereitet. Ich weiß aber auch, dass das LKA keine anderen Schritte unternommen hätte als wir. Schon gar nicht, wenn Sie die Ermittlungen geführt hätten. Ersparen Sie uns also Ihre Selbstgerechtigkeit und die Vorwürfe, und finden Sie die Mörder von Louise und Tara!«

Prinz wollte noch etwas sagen, doch sein Assistent Fellner erhob sich und kam ihm zuvor. »Wie auch immer. Herr Glander, Frau Celik, Sie halten sich bitte zu unserer Verfügung, sollten wir noch Fragen an Sie haben! Ich denke, ich und mein Kollege fahren besser wieder aufs Revier und beginnen mit der Einteilung der Teams. Rolf, kommst du?«

Kriminalhauptkommissar Prinz wischte unwirsch die Hand seines Assistenten von seiner Schulter und verließ grußlos das Berthold'sche Esszimmer.

Fellner gab erst Merve und dann Glander die Hand. Außer Hörweite seines Vorgesetzten sagte er: »Ich würde mich glatt bei Ihnen bewerben, Glander, müsste ich dann nicht auf die üppige Pension verzichten. Aber ich habe Familie, die geht vor. Lassen Sie mich wissen, wenn Sie noch etwas in Erfahrung bringen – wovon ich fest ausgehe …« Mit einem schrägen Lächeln verabschiedete er sich.

Maria Berthold hatte ein starkes Beruhigungsmittel bekommen, und Lea saß bei ihr im Schlafzimmer, während Glander und Merve einen Stock tiefer die Nachricht des Erpressers wohl zum zwanzigsten Mal lasen:

Das Mädchen ist jetzt in einer besseren Welt.
Wir haben Sie gewarnt.
Sie werden Tara nie finden.

Zwei tote Mädchen – das war ein miserabler Ausgang ihrer Ermittlungen. Doch Prinz' Theorie vom Lustmörder war abwegig, in diesem Punkt hatte Glander keine Zweifel. Sie hätten Tara bereits gefunden, wenn sie von demselben Lustmörder umgebracht worden wäre wie Louise. Deren Leiche war auch nicht versteckt worden. Und es hätte keine Erpresserbriefe gegeben, hätte ein Lustmörder Tara auf dem Gewissen. Hinter der Entführung steckte ein ganz anderes Motiv. Glander rekapitulierte noch einmal, was er und Merve vermuteten. Louise musste den Entführern geholfen oder sie mit Tara gesehen haben. Es war ebenfalls wahrscheinlich, dass sie die Täter gekannt und erpresst hatte. Die Mörder mussten aus dem unmittelbaren Umfeld der Mädchen stammen. Das wiederum bedeutete, sie mussten in der Schule oder hier im Haus nach ihnen suchen. Jürgen Schneider schloss Glander nach wie vor als Mittäter aus, aber den Lehrer Gerd Lemke würde er noch einmal befragen, der hatte sowohl über die Schule als auch über das Haus eine Verbindung zu den Mädchen. Mit den Mitschülern und Freunden der beiden würde er ebenfalls erneut sprechen. Eine weitere Person rückte auf Glanders Verdächtigenliste ganz nach oben: Taras Vater. Vielleicht hatte er wirklich geplant, erst die Kuckuckstochter zu beseitigen, dann das Geld zu bunkern und schließlich die Ehefrau aus dem Weg zu räumen. Berthold kam ohne Probleme an Medikamente heran, es wäre ihm ein Leichtes, seine Frau zu töten. Das war auch eine Art, dem Versorgungsausgleich zu entgehen. Aber warum hätte er sich erst jetzt dazu entschließen sollen und nicht schon vorher? Es war zum Verrücktwerden! Sie mussten das fehlende Puzzleteil finden.

Merve hatte das Überwachungssystem abgebaut, und Glander schaute zu, wie sie es in dem silbernen Aluminiumkoffer verstaute. Sie sah ihn an, schüttelte den Kopf und drückte ihm die Koffer in die Hand. Sie würde mit Lea zunächst bei Maria Berthold bleiben, das war das Mindeste, das sie für die Frau tun konnten. Glander las die Zeilen des Briefes vom Morgen noch einmal und stieß sich erneut an der gestelzten Formulierung *Das Mädchen ist jetzt in einer besseren Welt.* Das konnte alles heißen. Tara zu töten ergab keinen Sinn. Louise war ausgeschaltet, kein Entführer würde sich so viel Geld entgehen lassen. Warum also hatte Tara sterben müssen? Glander ging hinaus, um die Ausrüstung in seinem Wagen zu deponieren und seinen alten Jugendfreund Lutz Harnack anzurufen.

Prof. Dr. Lutz Harnack galt als Koryphäe auf dem Gebiet der forensischen Pathologie, weit über die Grenzen Berlins hinaus. Er hatte eine Gastprofessur an der Technischen Universität inne, und jede seiner Vorlesungen sprengte das Fassungsvermögen des Hörsaals. Harnack lebte für den Tod, eine Begeisterung, die ihn einsam machte. Seine äußere Erscheinung entsprach dem Bild eines Junggesellen und Workaholics. Harnack war groß und hager, hatte eine sehr eigene Frisur und fahle Haut, ähnlich der seiner Klientel. Er hatte ein gewinnendes Lächeln, das sein Gesicht jedoch nur selten erhellte. Lutz Harnack hatte keine besonders fröhliche Kindheit im Bezirk Wannsee im Südwesten Berlins gehabt, bevor die Glanders von der Kieler Förde ins Nebenhaus gezogen waren. Er war ein dünner, blasser Junge gewesen, der schon mit fünf seine erste Brille tragen musste. Die machte ihn als Zehnjährigen zur beliebten Zielscheibe für die Jungs, die immer in der Königstraße herumhingen. Auf dem Heimweg von der Dreilinden-Schule trieben die ihn eines Tages zur Dampferanlegestelle gegenüber dem S-Bahnhof und stießen ihn mitsamt seinem schweren Ranzen ins Wasser, obwohl sie wussten, dass er nicht schwimmen konnte. Der zwei Jahre jüngere Martin, der das beobachtet hatte, sprang sofort hinterher und zog den Jungen aus dem Wannsee. Lutz Harnack wäre ertrunken, wenn Glander nicht gewesen wäre. Als sie beide mitsamt der Schulmappe wieder an Land waren, ging Martin, ohne zu zögern, auf den Rädelsführer der Jungen zu und schlug ihm die Nase blutig. Danach wandte er sich triefnass und seelenruhig zu den anderen und erklärte ihnen, dass das jedem von ihnen blühe, wenn sie Lutz nicht in Ruhe ließen. Ab jenem Tag waren Lutz und Martin beste

Freunde, und Harnack hatte endlich Ruhe vor seinen Peinigern. Dass Glander später sein Abitur vergeigte, lag nicht an Harnacks mangelndem Nachhilfetalent, sondern an der Trennung von Glanders Eltern und an einem Mädchen namens Claudia.

»Harnack«, meldete sich Glanders Freund nun am Telefon.

»Lutz, hier ist Martin! Hast du einen Moment Zeit für mich? Ich brauche ein paar Informationen.« Glander saß auf der Treppe, die hinter dem Haus von der Wohnung der Bertholds aus in den Garten führte.

Harnack zögerte keinen Augenblick. Bei Glander verstieß er regelmäßig gegen die Dienstvorschriften, und es war ihm herzlich egal, ob das jemals auffliegen würde. Er würde sich immer in Glanders Schuld wähnen, sooft dieser ihn auch vom Gegenteil zu überzeugen versuchte. »Martin, für dich habe ich immer Zeit. Schieß los! Was willst du wissen?«

»Hast du die Sachen schon untersucht, die ich dir geschickt habe? Ich muss außerdem etwas über das tote Mädchen im Bäkepark wissen. Was war die Todesursache?«

»Das Mädchen aus dem Park hatte eine Kopfwunde. Die hat zwar übel geblutet, aber das haben Platzwunden so an sich. Das Opfer war wahrscheinlich für einen Moment benommen, aber die Wunde war nicht die Todesursache. Das Mädchen wurde erwürgt. Ich habe die typischen Male am Hals gefunden, außerdem sind Kehlkopf und Zungenbein gebrochen, und die Augäpfel wiesen petechiale Blutungen auf. Louise Schneider muss sich nach Kräften gewehrt haben, ich habe jede Menge Hautzellen und Gewebefasern unter ihren Fingernägeln gefunden.«

Harnack machte eine kurze Pause, bevor er weitersprach. »Nun zu den Sachen, die du mir geschickt hast. Die Knute war höchst interessant. Darauf befinden sich natürlich die Fingerabdrücke von diesem Berthold, aber ich habe auch allerhand DNA-Spuren gefunden, wie auf den anderen Utensilien, die du hast mitgehen lassen. Deine beiden Vergleichsproben von der Frau und ihrer Tochter waren eindeutig dabei. Ich habe noch etwas, das dich überraschen wird: An den Lederriemen fanden sich, neben einigen anderen, auch DNA-Spuren von Louise Schneider, dem Mordopfer aus dem Park. Ich hatte gerade ihre Proben angeschaut und sah die Ähnlichkeit sofort. Mach was draus! Du schuldest mir ein Bier und eine Zörrie in der ›Bratpfanne‹.«

Die »Bratpfanne« in der Steglitzer Schloßstraße war eine der besten Currywurstbuden der Stadt, jedenfalls nach Lutz Harnacks Meinung. Wenn es um die Wurst ging, waren die Berliner durchaus eigen. Es kam auf die Feinheiten an: mit Darm, ohne Darm, wie knusprig musste er sein? Über die Soßen war schon so manch ein Streit entflammt: zu scharf, zu mild, zu wenig tomatig, zu dünn, zu dick. Die Currywurst samt ihrer Soße war eine Wissenschaft für sich, und die Budenbesitzer hüteten die Rezepte ihres Ketchups wie ihre Augäpfel. Einig war man sich unter Berliner Currywurstliebhabern lediglich darin, dass nur Prahlhänse und Touristen am Kudamm 195 Currywurst aßen und dazu Champagner tranken. Auch wenn die Wurst dort sehr gut war.

Glander dankte seinem alten Freund und versprach, sich so bald wie möglich wieder bei ihm zu melden. Berthold und Louise Schneider? Glander konnte sich nicht vorstellen, dass der Professor das Mädchen sexuell missbraucht hatte. Das deckte sich ganz und gar nicht mit seinem Eindruck von Louise. Was um alles in der Welt war zwischen den beiden gelaufen? Es gab nur einen Weg, es herauszufinden. Glander schickte Merve eine SMS und ging wieder ins Haus, direkt hinunter ins Souterrain.

Jürgen Schneider sah grauenvoll aus, als er Glander die Tür öffnete. Er hatte jede ärztliche Hilfe verweigert. Glander war in diesem Moment beinahe dankbar, keine Kinder zu haben. Der Verlust des eigenen Nachwuchses musste der denkbar schlimmste Schmerz sein, den ein Mensch zu empfinden vermochte. »Herr Schneider, können Sie mir erzählen, was die Polizei bislang herausgefunden hat?«

Jürgen Schneider setzte sich. Es schien, als fehle ihm die Kraft zu stehen. »Viel haben sie nicht gesagt, sie wissen wohl noch nichts. Es gibt keine Hinweise auf den Täter. Finden Sie den Dreckskerl, der meine Lula umgebracht hat! Ich habe Geld, ich kann Sie bezahlen. Sagen Sie mir, wenn Sie ihn gefunden haben, damit ich ihn mit meinen eigenen Händen töten kann!«

Der Mann auf dem Sofa war ein Schatten seiner selbst, seine Haut wirkte wächsern, und sein Blick war leer. »Herr Schneider, kann ich jemanden anrufen, der bei Ihnen bleibt?«

Jürgen Schneider sah durch Glander hindurch, als er kaum hörbar antwortete: »Nein, es gibt niemanden.

Ich habe alle Kontakte abgebrochen, als wir hierher gezogen sind, weil ich einen Neuanfang wollte. Und jetzt ist alles zu Ende.« Er schluchzte. Dann atmete er tief durch. »Lula war siebzehn, Herr Glander, siebzehn Jahre alt! Sie hatte ihr ganzes Leben noch vor sich. Ich bringe den Kerl um, das schwöre ich Ihnen. Finden Sie ihn! Ich bitte Sie! Ich habe eine Menge Geld gespart, über fünfzigtausend Euro, das können Sie alles haben, wenn Sie das Schwein nur finden!«

Glander wusste, dass es nichts gab, was er dazu sagen konnte. Er würde genauso denken. Auge um Auge. Seiner Erfahrung nach konnten die meisten Mörder sehr wohl Recht von Unrecht unterscheiden, und ihnen war durchaus bewusst, dass sie Schuld auf sich luden. Er wusste ebenso, dass vielen Menschen die Strafzumessung in Deutschland unverständlich war und die Höhe einer Strafe häufig vom Gutdünken der Staatsanwaltschaft und der Verteidigung abhing. Trotzdem war das deutsche Rechtssystem entgegen dem Eindruck, den die Boulevardpresse so gerne vermittelte, eines der besten der Welt, und man durfte es nicht durch Selbstjustiz mit Füßen treten. Glander konzentrierte sich wieder auf das Gespräch mit Louises Vater. »Herr Schneider, ich bin sicher, dass es einen Zusammenhang gibt zwischen Louises Tod und Taras Entführung.«

Jürgen Schneider sah ihn erstaunt an. »Sie meinen, meine Tochter hat etwas gewusst?«

»Ich befürchte es. Ich glaube, dass sie ihren Mörder kannte. Das ist kein schöner Gedanke, ich weiß, und ich habe noch keine Beweise, aber ich vermute, dass Louise Taras Entführer erpresst hat und deshalb zum Schweigen gebracht wurde. Ich vermute außerdem, dass Ihre Tochter mit Professor Berthold ein intimes Verhältnis hatte. Ich würde mich gerne noch einmal in Louises Zimmer umsehen, wenn Sie nichts dagegen haben.«

Jürgen Schneiders Schultern sackten nach unten. Dann holte er tief Luft und erhob sich. Mit fester Stimme erwiderte er: »Herr Glander, Lula war alles für mich, aber ich bin nicht blind. Leider hat meine Vaterliebe nicht ausgereicht. Lula hasste meine Arbeit und war wütend, dass wir nicht viel Geld hatten. Das Ersparte sollte ihre Ausbildung finanzieren, sie wusste nichts davon. Sie sollte studieren und einmal ein besseres Leben führen als ich. Lula war neidisch auf Tara und andere Klassenkameraden, die sich ständig neue Sachen leisten konnten. Sie war jung, sie verstand viele Dinge einfach noch nicht. Berthold ist ein Schwein, es wäre ihm zuzutrauen, dass er Lula benutzt hat. Leider traue ich ihr auch die Dummheit zu, bei seinen perversen Spielen mitgemacht zu haben. Die Polizei hat sich in ihrem Zimmer bereits umgesehen, aber Sie können gerne noch einmal hinein. Sie finden mich oben bei Frau Berthold. Ich denke, wir beide sollten einander beistehen, jetzt, da unsere beiden Mädchen ... Ziehen Sie einfach die Tür hinter sich zu, wenn Sie fertig sind!«

In Louises Zimmer lag ein Hochflor-Teppichboden in einem hellen Grauton, die Wand hinter dem Bett war in einem dunklen Violett gestrichen, die restlichen Wände waren wiederum in einem hellen Grau gehalten. Die Möbel kamen von Ikea: ein weißlasierter Kleiderschrank mit grauen Schiebetüren, ein Schminktisch – selbst zusammengestellt aus einem schmalen weißen

Schreibtisch, über dem ein großer Messingspiegel mit Glühbirnen drum herum hing –, das weiße Doppelbett in der Ecke des Zimmers. Das Bett war ungemacht und enthielt noch den Duft von Louises Parfum: *Angel* von Thierry Mugler. Ein zu schwerer Duft für sie, fand Glander. Über dem Bett prangte ein Wandtattoo, verschnörkelte Schrifttypen stellten Begriffe rund um Schlaf und Bett dar wie *Traumwelt, Morgenmuffel, Traummann, Löffelchen, Spielwiese.* Auf einem Regal neben dem Bett lagen eine Zahnspange und ein MP3-Player, daneben stand ein Radiowecker.

Ein Bücherregal, ebenfalls weiß, fasste zahlreiche gebundene Werke, die alle in Packpapier eingeschlagen und beschriftet waren. Kundera, Hesse und Allende stachen Glander zwischen Texten für den Deutschleistungskurs ins Auge. Die Bücher sahen gelesen aus. Im untersten Regal standen Modezeitschriften in Schubern, darüber, ohne Umschläge, Stephenie Meyers *Bis(s)*-Reihe, die drei Bände der *Tintenherz*-Trilogie und *Die Tribute von Panem,* die auch Glanders Nichte verschlungen hatte. Ein schonbezogener Gedichtband von Rilke lag, mit dem Rücken nach oben, aufgeschlagen auf einer Reihe von Büchern. Glander hatte einiges von Rilke lesen müssen, als er sein Abi nachgeholt hatte. Der Dichter hatte stets schöne Worte formuliert und Großes geschaffen, nur wie ein so feiner Geist eine krude Gestalt wie Mussolini bewundern konnte, hatte sich Glander nicht erschlossen. Er nahm den Band aus dem Regal, sein Blick fiel auf die letzte Zeile eines frühen Liebesgedichts:

Tausend Tränen reden
ewig ungestillt, – –
und in einer jeden
spiegelt sich dein Bild.

Louise schien so romantisch gewesen zu sein wie die meisten Mädchen ihres Alters und ein wenig melodramatisch. Glander hätte sie gerne gefragt, warum sie sich mit Berthold eingelassen hatte. Der Rücken eines weiteren Buches zog seine Aufmerksamkeit auf sich. Warum stand dieser Titel von Kundera nicht bei den anderen? Er nahm das Buch aus dem Regal und schlug es auf. Zwei Drittel der linierten Seiten waren mit Louises schwungvoller Handschrift gefüllt. Auf der ersten Seite stand: *Die Unerträglichkeit meines Seins.* Glander blätterte durch einige Einträge.

9. Mai
Das Starren wird immer peinlicher, merkt der das gar nicht? Widerlich! Manchmal macht es aber auch Spaß. Wenn ich ein ganz enges Oberteil anziehe, mit tiefem Ausschnitt, und mich dann nach vorne beuge, kommt er ganz schön ins Schwitzen. Der Psycho aber auch, der musste den Raum verlassen. LOL!

10. Juni
Der Professor ist so ein Perversling! Unglaublich, was der mich machen lässt! Wenn Tara das wüsste ... Aber er gibt mir Kohle dafür, und das bisschen Gefummel ist lachhaft. Was er mit den Fotos macht, ist mir egal, ich trag ja immer diese Maske.

17. Juni
Warum baggert Leander mich eigentlich nie an? Mit Tara würde er es sofort machen, und die merkt das gar nicht, die dumme Nuss. Heute hatte sie schon wieder neue Jeans an, sahen echt geil aus an ihr, ist den Jungs auch aufgefallen. Sie hat wieder ganz auf schüchtern gemacht, das zieht immer. Wie mich das ankotzt!

8. Juli
Phatte Party bei Leander, was für eine Nacht!!! Ich dachte, er versucht's endlich bei mir, aber er hat sich nur volllaufen lassen. War aber nicht weiter wild, hab dann mit Max rumgemacht, haha! Hab ihn in einem krass schwachen Moment erwischt. Tara war voll geschockt. Selbst schuld, wenn sie sich nichts traut! Max war total sauer, weil sie uns gesehen hat. Den Rest der Nacht habe ich durchgetanzt, so endgeile Musik!!!

24. August
Übler Kater, aber Wodka-E ist schon geil. Gestern Abend hab ich am Pavillon mit den Jungs abgehangen. Ohne Tara, die hat heute Turnier und ist ja immer soooo vernünftig. Ich könnt kotzen!! Der Loser denkt, ich hab meine Tage, und schafft ständig Kamillentee und Schokolade ran – was ist der bescheuert! Ich hab doch seit 'nem halben Jahr das Hormonimplantat. Haha, kann er ja nicht wissen, ich hab seine Unterschrift gefälscht. Nullchecker!

Dann las Glander Louises letzten Eintrag:

16. September
Das Aschenputteldasein hat ein Ende. Der wird richtig was abdrücken. Und mal sehen, was er noch alles für mich machen kann. Zeit wird's ja. Wir treffen uns nachher im Pavillon. Morgen geh ich shoppen!!!

Glander nahm das Tagebuch an sich und steckte es in seinen hinteren Hosenbund. Er würde Jürgen Schneider fürs Erste nicht über diesen Fund in Kenntnis setzen. Einerseits, um dem Mann die hässlichen Kommentare seiner Tochter zu ersparen, andererseits, um zu verhindern, dass Schneider das Gesetz selbst in die Hand nahm, sollte sich in dem Tagebuch tatsächlich ein Hinweis auf den oder die Täter finden. Wie geheißen zog Glander die Wohnungstür hinter sich zu und ging wieder hinauf in den ersten Stock.

Knapp zehn Minuten später nahm Merve einen Anruf auf ihrem Handy entgegen. Mit einem Ausdruck des Erstaunens beendete sie das kurze Telefonat und schloss die Türen zum Wohn- und Esszimmer. Jürgen Schneider saß oben an Maria Bertholds Bett, Lea und Glander sahen Merve fragend an. »Das war Fellner. Heute Morgen hat man Professor Berthold tot in einem Streugut-Container gefunden, im Parkhaus des Interconti am Kudamm. Er wurde erstochen. Fellner bittet uns, es Frau Berthold zu sagen. Da sie in ihrem Zustand kaum dazu in der Lage sein wird, Auskünfte zu erteilen, sollst du dich bei Fellner melden, Glander. Er will sich mit dir in der Pathologie bei Harnack treffen. Ich fahre so lange zu mir und sehe nach, ob das Tracing von Adam mittlerweile etwas gebracht hat.«

Lea schauderte. Glander schaute sie besorgt an, das war harter Tobak für sie. Er hoffte, dass ihr das alles nicht zu viel wurde, so kurz nach den grausigen Morden in ihrer Siedlung. Prof. Berthold war das dritte Opfer in diesem Fall. Was zur Hölle wurde hier gespielt? Er schaute Merve an und blickte dann erneut zu Lea. Seine Partnerin deutete ein Nicken an. »Lea, ist alles in Ordnung? Ich denke, du begleitest am besten Merve, während ich mich mit Fellner treffe.«

Merve sprang ein. »Das ist eine gute Idee. Glander meldet sich, wenn er fertig ist, und dann überlegen wir uns, wie wir weiter vorgehen.«

Lea lächelte Merve dankbar an. Sie wäre jetzt ungerne allein gewesen, die neuesten Nachrichten musste sie erst einmal verdauen. Wie schafften die beiden das nur? All die Jahre mit Toten und Vermissten und Opfern von Gewalttaten. Gewöhnte man sich tatsächlich mit der Zeit daran? Sie würde Glander fragen, wenn wieder Ruhe eingekehrt war. Über die Vorfälle im Juli hatte sie kaum mit ihm gesprochen. Sie wusste, dass ihn ein schlechtes Gewissen plagte, weil er sie in Gefahr gebracht hatte. Deshalb hatte sie es bislang vermieden, das Erlebte mit ihm durchzugehen. Jetzt wurde ihr jedoch schlagartig klar, dass ein Gespräch unausweichlich war, denn es würde so weitergehen. Sie würde einen Weg finden müssen, mit seinem Beruf umzugehen. So es denn einen gab. Die Alternative machte ihr Angst.

Merves Wohnung in der Kreuzberger Fidicinstraße wirkte hell und freundlich, obwohl sie durch die derzeitigen Mitbewohner, Merves Schwester und deren zwei

Töchter, ganz schön voll war. Merve hatte den Gästen ihr Schlafzimmer überlassen und kampierte selbst auf dem Schlafsofa im Wohnzimmer. Sie schaute Lea entschuldigend an, während sie Klamotten, Zeitungen und ein paar Weinflaschen eilig zusammenklaubte und in eine Ecke hinter das Sofa legte. »Es ist viel zu eng für uns vier, aber im Moment geht es nicht anders. Sevgi ist ein Betablocker auf zwei Beinen, ohne die Medikamente kommt sie nicht durch den Tag, von den Nächten ganz zu schweigen. Meine Nachbarin schaut regelmäßig nach ihr, wenn die Mädchen in der Kita sind und ich unterwegs bin. Sevgi will raus aus Kreuzberg und dem alten Umfeld, aber sie will mit den Kindern auch nicht in die Türkei. Ich suche krampfhaft nach einer Lösung.«

Merve hatte Lea auf ihrer Fahrt in die Innenstadt genauer erzählt, was Glander Lea vor ein paar Wochen in groben Zügen geschildert hatte. Ihren Schlusskommentar zu der Geschichte hatte sie jetzt in kaltem Zorn formuliert: »Sevgis Ex sitzt in Untersuchungshaft. Der Prozess ist im März. Ein paarmal war ich schon kurz davor, ihm Besuch im Knast vorbeizuschicken. Ich wünschte, sie würden ihm dort das Leben zur Hölle machen, so dass er jede Nacht mit Angst ins Bett gehen müsste. So wie Sevgi.« Dann hatte sie geseufzt und resigniert hinzugefügt: »Aber einmal Bulle, immer Bulle, scheint es. Ich bringe das nicht über mich. Wenn *wir* uns schon nicht richtig verhalten, gehen Anstand und Moral nur noch schneller den Bach runter.«

Lea hatte nicht gewusst, was sie dazu sagen sollte. Bis zum vergangenen Juli war ihr Leben so fernab jeder Gewalt gewesen, dass sie Geschichten wie die von Merves Schwester zwar zur Kenntnis genommen, aber nicht mit sich selbst in Verbindung gebracht hatte. So ein brutaler Angriff war ein dramatischer Einzelfall, das war Lea bewusst, aber sie hatte auch gelesen, dass die Dunkelziffer von misshandelten Ehefrauen in Berlin gerade bei Migrantinnen sehr hoch war. Ihnen fehlte häufig eine Ausbildung, sie beherrschten die deutsche Sprache kaum und hatten somit keine Chancen auf dem Arbeitsmarkt. Das wiederum machte sie finanziell abhängig von ihren Männern und deren Familien. Ahnungslos über die Rechtslage in einem fremden Land, fürchteten die Frauen sich vor der Ausweisung und davor, ihre Kinder zu verlieren. Aus Angst und Unwissenheit erstatteten die wenigsten von ihnen Anzeige gegen ihre Männer.

Merve schloss das sogenannte halbe Zimmer auf, das durch seinen ungünstigen, schmalen Schnitt bestenfalls als begehbarer Kleiderschrank oder als überdimensionale Besenkammer genutzt werden konnte. Lea staunte nicht schlecht, als sie in das Zimmer sah. An der rechten Wand hingen nicht weniger als sechs Bildschirme, darunter lagen vier Tastaturen auf einem Brett, das an der Wand montiert war und als Tisch diente. Unter dem Brett befanden sich verschiedene Prozessoren und ein Wust von Kabeln und Verteilerdosen. Hinter der Tür stand ein hoher Serverturm, dessen Kühlungsmotor leise surrte. Merve setzte sich auf den Drehstuhl, der vor dem Brett mit den Tastaturen stand. Sie drückte verschiedene Tasten, woraufhin auf den Bildschirmen diverse Datenkolonnen erschienen.

Auf einem der Bildschirme sah man den Hauseingang der Lüdersstraße 23. Merve grinste Lea schelmisch an. »Ups, da habe ich wohl eine kleine Kamera vergessen, wie dumm von mir. Mach's dir doch im Wohnzimmer gemütlich! Na ja, so weit das geht. Ich will noch mal die Handyverbindungen aller Beteiligter checken.«

Lea überließ Merve ihren Computern und wollte es sich gerade mit der Tageszeitung auf einem Sessel bequem machen, als ein kleines Mädchen schlaftrunken ins Wohnzimmer kam, einen großen Stoffhund im Arm. Das Mädchen sah Lea an und rieb sich die Augen: »Hat dir Papa auch weh getan?«

Seit der Messerattacke des Vaters waren beide Mädchen in psychologischer Behandlung. Merve hatte sich sofort um professionelle Hilfe gekümmert und die beiden Mädchen bei sich aufgenommen, als ihre Schwester im Krankenhaus gelegen hatte.

Lea streckte die Arme aus, und das Mädchen kam bereitwillig zu ihr. »Nein, mein Spatz, dein Papa tut niemandem mehr weh, auf ihn wird jetzt aufgepasst. Ich habe außerdem einen großen Hund, der mich beschützt.« Lea zeigte mit der Hand, wie groß Talisker in etwa war.

Günay blickte Lea bewundernd an. »Mein Papa hätte Mama bestimmt nicht angegriffen, wenn dein Hund da gewesen wäre.«

Merve kam ins Wohnzimmer und war gerührt von der Szene, die sich ihr bot.

Günay schaute noch immer Lea an. »Ich möchte ein Kinderzimmer haben. Hast du ein Kinderzimmer bei dir zu Hause?«

Lea lächelte. »Nein, schon lange nicht mehr. Mein Sohn ist bereits groß. Sein Zimmer ist jetzt ein Gästezimmer.«

»Und wo schläft dein Sohn, wenn er kein Zimmer mehr hat?«

»Er hat ein neues Zimmer, weil er in einer anderen Stadt wohnt. Magst du Hunde?« Sie tippte auf den Stoffhund in Günays Armen.

Das kleine Mädchen gähnte. »Hunde sind toll. Ich hätte auch gerne einen, aber wir haben nicht mal mehr ein Zuhause.«

»Vielleicht kannst du mal zu mir kommen und mit Talisker spielen. Der ist ein ganz lieber Hund.«

Merve trat neben sie ans Sofa und hob Günay hoch. »So, mein Stern, jetzt geht es wieder zurück ins Bett. Mittagschlaf ist wichtig, wenn man Fieber hatte, und Mama braucht auch noch ein bisschen Ruhe.«

»*Teyze Merve*, gehen wir bald zu der Frau und spielen mit dem großen Hund?«

»Ja, *aşkim*, das machen wir. Jetzt musst du aber noch ein bisschen schlafen.«

Günay winkte Lea zum Abschied, als Merve sie aus dem Zimmer trug.

19

Der Weg in die Moabiter Turmstraße, in der das Institut für Rechtsmedizin und damit Lutz Harnacks Arbeitsplatz lag, war ähnlich zeitraubend wie der in den Wedding. Gelegentlich dachte Glander mit Wehmut an die Zeiten zurück, in denen der Weg durch die Innenstadt keine zwanzig Minuten in Anspruch genommen hatte. Allerdings war Berlin damals noch geteilt gewesen, und diesem Umstand trauerte er nun gar nicht nach. Wie bei jedem seiner Besuche in der Forensischen Pathologie fröstelte es Glander, was nicht nur an den kühlen Temperaturen im Institut lag.

Fellner und Harnack begrüßten ihn vor dem Obduktionsraum. Harnack trug bereits die obligate dunkelblaue Schutzkleidung.

Fellner schüttelte Glander die Hand. »Gut, dass Sie kommen konnten.«

Glander nickte Fellner und seinem alten Jugendfreund zu. »Hast du dir schon einen ersten Überblick verschafft, Lutz?«

Harnack streifte sich seine schwarzen Plastikhandschuhe über, sein Markenzeichen, und erläuterte, was er bislang an der Leiche von Prof. Berthold gefunden hatte. »Ich schätze, dass der Mann seit zwölf bis vierzehn

Stunden tot ist. Aufgrund der Totenflecke kann ich sagen, dass er direkt nach seinem Tod in den Container verbracht wurde, in jedem Fall, bevor die Totenstarre einsetzte. Den Zeitpunkt kann ich genauer bestimmen, wenn ich ihn aufgemacht habe. Er wurde erstochen, mit einem langen, schmalen Gegenstand. Ich tippe auf einen Kreuzschlitzschraubendreher, das CT wird mehr verraten. Es gibt zwei Einstichstellen. Auf den ersten Blick sieht es nicht so aus, als würden wir an der Kleidung des Opfers Spuren finden, die auf den Mörder hinweisen. Aber wir sind gründlich, wenn es etwas zu finden gibt, finden wir es. Möchten Sie der Obduktion beiwohnen, Fellner, oder soll ich Ihnen die Ergebnisse mailen? Der Staatsanwalt hat veranlasst, dass die Autopsie unmittelbar durchgeführt wird. Es gibt wohl Druck von ganz oben.«

Fellner winkte dankend ab, ihm reichte ein Bericht. Prinz war unabkömmlich, doch auch er hätte sich um die Leichenschau gedrückt. Es gab kaum einen Kripobeamten, der dieser Prozedur gerne beiwohnte. Auch Tote enthielten Blut, das die Sektionstische hinab in die Bodenabflüsse des Raumes lief, und die Geräusche, die bei der Entnahme von Organen entstanden, blieben lange im Gedächtnis, ebenso wie der Geruch des Todes und der vielen Desinfektionsmittel, die in der Pathologie eingesetzt wurden. Man hätte vom Fußboden essen können, so steril waren die Räume.

Nachdem sie sich von Lutz Harnack verabschiedet hatten, nahm Glander den ehemaligen Kollegen Fellner zur Seite und informierte ihn über die finanziellen Spekulationen von Heinz Berthold.

»Sie meinen, er hat sein gesamtes Vermögen verzockt?«

»Nicht alles, aber einen Großteil. Ich hatte schon gedacht, dass er durch eine vorgetäuschte Entführung vielleicht eine halbe Million auf die Seite bringen wollte, aber sein Tod macht das unwahrscheinlich. Sie werden die Alibis der Hausbewohner ja sicherlich selbst noch einmal prüfen lassen, aber so viel vorab: Maria Berthold war den ganzen Abend zu Hause, wir waren bei ihr. Anneke Gruhner und Gerd Lemke kamen erst gegen Mitternacht nach Hause, die Obentrauts waren daheim, und Jürgen Schneider fuhr seine übliche Schicht. Es gibt Hinweise darauf, dass Professor Berthold eine intime Beziehung zu Louise Schneider hatte, allerdings bin ich überzeugt davon, dass Herr Schneider nichts davon wusste, bis ich es ihm erzählt habe. Sucht Prinz immer noch nach einem Lustmörder?«

Fellner nickte resigniert. »Sie kennen ihn ja. Wenn er sich erst einmal eine Theorie zusammengebastelt hat, ist er nur schwer davon abzubringen. Wie der Mann in diese Position ... Aber was rede ich! Haben Sie sonst noch etwas für mich? Ich sehe den Zusammenhang zwischen den Todesfällen nicht, sosehr ich mich auch bemühe. Welche Gemeinsamkeit machte Tara, ihren Vater und Louise zu Mordopfern?«

»Genau das, Fellner, werden wir jetzt herausfinden.« Glander war nicht stolz darauf, Fellner das Tagebuch von Louise Schneider vorzuenthalten, doch er wusste, dass der es Prinz hätte geben müssen, und so blieb er bei seiner Entscheidung, das Fundstück bei sich zu behalten.

Lea war in den Dürener Weg zurückgekehrt und mit Talisker gelaufen, der hatte dringend Bewegung gebraucht, und sie selbst hatte gedanklich einiges zu sortieren. Sie fühlte sich erschlagen von den Eindrücken der letzten paar Tage. Gerade bog sie wieder in ihre Zeile ein, als sie beinahe mit Svenja zusammengestoßen wäre. Die wurde dunkelrot und wollte an ihr vorbeigehen. Lea hielt sie jedoch am Arm fest. »Svenja, warte mal! Wolltest du zu mir?«

Svenja schüttelte Leas Hand missmutig ab und starrte wortlos an ihr vorbei.

Da dämmerte es Lea. »Du bist das? Du beschädigst mein Auto? Und was hast du dir jetzt ausgedacht? Hundedreck im Briefkasten?«

Ertappt sah Svenja sie an, der Mund noch verkniffener als sonst. Sie hatte erheblich an Gewicht verloren und roch nach Restalkohol. Ihre blonde Tönung bedurfte einer Auffrischung, und insgesamt sah die Nachbarin, die sonst immer wie aus dem Ei gepellt wirkte, etwas heruntergekommen aus.

»Das ist doch wohl nicht dein Ernst, Svenja! Hast du völlig den Verstand verloren?«

Die sah wohl im Angriff die beste Verteidigung, denn sie keifte los: »Das ist die einzige Erklärung, die du hast, was? Die Frau auf dem hohen Ross, die immer alles besser weiß und sich von nichts aus der Ruhe bringen lässt. Du hast René nie leiden können, und dann stellst du dich auf einmal auf seine Seite: ›Der arme Mann ... All die Jahre, die er sich verstecken musste.‹ Außerdem sei ich sowieso schon lange nicht mehr glücklich gewesen mit ihm. Und eigentlich bin ich selbst schuld an allem, so denkst du doch. Ich möchte dich mal sehen, wenn der Mann plötzlich weg ist und du alleine bist und vor einem Scherbenhaufen stehst. Du kannst mich mal, Lea! Ich hoffe, dieser Glander ist es bald leid, dauernd Marks Geist neben sich zu haben, und verlässt dich. Dann siehst du, wie das ist. Komisch warst du ja immer schon mit deiner Whisky-Macke und deinem ständigen Rumgerenne mit diesem Köter. Ich wette, deinen Neuen törnt das alles ganz schnell ab, und *du* kannst dann die Scherben *deiner* Existenz aufsammeln.«

Lea war selten sprachlos, aber dies war ein Moment, in dem ihr die Worte fehlten. Auch ihr Mitgefühl hatte sich weit vor dem Schlusssatz dieser Hasstirade verabschiedet. Wie hatte sie sich nur so in einem Menschen täuschen können? Svenja war all die Jahre, die sie sich kannten, in ihrer Beziehung mit René nicht zufrieden gewesen. Sie hatte beinahe eine Affäre mit einem Kollegen aus dem Büro angefangen, kein gutes Haar an ihrem Mann gelassen, und Lea hatte sich stundenlang anhören müssen, wie unverstanden sie sich fühle und wie unsensibel René sei. Ein ums andere Mal hatte Lea ihr geraten, offen mit ihm zu reden, wenn nötig, im Beisein eines Paartherapeuten. Doch irgendwann war Lea bewusst geworden, dass Svenja das Gejammer brauchte. Immerhin hatte sie einen Mann gehabt, über den sie lamentieren konnte. Jetzt ohne dazustehen war eine Schmach für sie. Die Tatsache, dass es in Leas Leben einen neuen Mann gab, setzte Svenjas Demütigung aber die Krone auf. Das mochte ihr Verhalten erklären, entschuldigen tat es dies auf keinen Fall. Lea war verletzt von den Worten ihrer ehemaligen Freundin. Sie fühlte, wie Tränen in ihr aufzusteigen drohten, und wusste, dass sie sich beeilen musste, wenn sie noch etwas sagen wollte. Talisker trat nah an sie heran und stupste ihre Hand mit seiner Schnauze an. Er hatte sich stets ferngehalten von Svenja Ritter. Lea hatte es darauf geschoben, dass Svenja generell kein Freund von Haustieren war und Talisker kein Hund, der sich aufdrängte.

Sie zog den Autoschlüssel aus ihrer Tasche und löste den Briefkastenschlüssel von ihrem Bund. »Ich habe bereits die Scherben meiner Existenz aufgesammelt, Svenja. Das hast du nur nicht gemerkt, weil du viel zu sehr mit dir selbst beschäftigt warst. Hier sind die Schlüssel fürs Auto und für den Briefkasten, falls sich darin wirklich Hundekot befinden sollte. Kümmere dich darum, dass beides wieder in Ordnung kommt! Ich denke, wir beide haben einander nichts mehr zu sagen.« Damit drückte sie der Nachbarin beide Schlüssel in die Hand und machte auf dem Absatz kehrt, bevor Svenja etwas erwidern konnte – und bevor ihr nun wirklich die Tränen in die Augen schossen.

Es ging ja nicht selten drunter und drüber in Leas Innerem, aber gerade wirbelten sämtliche Gedanken in ihrem Kopf durcheinander. Das Einzige, was sie glasklar vor sich sah, war, dass sie zu Glander wollte. Sie kam sich albern vor. Sie war erwachsen und konnte nicht wegen jeder Kleinigkeit zu ihrem Freund rennen. Schon gar nicht jetzt, da der selbst viel ernstere Sorgen hatte. Aber es spielte keine Rolle, sie wollte zu ihm und machte sich mit Talisker auf den Weg zur Bushaltestelle.

Die Route des M85 führte von Lichterfelde aus durch Schöneberg, so dass Lea nicht umsteigen musste. Knapp eine halbe Stunde dauerte die Busfahrt bis zur Haltestelle Albertstraße. In Schöneberg angekommen, lief Lea die Eisenacher Straße entlang und schaute in die Auslage des »Wein & Whisky«, bevor sie die Belziger Straße überquerte. Glanders Wohnung lag in dem Haus direkt neben dem italienischen Restaurant. Lea hatte dreimal geklingelt und stand unschlüssig vor der Haustür, als Talisker freudig mit dem Hinterteil wedelte.

Glander kam die Straße heruntergeschlendert. »Lea, ich dachte, du wolltest nach Hause fahren.«

»Da war ich auch, aber ich habe Svenja Ritter erwischt, als sie einer Reihe von Gemeinheiten eine weitere hinzufügte.« In knappen Worten erzählte Lea ihm von dem Kratzer, den zerstochenen Reifen, dem mutmaßlichen Hundedreck im Briefkasten und ihrer Begegnung mit der ehemaligen Freundin.

Glander trat an sie heran und nahm sie in die Arme. »Das tut mir leid, Lea. Mir war Svenja schon im Juli unsympathisch. Warum hast du denn nichts gesagt?«

Lea sah ihn spöttisch an. »Du hast gerade wirklich anderes im Kopf.«

»Das stimmt auch wieder. Trotzdem tut es mir leid, dass ich nicht für dich da sein konnte. Ich würde auch gerne sagen, dass es nicht wieder vorkommt, aber das kann ich nicht. Du siehst ja selbst, wie viel Zeit so ein Auftrag in Anspruch nehmen kann. Bei der Kripo war das auch nicht viel anders. Du wirst eine Menge Geduld mit mir haben müssen, meine schöne Halbschottin.«

Lea sah ihn mit großen Augen an. »Ich weiß. Kann ich trotzdem mit Talisker heute Nacht bei dir bleiben?«

Glanders Grinsen war nicht misszuinterpretieren.

Talisker drehte sich um und wartete darauf, dass Glander die Haustür öffnete.

In der Wohnung angekommen, ging Glander als Erstes durch seine Post und riss einen Umschlag auf. »Mein Waffenschein wurde verlängert. Das ist die Mitteilung, dass ich ihn abholen kann.« In seiner Stimme lag große Genugtuung.

»Dein Waffenschein?«, fragte Lea überrascht. Glander hatte eine Waffe?

»Ja, die Berliner Waffenbehörde am Platz der Luftbrücke hat ihn mir ausgestellt. Lea, ich trage seit zwanzig Jahren eine Waffe, seit meiner Ausbildung zum Waffentaucher, und ich habe sie auch während der Jahre bei der Kripo behalten. Ich habe nicht vor, hauptsächlich Kaufhausdiebstählen oder Ehepartnern auf Abwegen nachzugehen, sondern werde viel im Personenschutz tätig sein. Merve und ich wollen die Agentur darauf ausrichten. Merve müsste ihren Schein ebenfalls in den nächsten Tagen erhalten. Warte, ich zeig dir meine Waffe.«

Glander wusste, dass sich die meisten Menschen mit der Waffengesetzgebung in Deutschland nicht auskannten. Um eine schussbereite Waffe mit sich führen zu dürfen, brauchte man einen Waffenschein und eine Waffenbesitzkarte. Ein Waffenschein wurde äußerst selten ausgestellt und musste alle drei Jahre – nach einer Zuverlässigkeitsprüfung – verlängert werden.

Glander ging zu einem kleinen Schränkchen in einer Ecke seines Wohnzimmers. Er schloss es auf und entnahm ihm eine Glock 17. Glander besaß diese Waffe seit dem Abschluss seiner Ausbildung in der Kampfschwimmereinheit der Deutschen Marine. Er hatte nach seinem vergeigten Abitur zunächst ein Praktikum dort absolviert und war den Ausbildern aufgefallen. Eine Bedingung für den Beginn der Ausbildung war, dass er sein Abitur nachholte. So intensiv und spannend die Zeit in Eckernförde gewesen war, er sah im Anschluss die Marine nicht als dauerhaften Arbeitgeber für sich. Glander wollte mehr. Er wollte nicht auf Dauer nur Befehle oder Aufträge ausführen, er wollte selbst denken, und so wechselte er zur Berliner Kriminalpolizei. Hätte er damals schon erkannt, dass er generell nicht für enge, bürokratische Strukturen geschaffen war, wäre sein Weg sicherlich anders verlaufen.

Glander überzeugte sich, dass die Waffe gesichert war, und drehte sich wieder zu Lea, die wie gebannt die Pistole in seiner Hand anstarrte. Dieser Tag war wirklich voller gewaltiger Eindrücke für sie. Unwillkürlich streckte Lea ihre Hand nach der Waffe aus und zog sie dann wieder zurück. Sie sah Glander überrascht an.

Der hielt ihr die Pistole hin. »Sie ist gesichert, wenn du möchtest, kannst du sie mal halten.«

Hin und her gerissen zwischen Abscheu und Faszination, nahm Lea die Waffe in die Hand und war erstaunt über deren Gewicht.

»Sie ist voll geladen, das Magazin enthält 19 Schuss, 9 mal 19 Millimeter Parabellum Munition.« Er dachte nicht wirklich, dass sie ihn verstand.

Lea schaute auf die schwarze Pistole. Was für ein bizarres Gefühl es war, eine Waffe in der Hand zu haben! Wie musste es wohl sein, ständig eine bei sich zu führen? Und wie erst musste es sich anfühlen, damit auf einen Menschen zu schießen? Lea wollte das Ding plötzlich schnell loswerden und hielt Glander die Waffe entgegen.

Der ging einen Schritt zur Seite und nahm sie ihr ab. »Richte nie die Waffe auf einen Menschen, es sei denn, du willst abdrücken! Sie ist zwar gesichert, aber es bleibt eine Schusswaffe.«

Lea sah Glander in die Augen, als sie ihm die Frage stellte, die sich ihr sofort aufgedrängt hatte. »Hast du schon mal auf jemanden geschossen?«

Glander legte die Waffe zurück in den Safe und schloss diesen wieder. Seine Antwort war wichtig, das wusste er. Jede der Frauen in seinem Leben hatte ihm diese Frage gestellt, aber jede vor Lea hatte ihn dabei anders angeschaut. Er hatte gelernt, auf die Frage zu warten. Lea hatte erheblich länger gebraucht als die meisten anderen Frauen, die er gekannt hatte. Im Gesichtsausdruck der meisten seiner Verflossenen hatte sich Sensationsgier widergespiegelt, Lea hingegen sah ihn voller Besorgnis an.

»Ich habe die Waffe schon mehrfach gebraucht. Ein Mal habe ich jemanden getötet. Ich hatte auf den Arm gezielt, aber der Mann bewegte sich in dem Moment, als ich abdrückte, und ich habe ihn mitten ins Herz getroffen.«

Lea schaute ihm weiter suchend in die Augen. Sein Blick hielt ihrem stand, und sie trat auf ihn zu. Mit ihrer Hand strich sie über seine Wange und sagte leise: »Das muss furchtbar gewesen sein. Und du machst diesen Job schon so lange. Wie schaffst du es nur, mit solchen schrecklichen Erlebnissen umzugehen? Und mit der ganzen Verantwortung, die du trägst?«

Er küsste die Innenfläche ihrer Hand. »Ich schaffe es nicht immer, aber ich scheine ein Talent für diesen Beruf zu haben, und dagegen darf man sich nicht wehren. Vielleicht ist es ein Helfersyndrom der eher dunklen Art, ich weiß es nicht. Komm, wir gehen unten im Restaurant etwas essen und vergessen die Familie Berthold für heute Abend.«

Glander wollte vor dem Abendessen noch unter die Dusche, die Körperpflege war in den letzten Tagen etwas zu kurz gekommen. Als das Wasser lief, klingelte im Wohnzimmer das Telefon, und der Anrufbeantworter sprang an. Eine Frauenstimme meldete sich: »Hallo, Großer! Ich bin's, Jessie. Ich wollte dich die Tage in Berlin besuchen, das mit uns beiden ist viel zu lange her. Du sollst was Neues am Laufen haben, wie ich gehört habe, aber das stört mich nicht. Ist ja sicher eh nichts Ernstes, wie ich dich kenne. Ruf mich an, ich habe wirklich große Lust auf dich!«

Lea starrte auf das Telefon. Wer hatte ihr nur diesen Tag angedreht? Jessie war die Rothaarige vom Foto. Was bedeutete dieser Anruf? Sie konnte sich doch unmöglich so in Glander täuschen, wie sie sich in Svenja getäuscht hatte!

Glander kam ins Wohnzimmer, nur mit seinen Jeans bekleidet, und Lea stockte für einen kurzen Moment der Atem. Noch nie zuvor hatte die Physis eines Mannes eine solche Anziehungskraft auf sie ausgeübt. Beim Gedanken an das eben Gehörte verfinsterte sich ihre Miene jedoch sofort wieder.

Glander sah sie fragend an. »Was ist los? Wer war am Telefon? Noch mehr schlechte Nachrichten?«

»Du sollst Jessie zurückrufen. Die hat Lust auf dich. Das mit uns wäre ja wohl eh nichts Ernstes. So wie sie dich kennt.«

Leas Blick sprach Bände, und Glander fluchte innerlich. Dieses Miststück Jessica! Sie hatte ihn betrogen, nachdem sie jahrelang an ihm herumgemäkelt hatte. Eigentlich hatte ihr alles missfallen, was ihn ausmachte. Als er ging, machte sie ihm eine furchtbare Szene, und in den folgenden Monaten versuchte sie immer wieder, Kontakt mit ihm aufzunehmen. Was er rigoros abblockte. Seit Juni war Ruhe, aber Jessica wäre nicht Jessica, wenn sie sich so einfach geschlagen gegeben hätte. Ihr Timing hätte nicht schlechter sein können. Glander wollte gerade zu einer Erklärung ansetzen, als das Telefon erneut klingelte. Er nahm ab. »Jessica, was soll das?«

Lea ging in die Küche und stand ratlos vor dem Herd. Sie hörte nicht genau, was Glander sagte, aber er sprach in scharfem Ton. Dann wurde er laut.

»Halt dich einfach fern von mir! Ich will nicht wissen, wie es dir geht, es ist mir egal. Du bist mir egal! Lass mich einfach in Ruhe!« Fluchend legte Glander auf.

Er kam in die Küche und sah Lea mit einem schiefen Grinsen an. »Jessica ist niemand. Sie ist ein großer Fehler, den ich mal gemacht habe und den ich eigentlich als abgehakt betrachte.«

»So klang das aber gerade gar nicht.«

Glander zögerte. Lea hatte recht. Die Beziehung mit Jessica ging ihm immer noch gewaltig an die Nieren. Er hatte sich blenden lassen von ihrem makellosen Äußeren und dabei das unechte Innere nicht bemerkt. Sie hatte ihm permanent etwas vorgemacht. Als sie spürte, dass er sich nicht so verbiegen ließ, wie sie es gerne gehabt hätte, ging sie mit seinem besten Freund und damaligem Partner fremd. Das hatte Glander hart getroffen. Kai und er kannten sich seit ihrer Kindheit, sie waren Kollegen bei der Kripo gewesen, die letzten fünf Jahre hatten sie in einem Team ermittelt. Sein Freund machte später einen Versuch, mit Glander Frieden zu schließen, als wäre der Verrat nicht weiter wild gewesen, doch Glander bügelte ihn unmissverständlich ab. Seitdem war Funkstille, und Glander war das nur recht. Was Jessica jetzt mit diesem Anruf bezweckte, war ihm schleierhaft.

Glander ging auf Lea zu, die einen kleinen Schritt zurückmachte. »Lea, die Beziehung mit Jessica lief mehrere Jahre, obwohl sie eigentlich gar nicht richtig funktionierte. Ich habe es nicht erkannt und ihr dauerndes Genörgel darauf geschoben, dass sie unzufrieden mit meinem Job war. Es gibt kaum eine Beziehung bei der Kripo, in der es wegen der Arbeit nicht zum Streit kommt. Die Scheidungsrate ist hoch. Jessica hat mich mit meinem besten Freund betrogen, ich hab's zufällig herausgefunden. Er war mein Partner, ich habe ihm eine verpasst, bin ausgezogen, und dann kam die Versetzung nach Brandenburg. Ich habe seit einem Vierteljahr nichts mehr von ihr gehört. Irgendjemand muss ihr gesteckt haben, dass es eine neue Frau in meinem Leben gibt, und damit kommt sie offenbar nicht klar. Weiß der Geier, wieso.«

Lea wusste nicht, was sie denken sollte. Die Frau hatte so selbstsicher geklungen. Und wie konnte Glander nicht gemerkt haben, dass sie ihm etwas vormachte? Toller Riecher, Herr Kommissar! Sie kannte ihn einfach nicht. Wenn er eine Frau wie diese Jessica mal geliebt hatte, was wollte er dann mit ihr, die ganz anders war? Vermutlich würde er sich mit ihr sehr bald langweilen, und dann würde er gehen und Lea nicht wissen, wie es ohne ihn weitergehen sollte.

Es half nichts, diese ständigen Zweifel mussten aufhören. Sie musste eine Entscheidung treffen. Hier und jetzt. Entweder ließ sie sich mit Haut und Haaren auf diesen Mann ein – oder sie musste gehen. Lea schloss die Augen und atmete tief durch, bevor sie sie wieder öffnete und auf Glander zuging. Ihre Entscheidung war gefallen. »Ich bin ein Schaf, Martin, *I'm sorry*. Ich habe zufällig ein Foto gefunden, auf dem du mit Jessica zu sehen bist. Sie ist wunderschön. Das hat mich verunsichert. Neben allem anderen, was in den letzten Tagen passiert ist. Ist es wirklich vorbei mit ihr?«

Gott, Glander liebte es, in ihre großen graugrünen Augen zu sehen. Er nahm ihr Gesicht in seine Hände und sagte heiser: »Und wie!« Er küsste ihre Augen, ihre Schläfen, dann ihren Mund.

Lea schlang ihre Arme um ihn und erwiderte seinen Kuss. Wenig später zogen ihre Kleidungstücke eine Spur in Glanders Schlafzimmer.

Mittwoch

20

Lea wurde kurz nach vier Uhr wach. Der Mond schien durch das große vorhanglose Fenster in Glanders Schlafzimmer und tauchte das Bett in milchiges, traumgleiches Licht. Glander schlief tief und fest. Leise stand Lea auf. Talisker schlummerte in einer Ecke des Wohnzimmers auf einem Lager aus Decken. Auf dem Esstisch lag das Tagebuch von Louise Schneider, das Glander am Morgen lesen wollte. Lea nahm es auf und blätterte darin. Das Mädchen hatte eine ausladende Handschrift. Gehabt. Lea begann zu lesen. Die ersten Seiten beschrieben die üblichen Teenagerdramen: Aversionen gegen die Schule und diverse Lehrer am Gymnasium, kleine Sticheleien zwischen Louise und Mitschülerinnen. Die Eintragungen über Louises Treffen mit Prof. Berthold las Lea mit großer Beklommenheit. Was hatte Louise sich nur dabei gedacht, sich auf so ein Arrangement einzulassen? Nacktfotos für Geld. Warum tat ein junges Mädchen so etwas? Lea erkannte recht schnell, dass Louise Schneider sich oft benachteiligt gefühlt und ihr Neid auf Tara Berthold in den letzten Monaten ihres Lebens stetig zugenommen hatte. Immer häufiger äußerte sie sich abwertend über ihre beste Freundin. Louise schrieb oft über Sex, mit wem sie es *machen* würde oder wer sicher *geil* auf sie sei. Lea nahm an, dass dabei viel Wunschdenken mit im Spiel war. Dann stieß sie auf einen Eintrag von Ende August, der ihre Aufmerksamkeit erregte.

28. August
Jetzt ist alles klar! Ich hab nicht verstanden, warum Max so sauer war, als Tara uns auf der Party rumknutschen sah, aber inzwischen blick ich's endlich. Ich weiß, warum der immer so tut, als sei er was Besseres, und Taras Schmachten ignoriert. Die flippt total aus, wenn sie das rauskriegt.

29. August
Ich bin Max nachgegangen. Er hat sich tatsächlich mit der Alten getroffen, wie eklig ist das denn? Die ist doch schon über dreißig!! Igitt!!! Sie sind in die Laube von Tobis Oma gegangen, und ich hab gesehen, wie sie es gemacht haben. War ganz lehrreich, das muss man der Alten ja lassen. Wer weiß, wo sie das gelernt hat. Vielleicht gibt mir Max ja Geld, damit ich Tara nichts erzähle. Er hat zwar selbst keine Kohle, aber die Alte hat ja wohl genug Asche. Die will sicher auch nicht, dass das jemand erfährt. Das ist so krass eklig!!!

5. September
Ich bin Max noch mal hinterhergegangen und habe ein paar Fotos mit dem Handy gemacht. Der wird nicht schlecht gucken, wenn er die MMS kriegt. Da wäre ich gerne dabei!

7. September
Max wird zahlen!! Nachher bei der Theaterprobe krieg ich 'nen großen Grünen. Wie geil ist das denn! Noch lieber hätte ich eigentlich was anderes von ihm, wenn ich so darüber nachdenke. Er muss echt wissen, was eine Frau antörnt. Die Alte lässt aber auch nichts aus mit ihm. Was für eine Schlampe!

15. September
Und ich krieg noch mehr! Ich bin aber auch ein Glückskind, dass ich ihn erwischt habe. Ich hab ihn gestern Abend noch mit Tara weggehen sehen. Wer nichts verträgt, sollte sich keinen Alk auflabern lassen, HAHA! Oh, das wird super, der zahlt noch mehr, darauf kann er Gift nehmen.

Auf der nächsten Seite las Lea Louise Schneiders letzten Tagebucheintrag, in dem sie über das geplante Treffen im Bäkepark schrieb, das sie ihr junges Leben kosten sollte. Es war kurz vor sechs Uhr morgens, als Lea Glander weckte.

Lea duschte, während Glander ein langes Telefonat mit Merve führte. Glander und seine Partnerin waren sich sofort einig, dass sie ohne die Kripo weitermachen würden, sie hatten immer noch den Auftrag von Maria Berthold. Die Übersicht der Handyverbindungen von Taras Mutter bestätigte regelmäßige Telefonate mit Max Kleinert. Glander würde in die Schule fahren und mit Max sprechen, Merve würde sich bereithalten, falls er von dem jungen Mann etwas Ausschlaggebendes erführe.

Lea und Glander verabschiedeten sich vor dem Haus voneinander. Sie spürte, dass er mit seinen Gedanken bereits bei den Ermittlungen war, aber es störte sie nicht. Das war ein erster Durchbruch in dem Fall. Sie nahm den Bus in Richtung Sachsendamm und lief mit Talisker dann die Promenade an der S-Bahn-Trasse entlang. An deren Ende, am S-Bahnhof Priesterweg, nahm sie die S25, die sie direkt nach Hause brachte.

Im Briefkasten lag ein Umschlag von Svenja. Er enthielt den Beleg über neue Reifen und ihre Schlüssel. Auf einem Zettel stand: *Ich werde fortziehen. Svenja.* Was hatte sie erwartet? Eine Entschuldigung? Svenja wähnte sich im Recht, also war es das Beste, die Angelegenheit als abgehakt zu betrachten. Lea hatte sich schwer in der Frau getäuscht, aber auch die ganzen Jahre nicht genau genug hingehört und sich oft etwas vorgemacht, das musste sie sich eingestehen. Sie seufzte und brachte den Briefkastenschlüssel wieder an ihrem großen Schlüsselbund an. Anschließend machte sie sich einen Latte macchiato und ging damit in ihr Arbeitszimmer, von dem aus sie den Mauerweg gut überblicken konnte. Sie sah die Bahntrasse, hinter der die Schrebergartenkolonie mit dem Garten von Tobis Oma lag. Nachdenklich löffelte Lea den Schaum von ihrem Kaffee.

Gerd Lemke gab in der dritten Stunde den Deutschgrundkurs für das dritte Semester in Raum 135. Der Lehrer hatte mit seinen Schülern gerade eine Schweigeminute für Tara und Louise beendet, als die Tür des Klassenzimmers geöffnet wurde und Glander zu dem

Deutschlehrer an das Pult trat. Er flüsterte kurz mit ihm, dann bat Lemke Max, vor dem Klassenzimmer mit Glander zu sprechen, er werde derweil mit den anderen Kafka weiterlesen. Die Schüler und ihr Lehrer sahen Glander und Max beim Hinausgehen nach und fragten sich, was das zu bedeuten habe.

Glander und der junge Mann traten vor die große Gedenktafel mit den Namen ehemaliger Schüler, die während des Zweiten Weltkriegs ihr Leben gelassen hatten. Glander fiel ein Eintrag auf: *Ludwig-Maximilian Kleinert, gefallen 1942.*

Max folgte seinem Blick. »Das war mein Urgroßvater. Er fiel in Russland. Jedenfalls wird das angenommen, gefunden wurde er nie. Damals musste die Familie noch nicht hartzen. Mein Großvater hat sich nach dem Krieg durchgeschlagen. Er war ein sehr umtriebiger Mann. Diese Eigenschaft hat mein Alter nicht geerbt. Der liegt den ganzen Tag nur auf dem Sofa und säuft. Was wollen Sie von mir, Herr Glander?«

Der wandte seinen Blick von der Tafel ab und sah Max Kleinert direkt in die Augen. »Maria Berthold.«

Max verlor die Fassung. Tränen rannen ihm die Wangen herunter, und er drückte seine geballten Fäuste gegen die Augen. »Ich habe das nicht gewollt! Louise hat uns zusammen gesehen, daraufhin ist sie uns nachgestiegen. Sie wollte erst hundert, dann zweihundert Euro im Monat für ihr Schweigen. Ich liebe Taras Mutter, Herr Glander. Sie ist das einzig Gute in meinem Leben. Und ich in ihrem. Außer Tara natürlich, weshalb gerade die nichts von unserem Verhältnis erfahren sollte.« Er wischte sich die Tränen aus dem Gesicht. »Ich wollte mit Louise reden, doch als ich in der Lüdersstraße ankam, sah ich sie in den Park gehen. Am Pavillon habe ich sie dann zur Rede gestellt, doch sie hatte andere Pläne.«

Max hatte sich wieder gefasst und fuhr mit ruhiger Stimme fort: »Sie sagte, sie hätte es satt, immer hinter Tara zurückstehen zu müssen und sich jetzt auch noch von deren Mutter ausstechen zu lassen. Dann hat sie ihre Bluse aufgerissen, so dass die Knöpfe abgesprungen sind. Ich hätte doch sicher viel von Taras Mutter gelernt, das könnte ich ihr ruhig zeigen. Ich habe ihr gesagt, dass mit ihr nichts laufen wird und sie nicht mein Typ ist. Da wurde sie sauer. Wenn ich mich weigern würde, dann würde sie alles über mich und Maria erzählen und außerdem behaupten, ich habe versucht, sie zu vergewaltigen.«

Er schluckte und sah Glander beschwörend an. »Ich habe gelacht und nur gemeint, solle sie doch. Es war mir in dem Moment egal, Herr Glander. Ich liebe Maria, und von mir aus können das auch alle wissen. Louise sagte aber, Maria würde richtig Stress deswegen kriegen, und dann fing sie an, meine Hose aufzumachen. Ich habe sie weggeschubst, und sie ist nach hinten gestolpert. Louise hat doch immer so hohe Schuhe getragen. Sie ist gegen die Brüstung vom Pavillon gefallen.« Seine Stimme war nur noch ein Flüstern. »Sie hat sich nicht mehr gerührt. Es war ein Unfall, bitte, Sie müssen mir glauben!«

Glander schaute dem jungen Mann lange ins Gesicht. Dann fragte er ihn: »Warum hast du nicht den Notarzt gerufen? Sie war doch verletzt.«

Max Kleinert schüttelte verzweifelt den Kopf. »Ich bin gleich zu ihr hin und wollte mir die Kopfwunde ansehen. Da hat sie die Augen aufgeschlagen und mich angeschrien, ich solle die Finger von ihr lassen, sie komme allein klar. Ich war in Panik und bin einfach weggerannt. Sie hat gelebt, als ich sie zurückließ!«

»So leid es mir tut, es sieht schlecht für dich aus, Max. Hättest du einen Arzt gerufen, hätte man dir vermutlich geglaubt. Aber deine Flucht lässt planvolles Vorgehen vermuten. Louise wurde erwürgt, und du kannst nicht beweisen, dass sie noch am Leben war, als du sie im Park hast liegen lassen.«

Max Kleinert blickte Glander ängstlich an. »Das weiß ich doch. Aber ich war es nicht! Scheiße, wären wir nur vorsichtiger gewesen, Maria und ich! Wir haben einfach nicht damit gerechnet, dass uns jemand nachstellt. Wir hatten schon großes Glück, dass der Lemke uns nicht gesehen hat. Wer ahnt denn auch, dass ausgerechnet der einen Garten in der Kolonie hat!«

Es fühlte sich an wie ein Schlag in Glanders Magengrube. »Warte mal, was hast du gesagt? Lemke hat einen Schrebergarten?« Glander hätte sich ohrfeigen können. Verdammt! Die Gruhner hatte sich darüber lustig gemacht, dass Lemke Tomaten zog. Und der Lehrer hatte ihn bei der Befragung in die Irre geführt, aber Glander hatte keinen Grund gehabt, an dessen Aussage zu zweifeln. Zumal im hinteren Teil des Berthold'schen Gartens ein Gewächshaus stand. Dass der Lehrer seinen Garten in der Kolonie nicht erwähnt hatte, ließ nichts Gutes vermuten. Glander zweifelte umso mehr das letzte Schreiben des Entführers an. *Das Mädchen ist jetzt in einer besseren Welt.* Wenn Lemke Tara hatte, ging es um etwas ganz anderes. Und dann lebte Tara womöglich noch. »Wo liegt der Garten?«

»In der Kolonie in Sigridshorst. Genau weiß ich es aber nicht, Tobi müsste darüber besser Bescheid wissen. Der Garten von seiner Oma, in den Maria und ich immer gehen, ist da auch in der Nähe. Die Anlage befindet sich kurz hinter der Bahnunterführung auf dem Mauerweg, hinter Tobis Straße.«

Glander dachte nach. Er kannte das Gelände, mehrmals schon war er mit Lea und Talisker daran vorbeigelaufen. Dort musste Lemke Tara festhalten. Der Bereich lag abgeschieden, und Lemke würde niemandem auffallen, wenn er den Garten schon länger besaß. »Max, ich glaube dir, dass du Louise nicht umgebracht hast. Tobi soll mir den Garten von Lemke zeigen, ich hole ihn aus dem Unterricht. Ich hoffe sehr, dass Tara noch lebt und es doch noch nicht zu spät ist. Du bleibst mit Tobi im Garten seiner Oma, bis ich euch holen lasse, und dann stellst du dich der Polizei und zeigst dich selbst an. Ich werde aussagen, dass du bei der Suche nach Tara den entscheidenden Hinweis geliefert hast. Es kann trotzdem hart für dich werden, denn bei Louise geht es immerhin um unterlassene Hilfeleistung. Aber ich tue für dich, was ich kann.«

Max Kleinert kamen wieder die Tränen. »Was ist mit meinem Abi? Ich will doch Arzt werden.«

Glander sah ihn eindringlich an. »Max, das wird sich finden. Jetzt müssen wir erst einmal Tara holen, solange der Lemke hier beschäftigt ist. Den kaufe ich mir später, wenn mein Verdacht zutrifft. Bist du dabei?«

Der junge Mann holte tief Luft und nickte dann. »Ja, ich bin dabei.«

Glander informierte Merve telefonisch und teilte ihr seinen neuen Verdacht mit. Er bat sie, in Lemkes Wohnung zu gehen und sich dort gründlich umzusehen.

Merves Recherchen hatten derweil ergeben, dass Christoph Gebauer seit Freitagnachmittag mit einem gebrochenen Kiefer und zwei gebrochenen Händen im Krankenhaus lag. Imeris Männer hatten ihn an seine Schulden erinnert. Merve machte sich sofort auf den Weg nach Lichterfelde. Sie ging durch den hinteren Eingang ins Haus und direkt ins Obergeschoss. Das Schloss an der Tür des Oberstudienrats bereitete ihr keine große Mühe.

Gerd Lemkes Wohnung wirkte, wie Glander sie beschrieben hatte, sehr sauber und ordentlich. So etwas war Merve, bei der sich dauernd Geschirr und Klamotten stapelten, von vorneherein suspekt. Sie entdeckte kein Zeichen von Leben, nicht einmal eine Tasse stand neben dem Spülbecken. Die Wohnung sah aus, als wäre länger niemand mehr da gewesen. Merve ging ins Schlafzimmer und blieb einen Moment vor dem Bett des Oberstudienrats stehen. Darüber hing ein antiker Degen, wie Glander gesagt hatte. Sie fand das unangenehm. Auf Lemkes Nachttisch lag sein iPad. Merve folgte ihrer Intuition, gab als Kennwort »Tara1995« ein, und das Startfenster öffnete sich. Die Inhalte der gespeicherten Fotodateien ließen keinen Zweifel an Lemkes Interessen: Das junge Mädchen war auf allen Fotos zu sehen. Merve legte das iPad wieder beiseite und öffnete den Kleiderschrank. Er enthielt nur leere Bügel. Auf dem Schrank, ganz hinten an der Wand, fand sie mehrere gerahmte Fotos. Eine vergrößerte Aufnahme, mit einem Teleobjektiv geschossen, zeigte Tara Berthold im Garten, wie sie sich, nur mit einem Bikini bekleidet, bückte, um etwas aufzuheben. Das leicht verrutschte Oberteil gab den Blick auf ihre linke Brust frei. Merve ging mit dem Bild ins Wohnzimmer und hielt es an die Magnettafel mit den Klassenfotos. Es hatte die exakte Größe der helleren Fläche dahinter. Glander hatte sich nicht getäuscht, als ihm die leeren Stellen bei seinem ersten Besuch des Lehrers aufgefallen waren.

Als Lea sich mit Maria Berthold über die Orchideen unterhalten hatte, war Merve stutzig geworden, und jetzt fiel ihr auch wieder ein, warum. Wenn Maria Berthold das Gewächshaus hinten im Garten für ihre Orchideen nutzte, musste Lemke seine Tomaten anderswo ziehen. Merve hatte keine Hinweise auf eine weitere Wohnung, eine Garage oder einen Kellerraum gefunden, als sie den Lehrer durchleuchtet hatte. *Mankafa!* Er musste die Parzelle unter der Hand gepachtet haben, sonst wäre sie auf eine Information gestoßen. Merve legte die Fotos zurück auf den Schrank. Dann versicherte sie sich, dass ihr Besuch unentdeckt bliebe, und zog die Wohnungstür des Lehrers hinter sich zu.

Sie klingelte bei Maria Berthold. Die gebrochene Mutter öffnete und sah Merve erstaunt an. »Gibt es etwas Neues? Haben Sie die Entführer gefunden?«

Merve nickte ernst. »Wir haben eine neue Spur, die recht konkret aussieht. Frau Berthold, wissen Sie etwas über einen Garten, den Herr Lemke nutzt?«

»Ja, natürlich. Gerd Lemke ist beinahe jede freie Minute dort. Er hat ein großes Gewächshaus für seine Tomaten in einer Anlage in Sigridshorst. Den Garten hat er von einer älteren Dame übernommen. O Gott, hat er Tara dort umgebracht?«

»Wir nehmen im Moment an, dass der Garten eine entscheidende Rolle spielt. Herr Glander ist schon auf dem Weg dorthin. Wenn Tara dort war, wird er es herausfinden.« Merve würde Maria Berthold keine falschen Hoffnungen machen. Stattdessen fragte sie: »Frau Berthold, was läuft zwischen ihnen und Taras Mitschüler Max?«

Taras Mutter wurde tiefrot und setzte sich auf die Armlehne der Couch. Sie schüttelte den Kopf. »Ich weiß es nicht, ich kann es nicht erklären. Wenn Max da ist, fühlt sich alles erträglicher an. Ich kann für kurze Zeit vergessen, was für ein elendes Leben ich führe. Glauben Sie mir, ich bin nicht stolz darauf, und ich weiß, dass es aufhören muss, aber ohne Max hätte ich die letzten Monate nicht mehr durchgestanden.«

Vermutlich hatte sie sehr viele Ave-Marias gebetet, um diese Affäre halbwegs mit ihrem Gewissen zu vereinbaren. Merve würde sich kein Urteil über die Frau erlauben. Dazu waren deren Lebensumstände viel zu kompliziert und trostlos. Männer suchten sich wie selbstverständlich junge Gespielinnen – warum sollte das eine Frau nicht auch tun? Der Junge war neunzehn Jahre alt und somit erwachsen. Merve legte beschwichtigend eine Hand auf Maria Bertholds Unterarm, lächelte ihr aufmunternd zu und klappte ihren Laptop auf. Wenn Lemke hinter der Entführung steckte und sich womöglich auch hinter Adam verbarg, würde es ein Leichtes sein, die Spuren zu finden, die er im Internet hinterlassen haben musste.

In ihrer Wohnung unter dem Dach lehnte sich Anneke Gruhner seufzend auf ihrem Sofa zurück, nachdem sie sich ein weiteres Glas Rotwein eingeschenkt hatte. Sie war krankgeschrieben, nach den Vorkommnissen in ihrem Haus brauchte sie eine kleine Auszeit. An Ruhe war allerdings nicht zu denken bei dem Kommen und Gehen nebenan. Den Geräuschen nach zu urteilen, wurde Gerds Wohnungstür jetzt zum vierten Mal innerhalb einer Stunde bewegt. Missbilligend schüttelte Anneke Gruhner den Kopf und nahm einen großen Schluck aus ihrem Glas. Wohlig spürte sie den guten Tropfen die Kehle hinunterrinnen. Sie griff mit der freien Hand nach ihrem Laptop und gab auf einer im Fernsehen beworbenen Partnerbörse ihr Kennwort ein. Ein kostspieliges Vergnügen – aber wo sollte sie sonst einen Mann gehobenen Kalibers kennenlernen? Sie trank den Rest des Glases in einem Zug aus, atmete tief durch und sah sich dann die Profile der Herren an, die ihr vorgeschlagen wurden.

21

Lea hatte lange über Tobi und den Garten seiner Oma nachgedacht. Irgendetwas war dort im Gange. Auch wenn sie nicht glauben konnte, dass Tobi Tara gefangen gehalten und getötet hatte, ganz ausschließen konnte sie es nicht. Sie würde sich den Garten ansehen. Da sie keine Ahnung hatte, wo sich die Parzelle von Tobis Oma befand, würde sie einfach abwarten, bis der Junge oder einer seiner Freunde auftauchte. Dann würde sie die Verfolgung aufnehmen und herausfinden, was die Jungs in der Kolonie trieben. Sie stand am Gleisbett und blickte auf die Kleingartenanlage jenseits des Dichterviertels in Teltow-Seehof hinunter.

Im Gegensatz zu den üblichen West-Berliner Kolonien, die sich ihrer akkurat geschnittenen Hecken und tadellos gepflegten Lauben rühmen konnten, wirkte die kleine Anlage in Sigridshorst immer etwas derangiert und verlassen auf Lea. Sandige Pisten führten durch das Areal, in denen nach Regenwetter tiefe Pfützen standen, und überall war es matschig. In Brandenburg war es im Gegensatz zu Berlin erlaubt, seine Gartenabfälle zu verbrennen, und so sah man häufig Rauchsäulen von dem Gelände aufsteigen. Die meisten der Gärten waren keine Ziergärten, sie wurden seit Jahrzehnten für den Anbau genutzt. Die Besitzer hatten zu Mauerzeiten Gemüse und Obst gepflanzt, das nach der Ernte auf den Tisch gekommen oder getauscht worden war. Jetzt lagen die Schrebergärten in einer gespenstischen Stille vor Lea. Sie musste nicht lange warten, bis sich etwas tat. Was dann jedoch passierte, hatte sie nicht erwartet.

Tobi tauchte in Begleitung seines Freundes Max auf, und Glander folgte ihnen. Sie liefen auf dem Weg parallel zur Bahntrasse und bogen in die Anlage ab. Gerade als Lea nach Glander rufen wollte, donnerte ein Güterzug an ihr vorbei. Danach waren die drei verschwunden. Als Lea sich dazu entschlossen hatte, sie in der Anlage zu suchen, und den kleinen Hang hinuntersteigen wollte, tauchte aus der Unterführung eine weitere Gestalt auf. Was machte denn der Deutschlehrer hier? Und was hatte er in der Hand? Instinktiv duckte sich Lea, um nicht gesehen zu werden, und Talisker legte sich sofort neben ihr nieder. Gerd Lemke ging wie zuvor die drei Männer ein Stück die Sandpiste entlang und bog dann in die Anlage ab. Lea wollte nach ihrem Handy greifen, um Glander anzurufen, doch das Telefon lag in der Ladestation in ihrem Arbeitszimmer. *Well done, Laura Holt!* Remington Steele wäre begeistert. Lea fluchte und überlegte, was sie tun sollte.

Glander stand vor Gerd Lemkes Schrebergarten. Tobi und Max hatte er bereits zu der Parzelle von Tobis Oma geschickt. Lemkes Laube wirkte verlassen. Die Tür war ein Kinderspiel für Glander. Drinnen war es dunkel, dicke Vorhänge schlossen die Septembersonne aus. Es roch ein wenig muffig. Glander leuchtete mit seiner

Taschenlampe den Boden ab. Lemke hielt Tara mit Sicherheit in einem Versteck gefangen, irgendwo musste es einen Zugang geben. Der Schein der Lampe fiel auf zwei gepackte Koffer. Auf dem Tisch in der Mitte des Raums stand ein starkes Schlaf- und Beruhigungsmittel. Tara musste noch hier sein. Glander zog die Vorhänge auf und schaltete die Taschenlampe aus. Er sah sich den Fußboden genau an. Unter dem Tisch lag ein viereckiger Teppich. Glander schob Tisch und Teppich beiseite. Darunter kam eine Bodenklappe zum Vorschein. Sie war mit einem Vorhängeschloss gesichert. Glander ignorierte das Schloss und löste die Scharniere der Klappe mit seinem Leatherman. Er zog die Klappe hoch und richtete seine Taschenlampe in die Dunkelheit. »Tara? Bist du da unten?«

Er schien eine Ewigkeit warten zu müssen, bis das Mädchen sich meldete. »Ich bin hier! Hier unten!«

Glander hatte eine Leiter entdeckt und ließ diese in den Kellerraum hinunter. Er half dem zitternden Mädchen die letzten Sprossen hinauf. Als Tara in der Laube stand, blinzelte sie und musste sich gegen Glander lehnen. Nach ein paar Augenblicken schaute sie sich erstaunt um. »Wo bin ich? Wer sind Sie?«

»Tara, ich bin Martin Glander. Deine Mutter hat mich beauftragt, dich zu suchen. Gerd Lemke hat dich am Freitag hierher verschleppt und wollte allem Anschein nach mit dir verschwinden. Ich habe gerade mit Max gesprochen, durch ihn bin ich auf diesen Garten gekommen. Wie fühlst du dich? Hat Lemke dir etwas getan?«

Sie schüttelte den Kopf. »Nein, es geht mir gut. Herr

Lemke? Warum sollte der mich entführen? Ich verstehe das alles nicht. O Gott, ich hatte solche Angst! Es war so dunkel, und ich wusste nicht, was er vielleicht noch mit mir machen würde.«

Sie wankte, und Glander legte einen Arm um sie. »Tara, ich erkläre dir das alles später. Wir sollten erst einmal von hier verschwinden. Lemke ist zwar noch in der Schule, aber ich würde jetzt gerne direkt mit dir aufs Polizeirevier fahren.«

In diesem Moment wurde die Tür der Laube geöffnet. Der Deutschlehrer betrat den Raum und blickte Glander bösartig an. In seiner rechten Hand hielt er einen blitzenden Korbschläger, eine Fechtwaffe, die bei den Mensuren schlagender Studentenverbindungen eingesetzt wurde. »Als Sie auch noch Tobi aus dem Unterricht geholt haben, war mir klar, dass Sie was wussten, Glander.«

»Legen Sie den Säbel weg, Lemke! Es ist vorbei.«

Der Lehrer blickte wütend von Glander zu Tara. Er war verschwitzt. Wie der Teufel musste er in den Garten geradelt sein, nachdem er seine Waffe aus der Wohnung geholt hatte. Er hatte Merve wohl knapp verpasst. »Sie haben wirklich keinerlei Bildung, Glander. Das ist ein Korbschläger, kein Säbel. Und vorbei ist gar nichts. Tara gehört zu mir. Tara, komm her!«

Tara schüttelte den Kopf, sie zitterte und klammerte sich an Glander. Der schob das Mädchen hinter sich und entgegnete dem Lehrer ruhig: »Herr Lemke, Sie werden sie nicht mitnehmen.«

Lemke atmete schwer. »Natürlich werde ich das. Ich habe es schon lange geplant. Seit Tara sich mir anvertraut hat.« Er blickte Tara an und sagte voller Stolz: »Ich bin Adam. Ich habe dir in den letzten Monaten beigestanden. Wir werden in einem Haus in Belgien wohnen, das ich gemietet habe. Und dann werden wir eine Familie gründen. Ich habe genug gespart, und ich kann Privatunterricht geben, damit du nicht arbeiten musst und dich um die Kinder kümmern kannst. Ich habe an alles gedacht. Ich muss nur noch die Koffer in den Wagen laden, der steht vor der Kolonie. Wir werden sehr glücklich sein.« Er wischte sich mit dem Handrücken den Schweiß von der Stirn und schaute wieder Glander an. »Berthold, das Schwein, schlägt Tara und quält seine Frau, wissen Sie. Ich konnte den Gedanken nicht ertragen, dass er sich auch an Tara vergeht. Ich konnte nicht länger zusehen und wollte Tara nicht weiter leiden lassen. Außerdem konnte ich nicht sicher sein, dass Maria nicht doch eines Tages mit Tara wegginge. Ich muss Tara jeden Tag sehen, ohne sie könnte ich nicht sein. Es war an der Zeit zu handeln, und ich dachte mir, wenn alle Stricke reißen, brenne ich eben mit ihr durch. Als sich mir die Chance am letzten Freitagabend bot, ergriff ich sie. Die Entführungsschreiben waren brillant, finden Sie nicht? Sie haben an die Erpressung geglaubt und nach mehreren Tätern gefahndet. Der Professor hat bekommen, was er verdient hat. Ich hatte leichtes Spiel, nachdem ich Tara in Sicherheit gebracht hatte.« Er schluckte heftig und fuhr sich mit der freien Hand über den Mund. »Ich weiß, dass Tara nur ein wenig Zeit braucht, bis sie meine Liebe erwidert. Ich habe sie doch gerettet.« Fast flehend sah er Glander an. »Louise hätte beinahe alles kaputtgemacht.« Er kniff die Augen zusammen. »Sonntagnacht bestellte sie mich zum Pavillon, um mich auszunehmen wie eine Weihnachtsgans – sie hatte mich am Freitagabend beobachtet, wie ich mit Tara das Haus verließ. Ich sah sie am Pavillon mit Max streiten. Sie warf sich ihm an den Hals. Max schob sie von sich, und sie stolperte. Dann schrie sie ihn an, er solle sich zum Teufel scheren. Sie hat wie ein Fischweib über Max geflucht. Und sich auch wie eines gewehrt, als ich sie endgültig zum Schweigen brachte.«

Lemkes Hemdsärmel waren hochgekrempelt, und Glander sah die tiefen Kratzer auf seinen Unterarmen. Louise hatte also ihren Mitschüler und ihren Lehrer erpresst. Ein gefährliches Spiel, das das junge Mädchen mit seinem Leben bezahlt hatte.

Tara krallte sich an Glanders Arm fest. Sie war fassungslos über den Tod ihrer Freundin, zitterte am ganzen Körper und atmete stockend.

Der Lehrer sprach weiter. »Sie müssen das verstehen! Sie sehen doch, wie schön Tara ist. Sie gehört zu mir. Ich liebe sie!«

»Ich sehe, dass das Mädchen Angst vor Ihnen hat. Legen Sie den Säbel weg!« Psychotischer Schub war für Lemkes Zustand wohl der medizinisch zutreffende Terminus. Der Mann hatte ganz eindeutig den Sinn für die Realität verloren. Glander überlegte fieberhaft, wie er ihn entwaffnen konnte. Es war schwierig, einer langen Stichwaffe auszuweichen, wenn man nichts hatte, das man ihr entgegenhalten konnte – und wenn der Gegner mit der Waffe umzugehen wusste. Glanders Blick fiel auf den Stuhl vor ihm. Der sah wacklig genug aus, und er entschloss sich, es zu versuchen.

Lea stand neben der offenen Tür der Laube und hörte die Stimmen von Glander und dem Deutschlehrer. Talisker stand mucksmäuschenstill neben ihr. Sie riskierte einen Blick durch das Fenster und sah Gerd Lemke mit einem Säbel vor Glander und Tara stehen. Sie musste den beiden helfen, und dafür gab es nur eine Option.

Der Stuhl zerbarst unter Glanders Tritt. Glander machte einen Ausfallschritt nach vorne und griff nach einem Stuhlbein. Er konnte es gerade noch mitsamt der Sitzfläche hochreißen und damit Lemkes Hieb abwehren.

Der Lehrer holte erneut aus, als Talisker ihn von hinten ansprang und aus dem Gleichgewicht brachte.

Glander sprang auf und kickte den Degen zur Seite, der Lemke aus der Hand gefallen war. Was der Hund auf einmal hier machte, würde er später erfahren.

Lemke drehte sich auf dem Boden herum und wollte sich aufrichten, doch Talisker stellte sich auf ihn, knurrte wütend und bleckte die Lefzen.

Lea stand im Türrahmen und schaute Glander an. »Bist du in Ordnung? Soll ich Tally zurückpfeifen?«

Glander nickte, und Lea gab Talisker das Kommando. Der Hund ließ augenblicklich von dem Lehrer ab und stellte sich neben sie.

Glander beugte sich über Gerd Lemke und wollte ihn hochziehen, doch der Lehrer riss sich los und griff ihn erneut an. Glander reagierte blitzschnell, parierte den Schlag und setzte Gerd Lemke mit einem gezielten Treffer auf den Solarplexus außer Gefecht. Der Lehrer röchelte, verdrehte die Augen und verlor das Bewusstsein. Glander schleifte ihn zu der Kellerluke und ließ ihn nicht allzu sanft in das Verließ hinab. Danach zog er die Leiter hoch, verschraubte die Scharniere wieder und sagte dabei zu Tara: »Ich möchte, dass du mit zu Frau Storm gehst, sie wohnt nicht weit von hier. Derweil rufe ich deine Mutter und die Kripo an. Die Beamten werden dir allerlei Fragen stellen. Einen Arzt lasse ich ebenfalls kommen, damit wir sicher sein können, dass dir nichts fehlt. Ich komme zu euch, sobald ich kann.« Er erhob sich und beugte sich zu Talisker hinunter, wobei er sich nicht sehr tief nach unten neigen musste. »Und du Heldenhund kriegst von mir den größten Knochen, den du je gesehen hast! Du hast mir nämlich gerade den Allerwertesten gerettet.« Damit knuddelte er den Schottischen Hirschhund ordentlich.

Knapp eine Dreiviertelstunde später bot die Szene am Ende des Dürener Wegs reichlich Gesprächsstoff für die Nachbarn, die sich am Straßenrand versammelt hatten oder dem Treiben aus den Fenstern ihrer Obergeschosse zuschauten. Drei Polizeiwagen und zwei dunkle Mercedes-Limousinen parkten recht nonchalant im Wendekreis. Ein kleiner Mini Cooper Clubvan düste die Straße herauf und hielt in der Zeileneinfahrt. Zwei gutaussehende dunkelhaarige Frauen sprangen heraus und rannten zu Lea Storms Haus. Was da wohl wieder los war? Nun näherte sich auch noch ein dunkler Audi A7 der Zeile. Ihm entstieg ein großer, beleibter, schwitzender Mann in einem schlechtsitzenden Anzug, der mit saurer Miene in Richtung der Hausnummer 60 stapfte, während sein Fahrer den Wagen neben den Polizeiautos im Wendekreis abstellte.

Maria Berthold stürzte an Lea vorbei auf ihr Kind zu und nahm es in die Arme. Mutter und Tochter weinten und lachten zugleich.

Merve und Lea sahen einander an und lächelten. Für diese beiden war es gut ausgegangen. Tara wusste noch nichts von Max und ihrer Mutter, die würde ausführlich mit ihr sprechen müssen.

Maria Berthold ließ von ihrer Tochter ab und ging auf Glander zu, der Fellner im Wintergarten berichtete, wie er Tara gefunden hatte. Einen Moment lang sah Maria Berthold Glander an, dann umarmte sie ihn heftig. Für keinen der Umstehenden hörbar murmelte sie in sein Ohr: »Ich danke Ihnen, Herr Glander! Sie haben mir meine Tochter und uns beiden unser Leben zurückgegeben. Sobald ich dazu in der Lage bin, werde ich mich finanziell erkenntlich zeigen. Ich kann Ihnen nicht sagen, wie dankbar ich Ihnen bin.«

Glander wurde rot, was Merve mit einem breiten Grinsen und Lea mit einer hochgezogenen Augenbraue zur Kenntnis nahm.

Merve zuckte zusammen, als Talisker auf sie zukam. Lea wollte ihn schon zurückhalten, doch Merve winkte ab und kniete sich neben den großen Hund. »Es wird Zeit, dass ich mein Verhältnis zu Hunden überdenke. Vielleicht nicht zu allen, aber zu diesem Prachtkerl hier auf jeden Fall.«

Leas Telefon klingelte. Es war Margot Wieland. »Wie es mir geht, Margot? Du hast ja keine Ahnung ...«

Nachdem der Arzt Tara für körperlich unversehrt befunden und die Kripo Lea befragt hatte, das gesamte Polizeiaufgebot abgerückt war und sich auch Merve und

Glander verabschiedet hatten, um ihre Aussagen auf der Dienststelle 46 in der Gallwitzallee zu machen, betrachtete Lea lange Marks Bild, das an der Treppe hing. Dann nahm sie es von der Wand. Sie ging hinauf in ihr Schlafzimmer, zog ihren Ehering vom Finger und legte ihn in ein Samtkästchen, das sie in ihren Nachttisch tat. Sie ging wieder hinunter ins Wohnzimmer und nahm die Fotos von ihrer Familie vom Sideboard. Zusammen mit dem großen Bild verpackte sie sie einzeln in einer hübschen Kiste und stellte diese in den Keller. Sie war 44 Jahre alt, verwitwet, ihr Sohn war erwachsen und stand auf eigenen Beinen. Sie hatte alle Möglichkeiten, ihr Leben neu zu ordnen und wieder mit Glück zu füllen. Und genau das würde sie tun.

Prinz' üble Laune während seiner Fahrt in die Gallwitzallee resultierte nicht nur aus der kaputten Klimaanlage in seinem Wagen. Würde er diesen Glander denn nie loswerden? Er hatte schon im Sommer nicht gerade geglänzt neben ihm, aber seine aktuellen Versäumnisse würden schwer zu erklären sein. Wie hatte der Fischkopp es bloß geschafft, das Mädchen zu finden? Und nebenbei noch den Mord an dessen Freundin und dem Neurochirurgen aufzuklären? Verdammt!

Prinz platzte in den Vernehmungsraum, in dem Max Kleinert und Glander warteten, und schnauzte erst einmal die Beamtin im Zimmer an, ihm einen großen Kaffee – viel Milch, drei Zucker – zu besorgen. Dann pampte er Glander an: »Raus hier! Ich will mit dem jungen Mann alleine reden.«

»Hauptkommissar Prinz, ich warte, bis ein Anwalt

eintrifft. Aber Moment, der Junge hat ja gar keinen Anwalt. Und seine Eltern sind vermutlich schon zu betrunken, um hierherzukommen. Ich denke, ich werde Max als Vertrauensperson zur Seite stehen und sicherstellen, dass seine Interessen gewahrt werden. Sie kennen ja die Strafprozessordnung.«

Da war es wieder, das unglaubliche Purpur, das Prinz' Gesicht annehmen konnte, wenn er sich aufregte. »Das ist gegen die Richtlinien, Glander, das wissen Sie genau! Wenn der Junge keinen Anwalt hat, holen wir einen Pflichtverteidiger. Und dann sind Sie raus.«

Glander seufzte. »Ach, Prinz, wie sieht denn das aus? Der junge Herr Kleinert hat maßgeblich zur Rettung des Entführungsopfers beigetragen, und Sie wollen ihn in die Zange nehmen und ihm den Beistand einer von ihm ausdrücklich erwünschten Vertrauensperson verweigern? Er gesteht, den Sturz von Louise Schneider gegen die kleine Mauer des Pavillons verursacht zu haben, bestreitet aber jede Tötungsabsicht. Das Mädchen lebte, als er sich vom Tatort entfernte. Gerd Lemke hat im Beisein von Tara Berthold und mir die Morde an Louise Schneider und Professor Berthold zugegeben. Seine DNA-Proben werden mit denjenigen übereinstimmen, die bei Louise Schneider gefunden wurden. Frau Celik kann überdies nachweisen, dass Lemke über die letzten drei Monate mit Tara anonym gechattet hat. Sie haben nichts gegen Max Kleinert in der Hand. Prinz, überlegen Sie mal, das ist doch keine jugendfreundliche Auslegung der Strafprozessordnung!«

Fellner, Prinz' Assistent, hatte dem Disput bis dahin schweigend beigewohnt. Nun ergriff er das Wort.

»Rolf, ich denke, es spricht nichts dagegen, wenn Herr Glander der ersten Vernehmung beiwohnt. Er kennt die Abläufe ja. Seine Aussage haben wir bereits zu Protokoll genommen, also lass es uns angehen!«

Prinz knirschte hörbar mit den Zähnen, nickte aber seinem Assistenten zu. Der begann mit der Rechtsbelehrung und wies Max Kleinert darauf hin, dass es ihm nach dem Gesetz freistehe, sich entweder zum Tathergang zu äußern oder zu schweigen. Auch müsse er sich nicht selbst belasten.

Glander kannte den Text auswendig und hatte Max auf dem Weg ins Revier dargelegt, was er in der ersten Vernehmung sagen solle und was nicht.

Die Befragung nahm ihren Lauf. Glander wusste, dass Max im schlimmsten Fall mit einer Bewährungsstrafe rechnen musste. Vielleicht würde er auch mit einer ernsten Ermahnung davonkommen, der Junge war nicht vorbestraft. Glander würde sich dafür einsetzen, dass man ihm seine Zukunft nicht verbaute. Das Treiben von Max' Freund Tobi allerdings, das sich Glander offenbart hatte, als er in der Laube der Oma nach dem Rechten hatte sehen wollen, hatte ihm keine andere Wahl gelassen, als einen ehemaligen Kollegen anzurufen.

Gerd Lemke hatte seit seiner Festnahme kein Wort gesprochen. Es gab nichts mehr zu sagen. Sein Traum war ausgeträumt. Der Anwalt hatte ihm dringend zu einem umfassenden Geständnis geraten, welches das Gericht im Prozess zu einem milderen Urteil veranlassen sollte. Der Anwalt würde auf verminderte Schuldfähigkeit plädieren. Er hatte unentwegt den Kopf geschüttelt, als er den ersten Bericht der Kripo und Glanders Aussage gelesen hatte. Lemke würde ins Gefängnis müssen, das stand außer Frage. Für Lemke selbst stand ebenso außer Frage, dass ihn dort nichts Gutes erwartete. Louise umzubringen war ein Fehler gewesen, das erkannte er jetzt. Berthold hingegen hatte den Tod verdient, dafür, dass er Tara so lange gequält hatte. Er war völlig aus dem Häuschen gewesen, als Tara ihm über die Chatplattform anvertraut hatte, was in der Wohnung seines Vermieters vor sich ging.

Der Oberstudienrat zog sein Hemd aus und wand aus seinem Bettlaken ein Seil. Das eine Ende knotete er um die Gitterstäbe hinter dem gekippten Zellenfenster, das andere legte er um seinen Hals. Mit seinem Hemd fesselte er sich die Hände und zog es mit den Zähnen fest zu. Dann stieg er auf einen Stuhl. Er hatte keinen Grund mehr weiterzumachen. Tara hatte er für immer verloren. Er sah ihr zartes Gesicht vor sich, ihre dunklen Augen, deren Ausdruck so verheißend war. Gerd Lemke lächelte. Dann ließ er sich vom Stuhl fallen.

22

Lea konnte sich ein Grinsen nicht verkneifen, als sie am Abend die Haustür öffnete. Glander stand vor ihr mit einem sehr großen, in Zeitungspapier eingewickelten Rinderknochen in der Hand. Hinter ihm winkte ihr die kleine Günay zu, deren große Schwester Gülsüm sie ein wenig scheel beäugte. Merves Schwester Sevgi betrachtete Leas Vorgarten, und Merve selbst drängelte sich an Glander vorbei. Sie gab Lea einen dicken Kuss auf die Wange und hielt ihr grienend einen dreißig Jahre alten Glenfarclas entgegen.

Lea stieß einen genüsslichen Seufzer aus. »Merve, was für ein exzellenter Tropfen! Was hat dich denn da geritten? Kommt rein!«

Merve grinste weiter vor sich hin und machte eine lockere Geste in Glanders Richtung. Der gab Lea einen Kuss ins Haar und raunte ihr zu: »Max Kleinert kommt glimpflich davon. Tara ist ihrer Mutter zwar böse wegen Max, aber die Erleichterung darüber, dass die Qualen in der Familie ein Ende haben, ist größer. Die beiden werden das schon wieder auf die Reihe kriegen. Wir werden uns alle auf Louises Beerdigung wiedersehen, vermutlich in der nächsten Woche. Ich habe Jürgen Schneider gesagt, dass wir kommen. Danach möchte ich mit dir wegfahren. Ein paar Tage, nur du und ich. Und Talisker natürlich.«

Lea lächelte zufrieden. Dann wandte sie sich zu den beiden Mädchen. »Seid ihr hungrig? Wollen wir etwas essen?«

Günay jauchzte: »Au ja! Machst du Paschgetti? *Teyze Merve* hat gesagt, du kannst bestimmt eine ganz tolle Bollernese. Machst du uns Paschgetti mit Bollernese?«

»Na klar! Kümmerst du dich mit Gülsum um Talisker?«

Drei Stunden später saßen alle satt und zufrieden um Leas großen Esstisch herum, die Lichter des Erdgeschosses funkelten in den Glasscheiben des Wintergartens. Draußen war es dunkel, der Wind hatte zugenommen, es würde in der Nacht erneut Regen geben. Das angenehme Aroma der Rindfleisch-Bolognese hing noch im Haus. Die beiden kleinen Mädchen saßen vor Talisker auf dem Fußboden und erzählten ihm ein türkisches Märchen, dem der große Jagdhund aufmerksam zuzuhören schien, während er sich von vier Kinderhänden kraulen ließ. Sevgi erläuterte Lea das Rezept eines türkischen Schmortopfes mit Lamm, Kürbis, Kichererbsen und Zucchini, und Lea schrieb eifrig auf der Rückseite ihrer Stromrechnung mit. Merve stand auf und drückte im Vorbeigehen Sevgis Schulter.

Glander stand an der Treppe und betrachtete die Szene. Ihm waren das fehlende Bild, das leere Sideboard und Leas abgelegter Ehering sofort aufgefallen.

Das war es also, sein neues Leben. Es fühlte sich gut an.

Epilog

Tobi Verheugen saß mit Leander Horten vor seiner ersten Ernte und drehte sich genüsslich einen Joint. Leander hatte einen Generator aufgetrieben, der leise vor sich hin brummte und für ordentliches Licht auf die kleine Hanfplantage sorgte. Damit würde die nächste Ernte erheblich umfangreicher ausfallen. Die fiesen Tabletten würde Tobi nie wieder anrühren. Was die Natur bot, war doch immer der Chemie vorzuziehen. Seine Haare würden nicht mehr ausfallen, er würde nicht mehr überall Verrat und Feinde wittern, und die Appetitlosigkeit wäre auch passé. Tobi zog tief an seiner Tüte, reichte sie an seinen Freund weiter und lehnte sich auf dem alten Sofa in Omas Laube zurück. Aus den Ritzen der Kellerluke drang das Licht der farbigen LED-Strahler, die genau die richtigen Photonmengen für die kleine Cannabisplantage lieferten.

Vor der Laube standen zwei Beamte des LKA 2 und sahen einander grinsend an. Sie würden den Jungs diesen letzten Joint gönnen, bevor sie die beiden mit aufs Revier nähmen.

Anhang

Aus Leas Küche

Leas sagenhafte Schweinerei
(für 4 Personen)

1 kg Schweinelende
2 EL Olivenöl
1 große Gemüsezwiebel
3 Knoblauchzehen (je nach Geschmack auch mehr)
1 kl. Dose Tomatenmark
1 Dose stückige Tomaten (Pizzatomaten)
30 grüne, 30 schwarze Oliven (ganz oder bereits in Scheiben)
1 Glas Sherry (extra dry)
½ Bund Petersilie
1–2 EL Estragon (gerebelt)
Salz und Pfeffer

Ofen zum Warmhalten vorheizen. Die Zwiebeln schälen und würfeln, den Knoblauch schälen und klein hacken. Die Oliven in Scheiben schneiden, wenn nötig.
Die Schweinelende in ca. 2 cm dicke Medaillons schneiden. Salzen und pfeffern und in einem Bräter mit Olivenöl auf beiden Seiten scharf anbraten.

Beiseite stellen und warm halten. Die Zwiebeln im Bratensatz der Medaillons anbraten, bis sie glasig werden. Knoblauch und Tomatenmark dazugeben, kurz durchrösten und mit dem Sherry ablöschen. Die Tomaten und die Olivenscheiben zu den Zwiebeln geben. Mit Salz, Pfeffer und Estragon würzen. Alles zusammen etwas köcheln lassen, dann die Medaillons in den Bräter geben. Auf kleiner Flamme zugedeckt 20 Minuten ziehen lassen.
Am Schluss abschmecken und kurz vor dem Servieren kleingehackte Petersilie darüber streuen. Dazu schmeckt am besten frisches Baguette.

Steve's Chicken Curry mit Sag Bhajee (für 4 Personen)

500 g Hühnerbrustfilet, gewürfelt
500 g stückige Tomaten
2 EL Ghee (Butterschmalz)
1 große Gemüsezwiebel, grob gehackt
3 Knoblauchzehen, grob gehackt und zerdrückt
Ingwerwurzel, 3 cm, geschält und fein gehackt
1 Zimtstange
2 Lorbeerblätter
je 6 Kardamomschoten, Nelken, schwarze Pfefferkörner (gleich für das Sag Bhajee die doppelte Menge mörsern)
Salz
je 1 gehäufter TL Koriander, Kumin, Garam Masala (nach Belieben)

1 gehäufter TL Chilipulver (nach Belieben)
½ TL Kurkuma
Curryblätter
500 g TK Spinat

Kardamomschoten, Nelken und Pfefferkörner im Mörser zermahlen. Ghee in einer tiefen Pfanne erhitzen und die Zwiebelstücke darin glasig anbraten. Knoblauch und Ingwer dazugeben und 3 Minuten weiterbraten. Zimtstange, Lorbeerblätter und den Inhalt des Mörsers dazugeben und weitere 3 Minuten braten. Hühnerfiletstücke dazugeben und 2 Minuten scharf anbraten. Koriander, Kumin, Chilipulver, Garam Masala und Kurkuma dazugeben und 10 Minuten unter ständigem Rühren weiterbraten. Die Mischung darf nicht am Pfannenboden kleben. Die stückigen Tomaten hinzufügen und unter ständigem Rühren aufkochen lassen. Auf kleinster Flamme abgedeckt ca. 40 Minuten köcheln lassen und gelegentlich umrühren. Vor dem Servieren mit Curryblättern bestreuen.
Wenn das Hühnercurry köchelt, die Spinatbeilage zubereiten. Den aufgetauten Spinat in einer zweiten tiefen Pfanne wie das Hühnercurry zubereiten, aber die Tomaten, die Zimtstange und die Lorbeerblätter weglassen. Den Spinat ständig wenden, damit er möglichst trocken wird, aber nicht anbrennt.

Baileys Tiramisu

9 TL Instant-Espressopulver, in 350 ml kaltem Wasser aufgelöst
250 ml Baileys
400 g Löffelbiskuits
2 große Eier
75 g extrafeiner Zucker
500 g Mascarpone
2 ½ TL Kakaopulver

Den aufgelösten Espresso mit 175 ml Baileys in einer flachen Schale mischen. Die Löffelbiskuits hineinstippen, so dass sie angefeuchtet, aber nicht matschig sind. Eine Glasform (22 cm Durchmesser) mit einer Lage Biskuits auslegen.
Eiweiß trennen. Eigelb und Zucker zusammen mit dem Schneebesen verquirlen, bis sie eindicken und eine blassgelbe Farbe annehmen, dann die restlichen 75 ml Baileys und die Mascarpone langsam unterheben, bis eine Mousse entsteht.
Eiweiß steif schlagen und unter die Mousse heben. Die Hälfte dieser Mischung über die Biskuits in der Form geben. Das Ganze mit einer weiteren Lage getränkter Löffelbiskuits und der restlichen Mischung wiederholen. Die Glasform mit Frischhaltefolie abdecken und über Nacht im Kühlschrank aufbewahren. Vor dem Servieren mit dem Kakaopulver bestäuben.

Leises Nachwort, lauter Dank

Kiez-Kenner werden sich mühelos ihren Reim auf die Tatorte in meinem zweiten Provinzkrimi aus Berlin machen können. Ich wähle bewusst andere Namen für die Hauptschauplätze, denn ich erzähle eine fiktive Geschichte.

Diese hat einen unschönen Hintergrund: Die WHO geht weltweit von 800 000 Todesfällen pro Jahr in Folge häuslicher Gewalt aus. Nach Schätzung der WHO ist ein Drittel aller Frauen weltweit von dieser Verletzung ihrer Menschenrechte betroffen, in der Europäischen Union wird jede sechste Frau Opfer von häuslicher Gewalt. Im Jahr 2012 wurden in Berlin 15 797 Fälle häuslicher Gewalt bei der Polizei registriert. 2512 Frauen und Kinder suchten in den Berliner Frauenhäusern und Zufluchtswohnungen Schutz und Hilfe. Die Dunkelziffer bei den Betroffenen, nehmen Experten an, ist erheblich höher. Man schätzt, dass in Deutschland jede vierte Frau zwischen 16 und 80 Jahren in ihrem Leben mindestens einmal körperliche und/oder sexuelle Gewalt durch einen Beziehungspartner erlebt. (Quelle: Senatsverwaltung für Arbeit, Integration und Frauen).

Der ANUAS e. V. ist ein gemeinnütziger Verein, der sich bundesweit um die Angehörigen von Gewaltopfern kümmert. Wer sich für dessen Arbeit interessiert oder sie vielleicht auch finanziell unterstützen möchte, findet weitere Informationen unter www.anuas.de.

Danke: Sabine Lehmann, Steph Hillier, Steve Shadwell, Vanessa Arend-Martin, Thomas Gralla, Stefan Wollschläger, Tobias Schwericke, Maike Ulrich, Renate Barsikow und Silvia und Christian Mirus vom Loch Ness Pub sowie an Ina Lorenz, meine Lektorin, und das Team des Jaron Verlags für die viele Arbeit, die hinter dem Erscheinen eines Buches steht.

Der besondere Dank am Schluss geht an meinen Sohn Maarten für seine Geduld mit Mama, wenn sie mal wieder zu viel hinter dem Laptop saß, und an Eric, meinen Mann, für das schöne Arbeitszimmer und dafür, dass du an mich glaubst. 2048 verhandeln wir neu.

Ebenfalls im Jaron Verlag erschienen:

288 Seiten, ISBN 978-3-89773-738-9, **€ 9,95**

Die selbstbewusste Lea Storm mit ihrem Faible für gutes Essen und schottische Whiskys und der kantige Kommissar Glander stehen im Mittelpunkt des ersten Bandes der Krimireihe, mit der Beate Vera ein ganz neues Spannungsgenre kreiert: den Provinzkrimi aus Berlin.

Ebenfalls im Jaron Verlag erschienen:

320 Seiten, ISBN 978-3-89773-759-4, **€ 9,95**

Stephan Hähnel ist ein grandioses Krimidebüt gelungen – voller Spannung, mit leiser Ironie und feinem Gespür für das Alltagsleben in seiner Heimatstadt Berlin. Sein Kommissar Morgenstern deckt mit sprödem Humor einen Sumpf von Betrug, Erpressung und Korruption auf.